Qianxun-Culture
-图书·影视-

竹马无应答

ZHU MA WU YING DA

陆萌 著

广东旅游出版社
GUANGDONG TRAVEL & TOURISM PRESS
中国·广州

图书在版编目（CIP）数据

竹马无应答 / 陆萌著. — 广州：广东旅游出版社，2019.12
ISBN 978-7-5570-1963-1

Ⅰ.①竹… Ⅱ.①陆… Ⅲ.①中篇小说—小说集—中国—当代 Ⅳ.① I247.5

中国版本图书馆 CIP 数据核字（2019）第 152615 号

出　　品：千寻文化
总 策 划：调　调
出版监制：唐　昕　杨芝波
责任编辑：陈楚璇　李　丹
特约编辑：唐　糖
封面设计：桃　桃
封面绘制：在　野

竹马无应答
ZhuMa Wu YingDa

广东旅游出版社出版发行
（广州市环市东路 338 号银政大厦西楼 12 楼　邮编：510180）
邮购地址：广州市环市东路 338 号银政大厦西楼 12 楼
联系电话：020-87347732　邮编：510180
湖南凌宇纸品有限公司
（地址：湖南省长沙市长沙县黄花工业园 3 号）
880 毫米 ×1230 毫米　32 开　9.5 印张　225 千字
2019 年 12 月第 1 版第 1 次印刷
定价：39.80 元

本书如有错页倒装等质量问题，请直接与印刷厂联系换书。

◇ CONTENTS
目 录

序		001
第一章	遇见新闻人物	002
第二章	遇见并非良人	013
第三章	遇见极品老男人	022
第四章	遇见他的告白	034
第五章	再次遇见	042
第六章	离去是因为不挽留	058
第七章	遇见复又见	071
第八章	我非红颜却为祸水	085
第九章	他是不速之客？！	096
第十章	如影，随行	109
第十一章	不只是玩闹	125
第十二章	他的女朋友	138

◇ CONTENTS
目 录

第十三章 极品小绵羊	151
第十四章 两个人的中秋	166
第十五章 兔子是吃萝卜的	180
第十六章 分离中的热恋	201
第十七章 谁都不是谁的旧爱	215
第十八章 面对剩女的煎熬	228
第十九章 最寒冷的温暖	245
番外 鲁魏说	263
番外 小鲁日记之谁也不知道我喜欢她	267
番外 柯家有女初长成	272
番外 十年后的我们	282
番外 鲁瓜瓜的作文	297

序

  我从没想过,在某一天,我会遇见报纸头条上的新闻人物;我也没有想过,他会是我在茫茫人海中寻找并等待的那个人;我更没有想到,我以为的不期而遇,对他而言,曾是望穿秋水……

  我跟他,两个人的琐碎故事,与某个轰动全市的大事件,一并发生。

第一章
遇见新闻人物

下午路过市政府的时候,我见到了有生以来最大的暴动场面:成千上万的群众将整个政府大楼团团围住,宽阔的大街被堵了个水泄不通,长达几百米的街道上全是人。站在外围,我将脚踮起来,眺望远处的政府大楼。阳光下,大楼玻璃闪着灼眼的光芒,前面的广场上本来种了许多的花草,此时大多数已经被围着的人群踩踏得不成样子了,只能看到那些新栽种的、仍用稻草扎住的、枝丫被砍掉的光秃秃的树干。

我混在人群里,听群众议论纷纷。之所以会出现这样的局面,是因为春运将至,群众不满汽车站的短程票价上涨得太过分,前来讨个说法,最后演变成群体性暴动事件。

有新闻媒体车赶来采访,却被武警官兵给阻止了,那些不大合作的拍摄者,摄像器材被没收了,官员用喇叭喊叫效用不大,武警的驱散也显得有些力不从心。

我的手机响了起来,是庭长打来的,让我马上回院里。

其实看到这种场面,我觉得十分的新鲜。我就是一初出茅庐的小公务员,成天嫌事少了,没啥可供八卦的话题,如今这么大个话题出现,我猜想我们单位这回估计跟煮沸了的粥般,大命令、小命令不断,大消息、小八卦纷纷。我挂了电话,马上往单位奔去。

果然,我一回到单位,就见到院里的同事都在谈论此事。院长已经下令,所有的公务车都禁止外出,全部在院里待命,如果有命令,院内会调集所有的警力去协助市政府那边控制场面。

平息那事并不是法院的职责,不将事情扩大才是我们目前该做的。正在势头上的群众,也许不管那白底上蓝漆印的是公安还是法院,逮住就有可能放火,所以不到万不得已,我们也不敢贸然出动。

"一些民众就是这样,认为官官都是相护的,公安的可以烧,法院的又有何不可?"背靠在皮制转椅上的副庭长捧着热茶,深呷一口,参与议论。

"鲁巍你们认识吧?都躺医院里了。"副庭长旋上杯盖,将高高的玻璃杯放在面前的红木桌上,很是惬意地靠向椅背,盯着杯内舒展的嫩绿茶叶缓缓沉落。

"不是吧?烧了警车?还袭警?"有同事咋呼起来,"幸好法官制服和警官制服的区别还挺大的。"

鄙夷声四起,我笑了起来。我不认识那个叫鲁巍的,只是在想:警车都敢烧了,凭什么不敢袭警。

我考进法院刚好满一年,暂时在刑事庭,刚从书记员的位置脱离出来,现在是助审,可以列席审判长的左右了。

庭长见人都到齐了,开始分派工作,八个人分两队行动,张法官一人留守办公室,我随着副庭长一起去检察院送文书,庭长向院长申请,一行人才得以坐上印着法院二字的公务车外出执行公务。在检察院门口,将我们这一拨人放下来后,车子又驶了去。

我驾轻就熟地在检察院办好了所有的送达、宣判手续，副庭长喝着茶水，还在跟公诉科刘科长胡扯着，话题无非是关于暴动事件的进展，于是我偶尔会侧耳细听，听到诧异处，也会抬脸望向谈得兴起的两人，正在受理案件的检察官也会停下笔来，专注地听。

这件事是这个城市里鲜少有的热点新闻，副庭长与公诉科刘科长又在这个城市里有着颇广的人脉，得到的消息远比我们多，因此该事件的缘由始末都在他们的谈论中显现了出来。

事件大体是这样的：两个学生搭车时，因为不知道车价上涨，身上所带的钱不够，半途被赶下了客车，在走回家的路上掉到山沟里，摔成了重伤，引起村民的极度不满，加之汽运公司搞垄断经营，胡乱加价，早已惹得众人抱怨，受害人家属便叫上几个村的数百名村民集结于汽运公司，找汽运公司老总要个说法，哪知汽运公司老总一句"人又不是在车上出的事，不关我们公司的事"立马就把本已怒火中烧的村民真正惹火了，再加上在医院抢救的一名重伤学生因抢救无效而死亡的消息传来，局面立刻就失控了。

有人纵火烧了汽运公司的客车，并与汽运公司的工作人员发生了肢体冲突。警察闻讯赶到后，还没了解到什么情况就被群情激愤的民众当作汽运公司的同伙给打了，连警车都被烧毁了！现在事件已经由围攻汽运公司发展到围堵市政府的局面，全城已经开始进入紧急状态了。

我一边听着一边继续填填写写，该移交的移交，该签字的签字，该接收的都有条不紊地收到公文夹里。

一番谈论后，副庭长他们的话题重点已经落到了被殴伤的警察身上去了，鲁巍这个名字不断地被提及，而我对这个人完全陌生，单凭这名字去想象，觉得应当是个五大三粗的人物，然后又不断猜想，这么个人物，定是四肢发达，头脑简单，性格也定是容易冲动，否则在暴动时，人家没伤着，咋就他伤势严重呢？肯定啊，他跟民众叫板了！要是某天这件事情被媒体炒作一番，领导干部再动员众人学习一番，他反而因此出名了、记功了，那他真是好运极了。

我在如此这般瞎想着的时候，完全没有料到他们口中所说的警察、我当新闻一样听的大好青年与我的想象完全不符，而那个离我遥远得只是在报纸上刊登照片、把名字印成铅字的人儿，之后总出现在我面前，有血有肉，形象具体，笑得白牙灿灿。

事情办毕，副庭长也喝完了续满的第三杯茶，站起身来准备离开，临别时说了一堆客套话。跟我道别时，刘科长又是这句问过好几回的话："小可还没找呢？"

每每听到这样的话，我总觉着我是不是已经沦为大龄未婚女青年了，关心我个人问题的人越来越多。

副庭长听见了，忍不住就回他道："说了好几遍啦。从我带她到这里来的第一天起，我就让你帮着看有没有合适的，结果你到现在还在问这句话。"

我抿着唇笑了起来。

"那她长得这么乖，条件又那么好，配她总得找个好点的啊。"刘科长挺了挺胸膛，状似中气十足的样子。

副庭长往他胸口一拍："下次把你家那小子，还有你家的侄子、外甥什么的，都带出来遛遛，我看看，总不会没有一个好的。"

因为我总成为大家打趣的对象，我对这些调侃早已习惯，而这些领导们总是打打哈哈也就算了，从未当真帮我介绍过男朋友。

一群人都乐呵呵地笑了起来，各人也不再多语，摆了摆手，副庭长领着我出了立案庭，步下长长的阶梯。在走出气派的检察院大门后，我问："我们要等庭长开车来接吗？"

副庭长看了看表，抿了抿唇，往街道两端望了望，道："不等了，哪儿有花店？"

"花店？"我也张望了起来，"好像这条街转个角的二医院外面就有。"

"那正好。走，帮我选花去。"副庭长背着手，领着我向转角处走去，而我亦步亦趋。

"看病人买什么花好？"副庭长立在花丛中，向我问道。

看病人买啥花这点常识我还是有的，只是有些诧异一把年纪的副庭长居然会买花看病人，很赶时髦啊！我屁颠屁颠地跟在副庭长身后挑了一大把康乃馨，花店小姐说看病人最好送花篮，可我觉得包起来的花更漂亮，坚持让花店小姐给花包漂亮的皱纹纸。

在医院外面的花店里买看病人的花相当容易，只是价格贵了些。挑好花后，副庭长让我抱着花，领着我，直接进入了对面的二医院。

我抱着花跟着副庭长乘电梯上了六楼，而六楼是重症病房、手术室以及重点看护病房。我很少来医院，所以现在我的视线基本上停在亮着红色或者绿色灯光的告示牌上。

"二十九、三十三……"副庭长一路看过两边病房的房号，念叨着。

"这间。"副庭长在一间颇大的单人病房门前停下。

其实我在他还没确认病房是哪一间的时候，就有预感是那间病房了，那间病房较之其他的病房多了份喧哗，我不知道我们要看的人是什么样的人，但是我隐约地觉得病房应该是那间。

房里已聚了好些人，门是虚掩着的，副庭长轻轻一推，门便开了。一些人回头，可能都是些相熟的，他们见到立在门口的副庭长，互相招呼了起来。

副庭长挤到了病患的床边去察看病情，而我被挡在人群外面。然后我听到躺在病床上的病人开口了，声音微弱，好像病得很重，是个男的，年纪应该不大，称呼副庭长为叔叔。
　　有人自动地跟副庭长谈论着伤者的病情。
　　"左肋断了三根，轻微的脑震荡，右小腿骨折，上午做了手术，麻醉才醒没多久呢，他现在连呼吸都有些困难。"
　　护士小姐进来了，不让太多人围着病人，一些已经看过病人的便先行一步，我这才看清了躺在床上的人，结合旁边人的议论和副庭长之前的言论，若我没猜错，他就是那个被打伤的警察——鲁巍。
　　原来他是鲁巍啊！
　　我这才细细地打量了起来，只是他多处受伤，头上裹了纱布，看不出模样，但想想能如此近距离地接触到新闻人物，即便是看不清样子，我也在心里不厚道地小小兴奋了一把。
　　副庭长看到一旁张望的我，打趣道："小子，我带美女给你献花来了，让你感受一下当英雄的滋味。"
　　躺在床上的人闻言就朝我望来，那伤痕累累的脸看上去很滑稽，可是眼神很澄澈，目光灼灼。大约是出于礼貌，他想冲我笑笑，却又不敢做大的动作，便只艰难地扬了扬唇。
　　牙好白。我想。
　　按他躺着的身形来看，他长得倒是挺高大的，输液的手看上去挺有力。从身形来看，他还是挺符合我对他最初的想象的。我看着他摆在床边的手臂，那上面被扎了针，正在输液。除去那些针针管管，那条胳膊看上去既有劲又干净，十分矛盾，就像他的手指，修长得像钢琴家的手，却又不是细腻光滑的，感觉是骨节分明又带了些粗糙的样子，那个样子让我突然就觉着，握着它们应该会很温暖。

病室至卫浴间的地上放的全是别人送来的花，几乎全是花篮，这时有人接过我的花，赞了句"真漂亮"，引得好些人附和一阵，可是我却尴尬了，因为病室里遍寻不着可以插花的花瓶，接过花的人索性就将花放在离鲁巍最近的桌上。然后我看到鲁巍瞅了瞅花，扭头看我时，又艰难地扬了扬唇。

再唠叨了一阵，我们便退了出去。进入电梯的时候，我没话找话道："副庭长跟鲁警官交情很好吧？"

"是啊，我跟他爸爸是铁杆兄弟。他爸爸，你认识不？市公安局副局长鲁大山，听过吧？"

我点点头，又有些不自然地笑了起来。鲁大山是谁，我当然不认识。在认人方面，我的能力非常有限，但是副庭长这么一说，我显然搞清楚了一件事，躺在床上那家伙在我们这样一个中小城市里算是一高干子弟了。高干啊，多热乎的身份啊，难怪受个伤都那么多人围着看他呢。

副庭长收不住话，继续道："那小子很不错的，长得乖，好多女崽都围着他转。"我看着副庭长背着手说这话的时候，表情可得意了，像在炫耀自家儿子一般，于是我应景地冲他笑，应道："是不错，成那样了还看得出挺英气的。"

英气个屁，都那样了，要死不活的。

"等过阵子他康复后，我找个机会再给你们好好介绍介绍。"副庭长一脸和蔼地冲我笑，那一笑，暧昧丛生。

"啊？这个啊，哈哈，我条件那么差，人家肯定看不上的。"每次说到这个话题上，我总是千篇一律地如此回话，以至于话出口时都特别顺口了。

不过我是真想拒绝。那人虽不错，可是就像副庭长说的，好多女崽围着他转,诱惑太多,人品败坏、道德沦丧的概率太大。而且我对那种家庭出身的人有偏见,他们大多不是啃老族,就是败家子,而且仗着家里有点权势,不好相处,脾气大得很,还眼高过顶。我不喜欢,而且我绝对配不上他。我啊,还是安守本分,当好我的草根吧。

于是我一路打哈哈,直到和副庭长分别,各回各家,也算是结束了一天的工作。

晚餐时分回到家,我发现老妈特别兴奋。我一看她那样就猜到什么事情了,通常能让她笑成那个模样只有一件事情,那便是我要相亲了。

我的心情不免有些怪异。她每次给我张罗相亲的时候,我总会出现这种心情,一方面为自己竟得通过这种途径去找配偶感到悲哀,另一方面又有些好奇对方会是啥样的,还有一丝的窃喜,不管是谁想着给我牵线,证明我本人还是有点讨人喜欢的,不然的话也不会有有心人找上门来了,可能还会有一点点期待,也许那个人可能就是我的良人。

我妈就是这样的想法,她常说,古代常用媒人踏破门槛来证明一家人有好儿女,而她会以我家的门槛被踏凹了为荣。

我爸噘着嘴说,能把糊了三厘米水泥又铺了地板砖的门槛踏凹的话,他就去起诉水泥生产厂家和地砖销售商。

可是这次我只猜对了一半,确实有相亲,只是对象不是我,而是我大学还没毕业的妹妹殷以。

我望了一眼我爸,我爸也一脸茫然地望着我,只有我妈一边拨着电话一边笑,笑得狡诈得意。

我跟我爸都凑近话筒。

"对方条件很好呢,只回来几天。你阿姨一听这消息,马上让我叫你回来呢。"我妈知道我们都凑得近，可一点也不介意，自顾自地跟我妹说着。

"是博士后呢。"

哇！我跟我爸对视一眼。

"公职，月收入三万。"相对于我五千块钱一个月的工资来说，他月入三万啊，简直是高薪中的高薪！

哇！我掀了掀唇，露出龇起的牙来，而我爸的五官习惯性地拧到一块儿，直冲我眨眼。

"有车，你毕业后，人家还可以给你安排工作呢。"

"就是年龄有些大啦，不过想想，人家都博士后了，有所得，必有所失啊……"

那是那是，肯定肯定，哪里可能有二十多岁的博士后！还是学医又没结婚的，否则怎么轮得到殷以那小样儿。

一番"嗯嗯啊啊"后，老妈一脸得意地挂掉电话，然后对着我劈头就是这么一句："你妹妹比你懂事多了，多上道。"

殷以同意了？

那家伙也忒早熟了点吧，离毕业还有一年呢，就开始给自己找人了，她姐姐我，有职有薪有爹娘，为什么摆在家里一枝花，出门只能自己叫呱呱？

我想想就有些委屈，我妈这明显是偏心啊，她给我找的全是高中毕业、初中毕业的，还有当兵退伍两年还没找着工作的，还有年龄比我大，上学却比我还低一届的。我严重鄙视读书没我厉害的，这是上学时我就一直有的心态，所以当然和别人谈不成啊。可她给我妹找的第一个对象就是那么金光闪闪的，殷以那小样儿，不就是比我年轻一点、漂亮一点、个子高一点吗？不平衡哪。

我都有职有薪了，人又善良能干，多宜室宜家啊。

我爸心思缜密，问我妈："那人条件那么好，咋找不到媳妇，不会是有什么问题吧？"

我妈的嗓门立马拔高："哪有什么问题！人家年纪大了还没找对象，全是因为念书，念完了书，想想也到了该找人的时候，这才着急，但对方也不是没有条件的。"

不用说，我妹刚好符合。

"花姐说，那人选对象，一要找和他同专业的，也要学医的。"花姐是我妈的死党，以前爱帮我做媒，现在竟然转换阵地了。

怪不得她会找上我妹，而不找我，好歹，好歹……

"二是要找黄花闺女。"

我呸！我差点真呸出来！我妈也太劲爆了，可以把这句话说得这么响当当。

"这年头，还能像我家女儿那样清清白白的女孩，哪里还有？要不是我一向对外宣称我家的家庭教育有多么的严格，别人相信我的人品，哪会有人找上门来啊？"我妈将头抬得高高的，几十年哪，备受叔婶哂笑她没有儿子的恶气，今天总算是出了似的。

我觉得不光那个博士后是极品，我妈其实也是极品。

原本我还觉得对方是金光闪闪的一个人，在附加了这么一个条件后，他在我心底突然就碎成了一堆玻璃碴儿。哪有人把这种要求摆上台面的！报纸上倒是有千万富翁登类似的征婚广告，但也曾因为光明正大地将黄花闺女这要求高高挂起而惹了一堆的非议。在我看来，不管对方的条件如何吸引人，也不管对方心里的想法如何，我向来鄙视这类人，当自己是高高在上的皇帝一样去甄选女人，在他们眼中似乎只有黄花闺女。百万富翁咋了？博士后又咋了？五个字：人品有问题。

但是殷以同意了，我没话说，毕竟她有她的想法。

上网的时候，我特意查了今天有关暴动事件的新闻，但消息很少，我无聊地想，网络并不像传说中的那么快速神奇啊。

无聊中，我用手机在闺密群里发微信，在群里发最近收集到的表情包，还发一些爆笑的段子，可平时很是聒噪的闺密迟迟没有回应。我以为我手机的无线出了问题，关了无线开启了流量，但那个群依然静悄悄，只有我自己发的表情包，一只猥琐的兔子扒着下眼睑吐着舌头鄙视着我。

手机的短信提示铃声响起，是我以前脑抽时设置的铃声：我想我会一直孤单……

我点开短信来看，是提示话费余额不足的。

我想起之前闺密群里八卦的都是各自的恋情，我平时被她们喂了一波又一波的狗粮，并没有太多感想，可如今她们一个个没空找我的时候，我突然意识到事情不太对，没想到终于有一天我渴望嫁了，我跟很多女人一样，渴望嫁了！

临睡前，我在网上跟殷以说，下次我不再对老妈安排的相亲抵死不从了，是该找个人了。

事实上，相亲很快便来了。

第二章
遇见并非良人

　　那天参加高中同学的婚宴,我出门前刻意装扮了一番。在这种人多的场合里,我会尽量让自己看起来不那么糟。我将脸整白了点,唇抿上一点唇彩,把一头蓬蓬的乱发扎起来,穿上及膝的小风衣,看上去也挺像个淑女。当我到达宴会厅时,有老同学远远地笑着看我走近,说了句让我喜滋滋的话,他说:"有风摇曳生姿,无风亭亭净植。"
　　真有学问!
　　我保持着愉快的心情入席,待到饭吃了一半的时候,便瞧见了也来吃喜酒的行政庭副庭长。张庭长见到我,眼一亮,拉着旁边的大妈嘀咕了几句,就跑了过来问我要微信号。虽然我当时有些奇怪他没拿手机来扫码加我,但想想这多数是因为他年纪较大,不太会玩手机,我便找了张纸将微信号写给了他。当时我没想那么多,但整场婚宴结束后就不由得我不想了。出了宴会厅,我等同学一块儿离开的时候,有一个阿姨过来搭腔了。
　　我有轻微的脸盲症,很多人和我打过几次照面,但我仍不认识。

当时我就在想,这阿姨莫不是某个同学的妈妈?于是我不敢怠慢,很礼貌地应对着。她抱着一小孩,一直教小孩叫我阿姨,我觉得有些尴尬,一直在为自己"识人不准"而羞赧着,又不知如何称呼她。人家那么热情,我总不好不礼貌啊。见她抱的小孩扭动不止,想想应该也挺辛苦的,我便伸手去接小孩。那小孩不认生,真让我抱了过来,张着只长了两颗牙的嘴,含糊不清地叫"姨……"。我一边笑着逗他,一边在心里咒自己,咋就抱了这样一个小东西到怀里,看上去这么小,这一抱,可真沉。

我正琢磨着怎么把这胖胖的小玩意儿抛回去时,那阿姨的一句话让我不得不侧首,也顿时明白我似乎弄错了一些事情。

那阿姨说:"过几天,孩子他叔叔约你出去玩,你可得去啊。"

凭我这么灵光的脑袋,当然能在第一时间联想到什么,但还是故作不知,问:"他叔叔是谁啊?"

真是羞死人啊,我把那继续用鼻子吹泡泡的小家伙抱高了些,挡住我忍不住笑起来的脸。没想到我也有被人相中的一天啊,我殷可要走狗屎运了!真想把这小鼻涕娃扔到地上,然后叉腰狂笑三声。

"到时候你就知道了。"那阿姨冲我暧昧地笑,相信再蠢的人也能听懂她话里的意思了,于是我只好装作尴尬万分地冲她笑笑。她掏出手机来,直接问我要电话号码,她说让小孩的叔叔给我打电话……

我回去这样跟我妈说的时候,我妈显然高兴坏了,直说我家今年的运气来了,女儿都开始走桃花运了,然后她便不断地支着招儿。我妈就是这样的人,她二十八岁才嫁给我爸,还老说自己是因为年纪大了,迫不得已要找一个才急急忙忙地挑了我爸,可惜当时没谈恋爱,所以她总想在我们身上找回恋爱的感觉。每次我有什么潜在对象出现时,她便把我会遇到的各种可能都假设出来,再一一支着招儿,细微到如何回话、什么时候发短信、什么时候打电话、什么话可说不可说,各方面说了个遍。我爸说我妈看琼瑶剧看多了,我妈气呼呼地一挪臀,扭身向我爸吼道:"你懂个屁!"

对方的信息来得挺快的,申请通过验证的框里只有简单的几个字:小可,你好!

我一看这信息就肯定是那人,刻意慢了几拍才通过验证,编辑了信息发过去的时候,仍是扭捏地问:你是谁啊?

于此,我与他的网聊开始了。

当晚我在手机上见到了他的照片,不是特别帅,反正就是扔人堆里,你第一眼不会看上的那种,不过我的要求并不高,我也不喜欢太帅的。

他老问我的择偶条件是什么。

我笑出声,感觉我们像是两个老到的商人在做买卖。

"我没什么要求,只要对方和我说得上话。"可能我说得太字面化了,深层次一点便是能和我合拍吧,因为好看的皮囊比比皆是,有趣的灵魂总是难遇。

他叫林湘,在周边镇政府工作,一个小小的科员。行,我们都是公务员,以后的日子过得稳当,当下我又满意了几分。从他的照片来看,家境不会太差,和我家不相上下,我再满意几分。他说:"你看到我的微信签名了没?"

我看到了,早就看到了,上面写着:你若爱我,我会用双倍的爱还你;若不爱了,我会笑着放你自由。

看这话的时候,我心里有些怪怪的,状似肉麻。若我年轻个几岁,觉得时光还可以任我挥霍上几年的话,我一看到这样的签名,当场就会跟他说拜拜。那什么签名啊,既无深度,也不文艺,还肉麻,而且一究其中的意思,究出来的结果是对方定是我不待见的那种自以为是的人。

可是问题是,多难得啊,多难得有一个男人看上我,打算试着跟我深入地交往看看啊,什么是机会,这就是机会啊!我得听我妈的话,不能因为一点不满意,又跟以前似的将人淘汰出局,我得学会从善如流,适应迁就对方的档次。

看那签名,我觉得对方应该是个感情外放的人,而且肯定有过什么感情经历了,不过他不提,我也不会在还不熟悉的情形下去追问他;他自己先提起来,我便顺着他的话问了起来:"那个是你写给你以前的女朋友的吗?"

我真的是太聪明了,后来我常这样想。

他很干脆地说:"不是。"

"这是我对待感情的态度。"

当他这样说的时候,我就相信他,装作自己耳聋心慌,刻意提升了我对他的满意度。最后,聊天在我们约定第二天见面后结束了。

熄灯睡觉时,我在被窝里拱了三圈,从床这头睡到另一头,再睡回去,翻了几个身后,发现我还没睡着,于是继续拱。仅仅为了见一个陌生人,我居然失眠了。无奈至极时,我索性拢着被子坐了起来,认真思考这是不是就是谈恋爱啊!书上和电视上都说,求之不得,辗转反侧;求之不得,寤寐思服……

在终于快睡着的时候,我还反复念叨着这一句:可以理解啊,可以理解啊,久旱逢甘霖嘛……

第二天放假,也幸好是放假,我跟他约在我的单位见面。一到周末,单位里静得连鬼都不出没,我躲进办公室里上网刷微博。

我们约好中午他忙完就过来的，可是我一直等到下午两点，他还没出现，信息倒是发了不少，让我别急。

嘴唇有些发干，我不敢舔，怕越舔越干。我嘴唇一发干就会白白的，特别丑，幸好本姑娘聪明地在口袋里藏了支淡色唇彩，不用对着镜子抹，也会让唇色自然嫩红。

下午两点半，电话响了起来，不再是微信的提示音，而是某人给我打电话了，我的心脏突然便快速跳动起来！我边听电话，边给电脑关机。嫌关机速度太慢，我直接长摁开机键，三秒搞定。

外面的天气一片晴好，今年是暖冬，已经连续出了一个月的太阳。阳光映照着我，在地上投下一个不长的阴影，空旷的停车坪里，某人跨坐在电动车上打着电话。

我挂了电话，第一印象不是特别好。他说开车来，我以为至少是四个轮子的，却是一辆红色的两轮电动车。不是我嫌贫爱富，觉得两轮电动车怎么了，而是这车是我最不喜欢的式样，是一个外形酷似摩托、看起来比较高大的车，因为我腿短，跨不上去啊。但我转念一想，再难跨也得跨上去啊，要不人家以为我嫌弃他可怎么办？我怎么能是光看车子就嫌弃别人的肤浅之人呢？

这样想着的时候，我已经笑脸盈盈地走到他面前了。

怎么说呢，他长得就跟照片一样，让人看了不会有惊喜，也不会失望。他没看过我的照片，所以乍见我的时候，盯了一阵子。

我抿着唇笑，问他："去哪儿？"

没想到，他竟然带我去公园。

我姿势难看地跨坐上了他的车，小心翼翼地与他保持着距离，用指尖揪住了他的衣摆，浑身不自在地又往后移了移。

他说去公园的时候，我愣了三秒才说好。

以前我挺反感男生约我去公园的，那地方是用来逗小孩和谈恋爱的，所以一男一女走在公园的小道上就是非常明白地告诉别人：瞧，谈恋爱的。

我挺排斥这种事情的，觉得俗，可是没办法，我滞销了啊，我渴望嫁人了啊，我得想办法把自己嫁出去啊。

我真的跟他坐在草坪上，聊天。停下来没话的时候，我就在想，我咋就落到这地步了呢？跟一陌生男人坐在公园草坪上谈家长里短。从前我经过草坪，看到年轻男女坐在草坪上聊天时，还会在心里嘲笑上好一阵子呢，这会儿，谁在嘲笑我呢？

接下来我们爬山，总不运动的我，爬到山顶的时候，已经喘得不行了。我拧着眉看着自顾自走在前面的人，略有不满地嘟起了唇。他问些什么，我就答些什么。偶尔他扭头看我，我便适时地哼哼一声："好累哦。"

但他并没放慢脚步，只是笑了起来，笑我太差劲了。

我舔舔唇，越舔越干，心里急了起来，再舔下去，我的唇肯定又白了。下山的时候，我走在他后面，手一直插在衣兜里，手心里握着那支唇彩，老想着给唇上抹点，却又怕他突然回头，给逮个正着。我一直忍到下到了山脚，我们又并肩走了，我才放弃那一直纠结抹不抹唇膏的心思。此时我已经完全没有在意身旁人说了些什么，又做了些什么。

回去的时候，正好赶上给道路两旁的绿化带洒水的时间，两旁的矮灌木丛中喷出高高的水柱，他的车子载着我从那水柱旁经过的时候，总会有细细的水珠洒到身上来，我看着那些水雾染上了夕阳的光彩，炫目地纷纷扬扬，落在我跟他的头顶，之前那些小纠结便逐渐消散殆尽，想想这一天，虽然总是在纠结细节，但都是源自于自己没有放开的心，反省过后，心情便由此突然变得好了起来。

回到家，我妈迫不及待地问我对方咋样，我说就那样，然后笑了起来。事实上，我也不知道我当时为什么会笑，后来琢磨着可能是觉得自己有机会进入一场恋爱，为以后一段日子不用做剩女而高兴，所以才会笑吧。事实上，那笑容跟林湘这个人没有一点关系。

　　可我妈见此情形，也笑了起来。以前她帮我介绍对象时，没见我有这表情，今天我笑了，她相信这事肯定有谱了，虽然我没给她肯定的说法。

　　事实上，我的想法是，总得先看看对方怎样想吧。我就是那种必须以对方喜欢上我为前提，我才会坦白自己到底是怎样一个心态的人，思想特别传统，还一直以自己特别矜持而暗自得意着，所以我以前暗恋赵安飞那么多年，还可以不让任何人知道。

　　网上已经可以查到暴动事件的消息了，我看到文中有提到警察被打伤，就想起了躺在床上的鲁巍，嘴角不由得翘了起来，总算我也如此接近过一个新闻事件了。

　　林湘有再约我，我想他对我的感觉应该还可以，便又与他出去过几次。没事时，两人也发发微信，就是没办法打电话。因为不知道是什么问题，他打电话给我时，电话中总会有十分嘈杂的杂音，震耳欲聋的，我说："你的手机太差了，换一部吧。"

　　他便换了部手机拨给我，但里面还是很大的杂音，我又说："估计是你的卡不好，换一张吧。"

　　他又换了一张卡，但见鬼了，那声音仍然存在。我噎了一会儿，明白也许是我的手机有问题，可是死都不承认，说："为什么我跟别人打电话都没问题，就给你打电话有问题呢？"

　　对方平淡地说："那下次我给你换张卡试试看。"

　　我莫明其妙地笑了起来，但心里却隐隐约约地想，咋和他就这么不投缘呢？

再次见到鲁巍是在暴动事件半个月之后，那天他正好出院，因为他科室的车子被烧掉了，我们庭里的副庭长好心地开着车去接他。我当时在回家的路上，手里抱着一堆案卷，打算晚上在家里加加班，将案卷整理完。庭里的车子唰地停在我旁边，我一侧身便看到副庭长吆喝着我，让我搭段顺风车。我正愁着手中的物件太多、案卷太重，也没想啥，猫着身子钻进车里，一坐正，才看到前座还坐了个陌生人。他回头礼貌地冲我笑，眼眸深深，我一时没认出来，只能很礼貌地跟他点头说："你好！"

副庭长的表情有点怪异，来回扫了我和他几眼，开口道："丫头，你又认不出人了呢。这是小鲁，上回人家躺医院里时，你还说人家英气来着，我今天接他出院了。"

小鲁？我想了好一会儿才有些明白过来，新闻人物小鲁啊！想想见他第一面时，他还裹成那样呢，当时觉得他肯定得躺上大半年，没想到他竟恢复得这样快。这才大半个月啊，他竟就出院了。觉得他稀罕之余，我不由多看了他几眼。可能我瞅他的回数多了，我看见他扭过头冲我意味不明地一笑。我脸一红，他笑什么呢？

"她就这样，很多事情都不上心，老识人不清，也老迷路，除非你长得跟刘德华似的，否则她不多看几眼，是不会记得的。"副庭长打趣道，也算是跟鲁巍解释。

我尴尬地笑笑，想想自己钻错车了，有些尴尬。人家接病人出院，我竟跑来搭顺风车，有些不着调的感觉，还很不着调地听着副庭长一路半开玩笑半认真地说要撮合撮合我跟鲁大警官。我只好一路尴尬地赔笑着，不时地瞅瞅坐前面的人。他仍是面露浅笑，估计这会儿如同我这般尴尬着吧。可是人家领导说要撮合我们，我附和吧，鲁大警官肯定觉得我这人太随便；我推却吧，领导面子上又过不去，索性装作不好意思地扭头看窗外的风景。

  我就是这样的人，当一个人跟我谈着的时候，我绝对不会再想其他的可能性。当时，我一门心思都放在林湘身上，有的时候觉得自己真的谈恋爱了，也有可以发微信的对象了，自顾自地觉得幸福。心里装着一个人，哪怕是刘德华开着奔驰停在我家门口，我都不会跟他走了。在我看来，鲁巍那模样太好看了，我的条件跟他差上一大截呢。虽说他够不上刘德华的档次，但在我周围，他绝对算是上品男人了。我很有自知之明，这种人，我高攀不上。我不知道我这样算不算死心眼，我总觉得，要是看上了一个人，就应当一门心思、一心一意，因此我以前才喜欢一个人就一直喜欢了那么多年，直到他和她结婚了。

第三章
遇见极品老男人

我老妹殷以放假回来了，我特别期待她回来，更为期待的是她人生的第一场相亲。我还是感叹了一下，同一个娘生的，性格差别忒大了。

她跟那博士后相亲的那天是情人节，我开玩笑说："咋碰得这么巧啊？是不是真有缘啊？"

我妈便笑得更加灿烂，人还没见着，她便已经满意得不得了了。

殷以穿上了为相亲特意新买的粉紫色毛绒长外套，里面是白色U领毛衣，鞋子是我买来准备过年穿的米色短靴，她烫过不久的长卷发用镶着水钻的发夹夹了两小撮固定在头顶，很是漂亮，打扮完毕，我爸"啧啧"说："咋就都长大了呢？"

在花阿姨的联络下，我们在她朋友家等那博士后。对于这次相亲，我家相当地慎重，出动了一家子陪着殷以去相对象。那博士后从邻市驱车赶来，不知道什么原因，迟迟未到，但我们一家很有耐性地坐在人家家里剥着蜜橘、嗑着瓜子。老妹出奇地乖，一举一动都很有风范。我跟我爸把玩着我刚买不久的新手机，正说到我爸很感兴趣的京剧时，有人敲门了。我们都站了起来，我扯着脖子看来者模样，那博士后穿着一件黑袄子与卡其裤，低着头站在门口换拖鞋，等到他抬起脸的时候，视线先扫向我和我妹，我便瞥了殷以一眼，我知道他心里肯定在猜今天他要相的是谁。

从殷以的脸上看不出她的感觉如何，我好奇她啥时也能把表面功夫做到不动声色了，一时还感叹着她长大了，终于还是变了，殷以真长大了！

我才发出这样的感叹，殷以抓了个他人不注意的空当向我咧着嘴低哝了声："太老！"

我忍不住笑出了声，老妈事先就给她打了预防针，三十六岁的博士后，能不老吗？比她大上十三岁呢。不过话说回来，这博士后三十六岁吧，看着像四十六，再穿个黑袄子、卡其裤，又老又没气质。中午吃饭的时候，老妈笑称我也还单着，让那些阿姨给我留意些的时候，那博士后抬起头冲我笑，道："你也还没男朋友啊？"

我冲他笑笑，不说什么，低下头的时候，却忍不住皱起眉头来。老妈知道我正和林湘交往，还想帮我找更好的，我可以理解，但在这种场合提及这事的话，总有种姐妹俩都可以由这老男人挑选的意味，更让那博士后得意得跟什么似的了，不喜欢！

吃完饭，找了个借口称有事，我拒绝坐私底下被我称为小绵羊的老博士后的小轿车。我娘也不理我，现在她的目标非常明确：把殷以搞定。

哼，没人搭我，笑话！

这不，吱的一声，一辆越野车刹停在我的面前，洗得干净锃亮的越野车是相当帅的，不比那小绵羊的凯迪拉克差。

车窗落下，露出一张状似熟悉的脸，有棱有角，年轻干净，比小绵羊的车强多了。

"去哪儿？搭你一程。"帅哥跟我说。

此刻，我相信我是美女，只有美女才会有被人主动免费搭送的机会。我龇着牙笑得灿烂，可是就在那一刹，我想起了他是谁，笑容不免稍稍地收了收。

鲁巍！我噘着嘴，刚想到自己可以跻身美女行列，有陌生帅哥顺路搭载时，却没想到是认识的人。

他笑得比我更灿烂。

"你又忘了我是谁了吧？"

"怎么可能，你长得这么帅，我们都第三次见面了。"我连忙奉承一番，来掩饰自己的不济。幸好，我及时想起他是谁了。同事小王老说我不是当领导的料，因为我不具备识人的基本能力。

他长得确实很好看，俊秀挺拔，穿着干净体面。照理说，这样的男子，我看上一眼，即便不思之若狂，也足以倾心爱慕啊，可是我竟然一点也没有想要努力表现出我少有的魅力去吸引他的意思。我想，我是不是真的喜欢上林湘了。

不对，不是喜欢，是现阶段我将大部分的注意力都放在了林湘身上。

我侧着头冲鲁巍笑，他有力的大掌在方向盘上按了两下，车子叭叭地响了两声。他笑得温和，问："往哪儿走？"

"去法院。"

他略一偏头："你这么努力？都大年二十八了，还上班？"

"呵呵，上班要上到二十九呢，我今天是请了假。不过现在我们单位也没啥事了，我就是想找一个地方随便待着呢。"

"那多冷哪，要不上我那儿吧，空调、暖炉加热茶。"他一笑，那牙正好露出七颗，白净整齐，真好看。

可是，除了牙好看，我对他的好感却没有增加。我跟他不熟，他竟约我去他家，不是好人。

我再笑起来就有些假了，没有了刚开始的坦然，眨了眨眼，坚持道："我们办公室的空调也很暖和的。"

他扭头瞄了我一眼，笑了起来，明白我拒绝的意思，也不多说什么，大打方向盘，车子一转，朝着法院的方向驶去。

是啊，我纯粹就是为了找个地方待一待才跑办公室来的。快过年了，单位里除了执行局忙得热火朝天，基本上没有什么人，走在走廊上都会听到回声。我开了电脑，录了几个案子，就开始刷微博。我抽空想了想林湘这个人，他没有特别的好，只是我想找个人谈恋爱而已。我妈前两天要我快找一个男朋友，过年带回家给亲友看看。

每年过年的时候，我的那些表妹们都会带回新的男朋友，我们家姐妹俩却还从没带一个男人出现过。她们年年都在换男人，高的、帅的、有钱的，一个比一个有能耐，而我娘则一年比一年郁闷。今年，我终于等到了带人回去的机会。

林湘一直没有上微信回我的话，我跟他除了第一次见面前总在微信上聊以外，后来很少用微信联系，多半是直接打个电话来，匆匆聊几句，便又挂了。我不想主动约他出来玩，只好在微信上守着这只兔子自己撞过来。

在司考群里，何处见我居然在这个时候冒了出来，有些好奇，我笑说我把自己伪装成一棵树了，在等兔子撞上来。

最好的兔子被她给逮去了，我只好逮另外一只，没什么大不了的，天下兔子何其多。

这个世界上没有人知道我曾经暗恋何处的兔子长达十几年，就像我喜欢刘德华也有这么长时间一样，可是刘德华和何处的兔子一样,他们都不是我的。

　　这是我第一次觉得有一只离我这么近的兔子,特别是林湘晚上给我打电话的时候,虽然聊的东西琐碎且平常,而且我们通话时从来没有一次可以完全听清对方的话,可我就是觉得一切都充满希望。

　　他一直都不回应我的话,也许在陪他妈妈买年货,也许在给自己买新衣裳,也许在做年底大扫除,也许在为年夜饭做准备。

　　我的鼠标就摆在他的微信头像上,什么事都不做,就这样过了一个下午。

　　从单位出来回家时,我心里有些小抱怨。我这么想和一个人深入交往的时候,他居然不给我半点回应。

　　老妹的博士后一直没再给她打过电话或者发过短信,她从开始的不屑变成了沉静,到后来开始频繁地查看手机。我憋着笑,看她一脸苦闷地过几分钟便将手机屏按亮。老妹如此把玩N次手机后,叮咚一声,微信提示音响起来了。

　　老妹飞快地按键,我笑喷,得意地扬着手中的手机,做口型:我的!

　　微信是林湘发过来的,他终于想起我了,兴奋!

　　不过内容用一个字来形容就是:废!

　　用我以往的眼光来看,这种信息我是不会回复的,就像在网上,有陌生人找我聊天问:你今年多大?你是哪里人?你是做什么职业的?

　　对于这样的问题,我从来不回复,而对于我来说,问我这样问题的人将会一直是陌生人。

　　林湘和他们有得一比的是,他问:你中饭吃什么了?

　　我中午吃什么了,和他有什么关系呢?他关心已经被我吃进肚子里的那一堆要成为垃圾的东西做什么呢？没聊天水准！

可是，我居然还是屁颠屁颠地飞快按键，告诉他，中午吃了菜花炒海带，我的新发明。

我俗了，真的像那些一找对象就零智商的人一样，俗了！

凌晨一点，有人给我打电话。

我用被子蒙住头，在里面小声地讲电话。老妹不服气，一个劲儿地拱我，可我偏讲我偏讲，这次的电话打破纪录了，聊了半小时。哼，前几个月跟新进公务员住一块培训时，那几个丫头片子每晚都聊到凌晨两点，我好不容易才逮到一个会半夜三更给我打电话的人，就算殷以那小样儿把我拱下床，我还是要讲,呼啦啦！

晚上，何处见到我上线，问："'兔子'逮着了没？"

我："正逮着，不出意外，它逃不出我这大树干。"

直到某天半夜，他又打电话来。

他说："殷可，我不想谈恋爱，我想结婚，你会和我结婚吗？"

是兔子被我吸引撞上了我这大树干了，还是这只兔子神经错乱了？

结婚？！

没错，我娘要的就是这效果，她的打算是五一就给我操办婚礼。

但是，我还没过瘾啊。我才跟他见过几面，信息发过几十条，煲过几夜电话粥，仅此而已，他现在就跟我说结婚？

"兄弟，你多大啊？""你娘贵姓啊？""你有兄弟姐妹几人？""你家房子有多大啊？""你的收入存款几位数了啊？"……

问题 A+B+C+D+E+……我全都不清楚。

但是，我回答他的是：好！

我疯了。

我像嫁不出的老女人一样逮到一根稻草就想爬出单身的沼泽。

殷以像只兔子一样飞快地蹦出被窝，噔噔噔地跑上楼，在半夜三更扯着嗓子用一条街的人都可以听到的声音喊道："妈，殷可她要结婚了……"

我妈真雷厉风行，第二天就将电话摆在我面前，一脸严肃地命令道："你拨过去。"

结果我打电话过去的时候，林湘说他在打麻将。他居然打麻将！我特别讨厌打牌赌钱的人，但愿他不赌钱。

我说："你可以停会儿吗？"

估计感觉到了我语气里的正经，他小心翼翼地问："怎么了？"

我深吸一口气："我妈要跟你说话。"

对方沉默。

然后那边传来麻将的声音和他道歉的声音。

我猜测他离开了牌桌。

"好了，你妈要跟我说什么？"我突然觉得他有些紧张，不过别说他紧张了，我都紧张了，突然觉得自己像面临着一件不得了的事情一样。

我直接把手机递给我妈，我妈本来一脸严肃，在接过电话后，马上变得和蔼可亲。

我嘀咕，又看不见人，笑成这样有意思吗？

殷以在我警告的注视下，不怕死地将耳朵凑近电话偷听。

隐隐约约地，我听到他在给我妈拜年，不错，很懂人情世故的样子。

我妈是雷声大，雨点小，面对我的时候，像逼婚一样，跟他说话的时候，那简直就是春风化雨，和煦细润。我妈也没问啥，听上去就是一般的问好及关切的意思，吓出我一身汗来！毕竟即便林湘跟我提到了结婚，我还是跟他不熟，我们才见过几面而已。

讲完了，很好，我妈没和他提到结婚的事，也没问他的背景、身世、经济条件及他父母的健康状况，有惊无险，有惊无险。

可是我妈却收起了她那一脸和煦的笑容，面色似有不佳。

我纳闷起来，对方说了什么让她不高兴的话吗？

"这个男孩子，不行。"

其实，我妈挺有做我这行的天分的，判决什么事情，干脆果断。

可是为什么？给个理由行不行？刚刚不还兴奋着吗？

"他没有诚意和你结婚的。他一不提上门拜访，二不主动征询我的意见，我要他有空到咱家来玩，他说等以后有机会……"

不应该这样说吗？要是我的话，哪能想到那么多？年轻人和老一辈的想法肯定不一样啊，总不能前一天提到了结婚的事，就马上抱上几盒补品、水果"噔噔噔"地跑来吧？

我有些不高兴了，觉得我妈的眼光太老了，做法也太古板了。

可是这个想法最终被我的郁结取代了。

一个春节过去了，我正打算迎接我充满希望的新一年时，登录了我曾为林湘开通的微博。他更新得很勤快，隔几天就发一条微博，可我一打开评论就瞠目结舌。仅仅一个春节，他就认识了另外一个女生，那个女孩子在他微博底下勤快地留着言。顺着她的留言，我去了她的微博，于是就看见了她与林湘亲密的合照，最好笑的是，她最新的一条微博说的居然是——他们打算结婚了。

所以在过年后再次看到鲁巍时，我正自以为无人地对着一个树桩乱踹。

不知道他侧着头看了我多久，我发现他时，拢了拢纷乱的头发，急急地平复气息，企图以最快的时间恢复我以往的淑女状态。

在我休整的这段时间，他也将目瞪口呆调整成一脸平和，可是我还未冲他打招呼，他的笑意便忍不住溢了出来。

"新年过得不顺意也不能这样虐待鞋子吧？"他笑起来的时候，唇两边对成了尖括号，左颊下侧有一条浅浅的凹痕，原本方方的下巴因为笑容而变得尖削，眼里的光芒透亮，我突然就愣在那里了。

我很少在一个人笑的时候这么仔细地打量对方，鲁巍的笑容竟然……竟然把我迷住了！

"这才新年伊始呢，鲁警官这样说，我岂不是一年都会不顺意？！"我赌气地扭曲他的意思，没事冲我笑个鬼啊！

他缓缓收起笑容，用带点不自在的神情道："抱歉，我说新年的意思是春节，不是新的一整年。"

看来，他是一个比较正经的人，不随意开玩笑。

他一正经，我也就不好随意发飙了，只是挺意外他会出现在这里，明明我选的地方够偏僻了。

"围捕。"我问了之后，他说得云淡风轻，我的整颗心却提了起来。

我看看左边，又看看右边："警官大人，一个人也叫围捕？"

话才说完，鲁巍就撒腿跑了起来，我一缩，躲旁边的树后面去，探个脑袋察看情况。

鲁巍的身体恢复得很好，奔跑时飒飒有风，矫健敏捷。他一行动，周围突然窜出了几人，都着便衣，不过一眼就能看出谁是兵，谁是贼，好几个人逮一个，被逮的那个人当然是贼。

围捕计划很快就成功了，鲁巍的同事在逮到犯罪嫌疑人时都面目狰狞，好凶！

我从树后步出来，愣在那里看一帮突然出现的人押着一个人上了一辆不知道从哪里开来的警车，本来已经拉响了警报要走了，却在我面前刹车了。

鲁巍摇下窗子说:"要不要送你一程?女孩子别在这里待太久。"
我慌忙摇手:"不用不用!"
说真的,这车上虽然坐满了警察,可我还是觉得新年伊始的,搭这种顺风车太晦气!
他微微拧眉,像是不满我的拒绝,却也没再说什么,一摆手,车子呜哇呜哇地开走了。
气愤!
我不是气愤他们真的不管我就走了,而是气愤开车的那帅哥眼神太不好了,走就走吧,发动车子时,右后轮偏偏先旋了一阵,那地方刚好又是一个小水沆,那些泥水就非常赏脸地直喷我而来,我挥别的手还没放下来,就顿在那里了。
浑蛋!今天我的心情已经很坏了,好不容易找个地方发泄,结果遇到警察围捕,最后还因为不想搭他们的警车被溅了一身泥!我忍不住就大吼了一声:"你怎么开车的呢?!"
车子没开出多远就刹停了,我听到关车门的声音,但我没有工夫抬头看,手摸索着口袋,拿纸巾擦已经糊到了眼睛的污泥。我低头看时,不由得火气更大了,整件外套上全是泥,裤子和鞋子也没能幸免,倒霉得真彻底。
所以说人倒霉的时候,真的是什么事情都能碰到,我长这么大还从没脏成这样。
从车子上下来的人很快跑到我身边,着急地道歉,不过我没怎么敢抬头看,脸畔的头发都被污水弄得黏在了脸上,没有镜子,我也知道自己丑成什么样子了。
想想他们也不是故意的,而且是执法部门,我没怎么敢向他们撒气,于是我憋着火道:"至于吗?不坐你们的车就这样对我啊?"

"实在不好意思,小李他没看到有水坑。"是鲁巍的声音。

我脱下外套,用里衬又抹了把脸才敢抬头看他们。眼前这两人都一副赔罪的模样,我一边继续擦身上的污渍一边偷瞟了眼警车,那里面他的那些同事们都在探着脑袋看情况。

真丢人!

我才将裤腿上的泥擦了个差不多,身上突然多了件黑西装,一抬头,鲁巍已将自己的外套脱了下来,披在我身上了。

"天冷,你穿着,新的。"

我正想脱了衣服还他,旁边的小李忙脱衣服,道:"不好意思,这事是我不对,穿我的衣服吧。"

我拢了拢身上的衣服,宁愿要鲁巍的,也不要他的。

鲁巍把小李的衣服挡了回去:"你的衣服多久没换了?"

小李想想,不好意思地笑笑,摸索着从口袋里掏出一包纸巾来:"那只好贡献这个。"

"我没事,你们还有公务,先走吧。"我擦我擦我继续擦。

"这不行,这回说什么都得送你。"小李可能是觉得太不好意思了,坚持道。

可我死也不坐那车,那车上的人这下不知道在怎样笑我呢。

我态度坚决地推拒,小李却以为我不好意思,竟动手来拖。

疯了,本来因为失恋,我的心情就不好,这下还要被强行架上警车?

"我送她回去就好了。"鲁巍的话止住了小李继续拉扯的动作,但我仍不乐意。谁让他送来着,这些个人,最好统统给我马上消失。

"都不用,你又不是撞上我了,我也没残废。"我的口气莫名地就冲了起来,在他们无语到发愣时,转身走开了。

回到家时,我还在想公安局的那帮家伙会拿那事怎样来笑话呢,却没注意到自己穿着一个大男人的衣服招摇地登堂入室,直到我娘逮到状若游魂的我问:"这谁的衣服呢?"
　　我才想起来,这衣服咋还在我身上啊?
　　我娘眯着眼问:"你在外面找野男人了?"
　　"嗯!"我脱下男西装,脱鞋子,脱裤子,连同我手上的脏外套全扔给她,"洗洗。"
　　我娘把那些脏衣服全往地上一扔,独独接过了西装外套,手往内袋里一插,摸出了一些证件来。
　　"哇,帅!"我娘嚷道。
　　我一扭头,飞快地将证件抢了过来,连同外套一并抢了过来。我娘要跟我抢,不过这怎么可能,我跟殷以从小练出来的,抢东西没人能抢过我。
　　冲进卧室,我飞快地一脚把门给踹上。外面的咆哮声响起,我得意地笑了笑,把小锁也锁上,老娘就没法管我了。
　　鲁巍的身份证、警官证、驾驶证、银行卡、医保卡,呵呵,他的身家性命全落我手上了。
　　研究了半天,除了发现鲁警官比我小一岁,家庭住址跟我家隔了一条江加半个城区,是少数民族外,我没其他意外惊喜,比如他的电话号码、他的职务级别、婚否、薪资等,我都没发现。
　　郁闷,我得将他的这些证件及衣服送到他家或者他单位去。
　　不过我放弃去他单位的想法,那都是些坏人,笑我!
　　不过这些东西不能长久地放在我这儿,都是些常用的证件、卡照呢!我没他的电话号码,不能约个近点的地方,只能绕半个城区,在大过年的时候送上门去。

第四章
遇见他的告白

傍晚时分,我直接把他的西装送去干洗店,拿了洗衣单,搭公车直接往鲁大警官的家奔去。

本来我去的时候太阳还没下山的,可是我向来搞不清方向,这一片区来得又少,绕了很多路,问了很多人,在鲁巍妈妈将我请进屋里时,天马上就要黑了,时钟已指向六点半。

我将那一堆证件递给鲁巍妈妈时,她一脸奇怪地问我:"你拾到的?"

"不是,早上鲁巍放在上衣口袋里,忘了拿了。"他什么记性啊,借件衣服给我,还让我兜转大半个城区。

"哦?"他妈妈的表情更奇怪了,我愣了一下,还没来得及多想,她便拢着我的手轻拍了两下,道,"先吃了饭再说。"

"吃饭?"这不行,我妈教我,到别人家做客是要拿礼物的,大过年的,我两手空空的,只想来还东西,没想过要留下来吃饭。

"鲁巍他们那工作啊,指不定什么时候下班,什么时候回家,总不能饿着等啊。"

但是我没想等他呢。鲁巍的妈妈和鲁巍长得很像,我绝对相信他们有血缘关系,所以证件给她,我不觉得有任何问题。于是,我开始拼命想理由推脱,我是真不习惯在陌生人家里做客。

"你就别推脱了,我们老两口在家里吃饭也怪寂寞的,鲁巍那家伙总忙着,都没有好好陪我们吃顿饭,难得你肯陪我们吃饭,我们都好高兴的。"

我肯留下来吃饭?我还没同意啊。但是我的嘴张了张,实在不好意思拒绝了,再说别人都这样说了,一顿饭而已,吃吧。

鲁巍的爸爸是市公安局的副局长,估计到了退休的年龄。按说他是我们这里威震一方的大官了,可是我看他和蔼得很,领导派头也有,但绝不是那种摆架子的人,冲我笑的时候,是一种很亲切的笑容。可是即便如此,想到他的身份,我还是觉得这顿饭肯定会吃得十分拘谨。

鸡、鸭、鱼、豆腐酿、辣椒酿、茄子酿……天哪,瑶汉全席吧?!

鲁巍家是瑶族的,瑶族最出名的就是十八酿,几乎什么都可以拿来酿肉馅,满满一桌子的菜看得我目瞪口呆。我们就三个人,这排场也太大了吧?

"阿姨,这也太多菜了,我们才三个人,吃不完的。"

结果鲁巍的妈妈笑得一脸灿烂:"我刚打电话给鲁巍了,说你来了。这大新年的,他和他的好几个同事还在加班,我便让他们等会儿全到我家来吃。"

这是什么跟什么?

我更加坐立不安了。我本来就是为了避免跟鲁巍同事接触才不去离我家近的公安局的,谁知道绕了半个城市,最终仍是躲不过面对那一帮人的境地。

菜上得差不多的时候,有人开门了,鲁巍最先进来,他一点都不意外地朝我打招呼,然后一招呼,后面呼啦啦地进来了一大帮人。我看着这场面,脸都青了。

"哇,殷美女也在啊。"小李率先冲到餐桌边,大声咋呼,笑得极其暧昧。

殷美女?我跟他们熟吗?怎么这样称呼人呢?

其他人给鲁巍父母拜了年,也不客气地在餐桌边落座,和我打招呼。

我的裤子大概要被我抓皱了,我本来跟鲁巍都不熟,跟他家人更不熟,跟他的同事还有隔阂呢,如今坐在这里就好像突然成了众人的焦点,我这是将自己推到了什么境地啊?

更让人窘迫的是,鲁巍就坐在我的身边。他坐得自然,可是姐姐我青白的脸转成了紫红,因为不管是他的父母,还是他那帮吵闹个没停的同事,全部有意无意地将我和他看成了一对,说话总带着点暗语,眼神也总带些暧昧。鲁巍右手边的小李用力地用肩一顶鲁巍,鲁巍竟倾了倾身子,继而撞上我。然后,小李他们哄堂大笑。

去你的,我又想骂脏话了。

我想我这个时候逃的话,肯定可以被形容为落荒而逃了。于是一想到逃,我就开始找借口推脱。

"阿姨,太晚了,等会儿回去没公交车了,而且我爸妈会担心,我想先回去了。"这才开餐,我也没饱,但是我等不到把肚子填饱了。

"哎,不行!"小李飞快地站起了身,表明他不放行的决心。

"第一,可以打电话回家报平安;第二,回家没公交车,但我们鲁队长有车,咱哥们也有。有警察叔叔送你回家,你爸妈绝对不会不放心的,所以殷美女不可以找借口哦。"

这个小李跟我一直不对盘,从一大早遇到他,他就开始招惹我。

"今天的任务完成得那么好,机会又这么难得,今晚不好好快活一把,说什么都没劲,等会儿吃了饭,我们去皇都。"

唱歌?

我苦脸,你们是哥们,我跟你们可不熟!

鲁巍给我夹菜,轻声道:"反正春节也不会有什么事,一起玩吧。"

有一种人就是有那种能力,轻言细语却让人无法反抗,我回家的念头冷不丁地在鲁巍那轻言软语中打消了。

吃了饭,一帮人纷纷回家换衣服,而我则跟着换了便装的鲁巍先去了皇都,开好了包厢等着大部队。

穿着便装的鲁巍其实也挺好看的,他穿的是一件过膝的长款羽绒服,显得身形瘦长,很年轻的样子。

进了KTV,包厢里过于暖和,他便随意将衣服一脱,整个身体像是从壳中脱出来,忽然换成了宽肩窄腰,很是健壮的身板,看得我都不好意思将视线往他身上放了。

其实我唱歌不难听,只是性格有些闷骚,和不熟的人总是玩不开,于是就把自己往角落里缩。小李他们来了后,叫了我几次让我点歌,但看我不怎么合作就作罢了。他们自个儿唱得不亦乐乎,也就不怎么管我了。

无聊的时候,我突然就想起了林湘,那浑蛋跟我说结婚后的那几天夜晚,我发信息问他在做什么,他都说在唱歌。哼!现在想起来,我突然就生气了。凭什么他可以那么潇洒地夜夜笙歌,我却傻傻地天天憧憬着跟他可能有的未来?姐姐我也不是没朋友,现在这包厢里面大把的帅哥呢!

鲁巍去外面点了一堆吃的后进了包厢,直接坐在了我的身边,低声询问我咋不唱歌。

唱,咋不唱了。

我跑去点歌,一连点了三首,小李嚷嚷道:"殷可,你不厚道!我们让你唱歌,你不给面子;老大来了,你就这么爽快地唱个够本,敢情我们都不够格听你唱歌啊?"

其他人附和着笑起来,我白了小李一眼,拿起话筒,大声吼道:"啊哈,去吧,没什么了不起,什么都依你,却看轻我自己,虽然我爱你,不许你再孩子气……"

当我唱第二首的时候,小李躲进了角落,鲁巍的同事有的借打电话出了包厢,有的一起上厕所。直到我唱完这句"十个男人七个傻八个呆九个坏"后,那些人才又陆续进来。

我要开唱第三首歌时,小李一把将话筒抢了过去,说这歌他最拿手了,拿起话筒就吼道:"男人哭吧哭吧哭吧,不是罪……"

这是我点的?谁把这歌优先了?!我的歌呢?

正郁闷谁换了我的歌,我就被鲁巍拉了出去。出了KTV,我一阵哆嗦,天气太冷了,似乎要下雪了。

鲁巍长长地吐了一口气,一团白雾尚未散去,他便扭头冲我无奈地笑了起来。

我才唱上瘾就被拉了出来,虽然之前因为谁谁谁换我的歌而差一点想发飙,可是……可是这不是正唱上瘾了嘛,他居然就这样把我扯出来了。

"失恋了?"没什么前奏,没什么起伏,他像个几十年的老朋友一样,毫无顾虑地用这种口吻问我。

谁失恋了呢?!我吸吸鼻子,吸进一腔冷空气,心情突然变得低沉起来。

我没跟任何人说我失恋了,就连我娘也没说,而鲁巍毫无顾忌地问我是不是失恋了,把一件我十分不愿意面对的事情摆到我面前来逼着我面对了。

我不作声,心情越发低落起来。

"早上看你拼命踹树墩时就想你八成是失恋了。"他居然笑出声来。

我不满地噘起嘴来。

"刚刚唱的那两首歌更是拼命,我想你不是失恋也难了。"

我瞄了一眼,笑啥呢?别以为自己混刑侦队就任何事都能瞎推理,失恋就失恋了,哼!

"失恋就失恋呗,没什么不好。"他说。

是没什么不好,你自己失恋试试。

"要不,我们谈恋爱吧?"

我停步转头,一脸惊愕,其间瞥到了他脸上一闪而过的不自在。

现在是什么状况?我正在被表白?上帝啊,这就是传说中的告白?!

何德何能啊?何德何能!我,殷可,一个刚失恋、嫁不出去的老姑娘,现在被一个年龄比我小、脸蛋比我白、身材比我好、职位比我高、放单位比我能干、摆出去比我体面的一个帅哥表白?!我娘会戳我脑门说:"殷可,你何德何能?!"

风还是一样的冷,我和鲁巍就面对着面停在了人行道上,周边谁家燃起了鞭炮,远处还有烟花未歇,我仰头看他,他也不回避,定定地看着我。

鞭炮声停了,烟花暂息,街道上像是突然安静了一会儿,就这一会儿,我问:"你不想恋爱,想直接结婚吧?"

林湘就是这样的,说不想恋爱,想直接结婚,他说他爱累了。我不相信,凭我的魅力,我能吸引得了像鲁巍这样的男人?我连林湘都吸引不了,鲁巍凭什么会想跟我谈恋爱?所以,我认为鲁巍其实跟林湘一样，就想找一个让人安心、能让他结婚了事的，不用爱来爱去、劳心劳力的人。

也许男人都是这样想的，找谁都一样，如果那个人不是他最爱的。

男人咋都这样，觉得我适合结婚，觉得谈感情谈累了，我比较适合凑合着过呢？

可他没回答，浅笑一声，耸耸肩，转过身子缓缓向前行。

我们走路绕过了半个城区，到了我家门口。这一路上，我们没有开口再说过一句话，我对他除了猜测，就只剩琢磨。

到家门口，我说："我到了。"

他从里衣口袋里抽出别在上面的钢笔来，拉过我的手，在我手心里写下了一串号码。

"我的电话号码。"

我以为我只会在电影里看到这样的场景，可是这天居然会有人在我手心里写字。他执着我的手，在离我咫尺处低头，细心地在我手心里写字。笔尖划过手心的时候，我突然感觉有些东西缓缓划过了心头，痒痒的不只是掌心，还有我的心。

我看他转身离去，走出十米、二十米、三十米，直到看不清他的背影时，我握起了拳来，不由自主地将掌心写着他号码的手缩进了衣服口袋里，突然懊恼地叫了起来："你的洗衣单……"

还在我的口袋里。

其实，在他跟我说"我们谈恋爱吧"时，我不是没有小窃喜的。不过虽然心底有些小窃喜，但我对鲁巍并不抱希望。正所谓一朝被蛇咬，十年怕井绳，除了鲁巍的心思让我有些琢磨不透外，他跟林湘一样，都让我窃喜得太快了。有一个林湘就够了，我没必要让自己在很短的时间里受到两次相同的伤害。

所以，在偷偷开心了一个晚上后，我就把这事忘得差不多了。我来不及多想什么，便将大部分的时间投入另外一件事情上了，那便是工作的调动。

另外值得提一下的事情是，那晚我钻进被窝里时再度想起鲁巍给我留的电话号码，可是摊开手心一看，发现我不知道什么时候把它给洗掉了！这也是我把鲁巍抛到脑后的一个原因。

第五章　再次遇见

　　开春一上班,我被调到了基层法庭,虽然是下调,但按领导的意思来说,这是对我的一种栽培,因为不管是升职还是提升级别或者有什么好的机会,都需要基层工作经验。在乡镇的法庭工作不怎么累,但是因刚接手,有些事情要交接,事情会有些烦琐。我忙完交接手续,回家采购时才想到鲁巍的衣服我还没有还给他,而且对于他那天的提议,我不知道该不该相信,借这机会,说不定会有一个让人惊喜的开端。心思这么兜转两圈,我取了衣服,直接送上门去了。

　　但是这次我没有见到鲁巍,因为他没在家。我把衣服交给他妈妈的时候,想问她要他的电话号码,但刚一开口,话却哽在了喉咙里,没敢问出来。看得出,他妈妈看我的眼神已经有些暧昧了,而我的性子一直都特鸵鸟,最怕看到别人用暧昧的眼神看我,或者揣测我的心思,心里一排斥,就不再想付诸行动了。

　　回家的时候我就在想,可能我跟鲁巍真没什么缘分。很多事情都是这样的,明明有着继续发展下去的可能,可是因为缺少了一些缘分，达不到天时地利人和，就只能断了。

我通常每半个月回家一次，回去是为了将积压的一堆衣服拿回去洗，也是为了补充食物。平时我总在法庭里，这样挺好的，我妈就不会整天跟我说要找人把我嫁了，我也不会突然就想起林湘那个坏人。尽管条件艰苦些，但这样的日子轻松自由，无忧无虑。

殷以年后回学校去了，在网上遇到她时，我问她和小绵羊怎样了，她说："姐，我把他给你吧。"

我当即丢了一个踹飞她的表情。

她一肚子不满："你都不知道，我哪儿不好了？年轻又漂亮还有学历，成绩好，能歌善舞，体育出色，身体健康，他到底嫌我哪一点？"

我："是的，他都快更年期了，还嫌你呢。"

殷以："就是！见面后，他就不再和我联系，还是我主动发信息给他的。"

我："你发什么了？"

殷以："他不是要求相亲对象是黄花闺女吗，我说我是，但我要求他是处男！"

我：……

说实在的，殷以非常剽悍！

春天来了，我们下乡的时候，路两旁的山林里到处盛放着杜鹃花。我们干完活后，偶尔也会不务正业，同事踩了一脚刹车，我们呼喊着往略湿的树林里冲，我采花，同事采蘑菇、采竹笋。在我快抱不动那些花骨朵时，我惊叫了一声。

不是见蛇了，而是发现了好大一朵蘑菇，我还没见过那么大的蘑菇呢！它长在油茶树下，差不多有一小脸盆那么大，不由得我不叫。

同事循声而来，也哇了一声，跟我研究起这么大的蘑菇来了。

同事："你说它会不会有毒？"

我："应该不会有毒，它长这么丑，别人说美丽的东西才有毒。"

同事："那它是不是香菇呢？黄黄的。"

我："应该不是吧，香菇都好小的。"

同事："可我从没吃过这么大的蘑菇，长得真厚实。"

我突然一脸惊喜地道："你说它是不是灵芝啊？"

同事："可是灵芝是干扁的，还硬邦邦的。"

我泄气："也是。"

突然，同事的脸上也慢慢有了光彩，他比了个大拇指："有可能，晒干了就是了啊。"

于是，我丢掉那一捧被我摧残过的花，扔掉那一袋同事千辛万苦找到的小蘑菇、小竹笋，小心翼翼地将大蘑菇挖了起来，又小心翼翼地捧到车上。

庭长是一个十分谨慎细心的人，派我们下乡送文书久等不归，终于见我们回来，正想发飙，却见我们小心翼翼地、捧宝贝般地捧着一个大蘑菇回来，眉头都拧了起来。

"我说你们怎么送个东西这么久呢！居然跑去玩！玩就算了，你捡这么大个牛屎菌回来，吃又不能吃，看又不好看，等会儿还要当垃圾丢出去，你们还宝贝得跟什么似的，有没有脑子啊……"

牛屎菌？！

我跟同事对看，他说："你说它是灵芝。"

我："你不是说晒干了就是吗？"

呸！

我和同事将那宝贝了半天的牛屎菌往地上一扔，将它砸了个稀巴烂。有的时候我们总以为自己捡了宝,其实那就是一堆牛屎!

因为这件事,我们被其他的同事取笑了半天,之后他们每次下乡就跟我们说:"走,捡灵芝去!"

所以说,想法天真其实也是一种罪过,我觉得我应该深沉一些。

不过,这样的日子真的过得很惬意,每天我跟同事打打闹闹,听当事人争争吵吵就是一天;安静的时候可以用来学习,无聊的时候就上上网;下乡时被狗追一追,馋的时候跑人家地里掰一两根玉米;早上可以听到鸟叫,晚上可以看到明亮无比的星星,光着脚丫穿着拖鞋摇大蒲扇;自己动手则丰衣足食,一人不吃则全家挨饿。有的时候我觉得条件苦点,人变得土点,钱花得少点,帅哥消失得多点,也挺好的。

五月我回家了一趟,被老妈逮到逼婚,老妹跟小绵羊是彻底没戏了。殷以那小样儿一开始还嫌人家,后来是小绵羊不跟她好,她又心存不甘,现在时间一久,两人都没再联系了。于是,我妈又开始逮着我催了,一天三声叹,愁着我为什么还没嫁出去。

我正准备回单位,半路上领导打电话说不用回去了,继续留市里学习,于是我一路吭哧地跑回院里,等着同院里一些领导和同事一块儿去市委党校报到。

傍晚时分,同事才忙完。出发时,已经飘雨了。路面有些滑,向来给院长开小车的同事小白硬抢着刑事庭的三菱车开,一路上特带劲地说:"真棒,视野开阔,位置又高,刹车……"

刹车……失灵了,因为他话音还没落,我们就撞上了坡上的农用车!坐在副驾驶座上的我一头便撞上了前面的挡风玻璃上,再抬头时,看着被我脑袋撞成蜘蛛网状的玻璃,我一边庆幸着我还没被甩出去,一边又疼得直在心里咒骂。

所幸所有的人都没事,只是刑事庭估计要头疼了,三菱车的前盖全拱了起来。

小白打电话让院办公室换了一辆车来后,我们继续前行,到的时候,天已经全黑了。带队领导打电话找到组织方的负责人后,我们报了到,领了资料,组织方又给我们安排好了住宿。找到房间时,我已经累得睁不开眼了,实在没力气去瞄组织方发给我们的那一堆有关日程、注意事宜,以及关于食宿和座位是如何安排的资料,洗洗后倒床上便睡了。

第二天起床,我一身都是疼的,其他同事也都苦着一张脸,随后我们一起进了食堂。

早上看了资料后我才知道,本次是全市新进干警及新任领导的一次培训,也就是说,参加这次培训的,除了春风得意的新任领导,还有新进编制、豪情万千的生力军,放眼望去,那全是青年才俊、帅哥靓女啊。

真得意,我动了动肩,舒展一下背部被拉伤的肌肉。虽然那儿很疼,但是我的心情却是大大好了起来。旁边同事见我不断地嚷嚷着哪个美女漂亮,哪个美女有气质,哪个美女的身材高挑又窈窕,极为不齿地斜睨着我,道:"都不知道自卑怎么写!"

我摸了摸脸,早知道有这么多的帅哥,我应该将我的那套化妆品给带齐啊!上个礼拜买的那几套衣服也没带呢!最可恨的是,我早上洗脸都是胡乱地用水抹了一把,洗面奶都没用。看看看看,其他的那些"小妖精"个个打扮得花枝招展的,绝对都是有备而来的!

失策,失策!

虽然我很烦老娘恨我不嫁,但这不代表我自己就不渴望嫁人啊。我恨哪,恨我总是失了先见,往哪儿站,哪儿就土上几分再暗上几分。偏偏那些个新进的帅哥才子，个个神气得不得了，眼睛放在脑袋顶上，发现不了本姑娘有着败絮其外，金玉其中的本质。虽然那些个没心没肺没眼神的家伙瞧都没瞧我一眼，但我仍然稀罕啊。呜呜，一个比一个帅，一个比一个能入我眼，没穿制服的帅气时尚，穿上制服的英气挺拔，公安的帅，检察的跩，法院的内敛，司法的乖，全市所有县区的政法青年才俊和精英全集中在这儿呢！呜呜，那些个女人咋都花枝招展而不穿制服呢？

我按照名册上的编号找到了我的餐桌号，四处张望着找餐桌的时候，顺便将每桌的帅哥看了个遍，终于找到了自己的桌号时，眼睛仍不舍地瞄着那些还没来得及看的人，直到我同事非常不客气地扯了我一把，我才发现本桌的人全都望着我。

他们望我干啥？

我望向我同事，我同事向我挤挤眼，道："人家跟你打招呼呢。"

"谁？"

我巡睃了一圈，最后视线落在了对面。

鲁巍！

突然间，就是突然间，我的心跳就乱了。

他的出现让我措手不及，神思慌乱中，我只记得我扯了个笑，说："是你啊！"

竟然是他啊！后来那一顿饭是怎么吃的我忘了，整个大厅里的帅哥才俊我忘了，我只记得心里一直在念叨着：怎么会是他啊？

匆匆吃过不知啥味的早饭，我跟着同事们出了食堂就去找课堂。

课堂设在党校的大礼堂，我花了好一会儿工夫才找到我的座位。我们的座位比较靠后，我们区的单位都在这一排，按照政法委、检察院、法院、公安、司法的顺序排过来，再按参加人员的职位高低排列。

我是我们单位来的人中工龄最短、最年轻的小人物，紧挨着我座位的就是公安的带队老大了。我瞄了一眼他的名签，姓李，年纪三十多了，一脸的严肃，身材很是高大，一看就是新任职领导；再瞄过去，第二个位子的人还没来，可是桌上贴的名签上端端正正地印着"鲁巍"二字。

他居然也是新任职领导，凭啥我还是新任职干警时，他就是新任职领导了？他比我还小一岁呢。

不过我向来心态平和，不和人比，咱不争那个。我一屁股坐到皮椅上，压得空气噗地溜过臀背间，发出不大不小的声响来。

旁边的李警官马上侧头看向我，居然还捂鼻，我讪笑，道："不是放屁。"

鲁巍进来时，是从另一边挤到他的座位上的。我刻意忽略他，一本正经地看手里的学习资料。可恼的是，尽管没有看他，我却仍能清晰地感应到他的一举一动，座位离得太近了！

远远的主席台上，党校校长在给开课典礼致辞，不多久，旁边的李队已经呵欠连天了。我侧头看他，顺便飞快地看鲁巍。鲁巍单手支着头，低眉顺眼地盯着手中的资料，这种姿态，都不知道他是在认真听台上喷喷不休的发言还是在打瞌睡。

我看主席台，看资料，看李队，看鲁巍，如此不断重复着，直到李队侧着脸认真地盯着我。

"小姑娘，认真听讲啊！"李队说话间又打了一个呵欠。

我笑笑，低头看资料，忍住不再往那边侧首。

正当我也要昏昏欲睡时，右肩遭人轻拍，一侧头，李队冲我笑得莫名其妙。

我盯了他三秒没回过神来，等着他的下一步举动。

他却侧过脸去，当什么都没发生般。

奇怪，他又是让我认真听讲？

我坐正坐直了，小小地打了个呵欠，才发现现在主席台上已经换人在讲课了。我的眼睛微微眯了眯，嘿，中院院长，我们的上级领导啊，于是我坐得更正了，捧捧他的场。

我低头看资料，不期然地看到桌面上多出了一张折成小方块的纸条。

传纸条，已经是很久远的事情了啊。这小小的纸条，曾纵横课堂，所向披靡，所到之处无不惊起睡鸭无数。如今又见纸条，我真是倍感亲切。在这个到处是精英级人物，个个都携有通信工具的大课堂里，居然还会有这么有温情的东西出现，这要感谢这个偌大的课堂屏蔽掉了所有的通信信号。现在这张小纸条出现在我的桌面上，我真的是好感动、好幸福，都无语凝噎了。

抖索着，我拆纸条。尖叫吧，嫉妒吧，我有小纸条啊。我的我的。

啪！

我抚着被拍痛的手，侧过脸去，敢怒却不敢言，只能用眼神控诉：领导，你咋打我？

李队吹胡子瞪眼的，冲我手里的小纸条直努嘴。

我低头一看，不好，纸条背面上还写了字的呢，上书：郑经纬书记。

我把纸条按原样折好往左传，委屈地再搓搓被打的手。我差点看到领导们的私信了，要不得啊要不得，没前途啊没前途！

我往右瞄了一眼，发现鲁巍笑得肩一抽一抽的。

我继续低头看资料，不一会儿，从左边扔来一张条，我扔往右边；又从右边传来一张条，我便扔往左边。起先传纸条就是单纯的李队与郑书记两人的来往，不知道从何时起，纸条变成了冯检、李主任、肖科长，还有鲁巍的。我这位置，俨然成了传送纸条便利的中枢要塞，纵横交错中，谈笑有鸿儒，往来无"声息"。

鲁巍的那一张纸条我刻意多瞧了一眼，上心了。那字真娟秀，是女人写的。我便往左瞄，这是哪位写的？检察院那高挑的小姐姐？政法委那文静的小妹妹？

我为传信忙啊，就像一只小蜜蜂，坐在草丛中，传啊，传啊。

直到中午下课，从我手上过的纸条有多少我已记不清了。鲁巍只有那一张纸条，我不知道是谁传的，鲁巍也没有回复，旁边领导们的记事本倒是被撕得挺惨的。我缓缓走出大礼堂，伸了个懒腰，浑身仍是疼得厉害。据说这个就叫撞车后遗症，不花上几天，消不了疼。

市里的领导不知道怎么得知我们在来的路上发生交通事故的事情了，中午我们埋头吃饭时，那几个领导亲自跑到我们这一桌来，挨个慰问了一番。我们带队的领导一番感激，瞧了瞧桌上，没酒，倒了两杯茶敬了下。而我站在一侧很狗腿地笑，真累！

政法委的郑书记在那些市领导走后，一脸关心地问我们有没有受伤，要不要去做个检查。我们领导笑着说没事，然后瞄了我一眼，又开口道："殷可，要不你还是去检查一下吧？你都把挡风玻璃撞成那样了，头没坏吧？！"

我感觉整桌人的目光全唰唰唰地射向我，里面有惊诧，有不信，有好奇，毕竟我撞碎的可是挡风玻璃啊，据说这玩意儿不容易碎的啊。鲁巍那眼里是什么，我不确定，他只是看着我。

"哈哈，没事，我向来很'小强'的，脑子也好使得很。不信，我出道脑筋急转弯的题给你们答，你们准答不上。"我笑得很窘，因为我向来不习惯这么多人将关注的目光投在我的身上。看我的人一多，我就会紧张，一紧张就会话多，再一话多，就连自己都不知道自己在说什么了。

本来我只是想为了证明自己脑筋正常,让他们出道脑筋急转弯的题给我做,这脑子一蒙就说错了,说完后,看到他们更加疑惑的目光,只能打蛇随棍上棍,想着有什么好的脑筋急转弯的题目。

"小明的妈妈生了三个儿子,大儿子叫大毛,二儿子叫二毛,小明叫什么?"

噗!鲁巍一口茶水喷了出来。

接着,其他人不是辛苦憋笑,就是愣愣地看着其他人。最可悲的是,我是反应最慢的那个。我一直在想,这道题为什么会可笑,是太简单了?是出题率太高了?我想了半天,就是没明白笑点在哪儿,只能呆呆愣愣地看着整桌的人最终笑得七倒八歪。

领导忍笑含泪拍拍我肩膀,说:"下午还是去做个检查吧。"

话是这样说,但下午我仍然坐在座位上当勤劳的小蜜蜂。我的脑袋确实撞得不轻,头顶有一个大包,不过被头发遮住了,谁都看不出来。我自己用手摸索着按那儿时,其实挺疼的。我伤的基本上是看不见的地方,大腿左侧也青紫了好大一片,只是在培训期间,我不想兴师动众,引人侧目,就将一切都隐瞒了下来。

因为礼堂内放置了通信信号干扰器,所有的手机都无法通话与发送短信,于是在上午纸条沟通的方式出现后,下午的纸条比起上午来,有增无减。我习惯性地将左边来的纸条扔向右边,右边的扔向左边。对于纸条上面的那些人名,我已经没了兴趣,直到某张纸条被我往左扔过去,又被扔了回来。

我拿起纸条一看,上面赫然写着两个字:殷可。

我眼睛一亮,哇!我的,我的!

我精神振奋,开拆纸条。

——如果感觉到恶心、想吐,或者晕眩的话,一定要说!

这是谁写的？谁写给我的？

好感动，哪个领导这么关心我？！我往右看去，李队精神不济地瞟了我一眼，越过他，鲁巍仍低眉顺眼。虽然我心中一动，但眼光越过他后，右边司法的某领导见我望向他，和蔼万分地冲我笑。

原来是司法的啊！当下我有些明白了。其实司法和法院是走得最近的了，而且司法局的领导向来把姿态放得很低，所以那个领导真细心哪，对于我这样一个初出茅庐，没地位、没背景、没姿色的小角色，仍给予贴心的关怀啊。

因此，最后我把纸条夹进笔记本里珍藏。

想想人家领导对我如此关怀，我也该懂事回应一下，于是我十分大手笔地撕下半页笔记本，在上面唰唰地写上大大的"感谢"，再折好纸条，上面写上领导大名，最后眼睛向右向右再向右！

吃晚餐时，我发现在食堂里吃饭的人明显少了一半，正疑惑呢，领导接了一个电话后向我们招招手，示意撤。得，他有应酬。

领导让我们一块儿去，我有预感这领导的酒瘾犯了，大约是要拉上我们一块儿去喝几杯。不过这可是违反纪律的呀！我可不干。我一抚额，痛苦地道："饶我这一回吧，头疼。"

我确实是那种不大会有前途的小青年啊，喝不了二两酒就会晕，领导也明白，便抛下我一个人，带着其他人杀出了食堂。

结果，这一桌子只剩两三个人了，鲁巍那家伙就没来，哼！

这么一大桌子菜，简直想撑死我，简直想幸福死我。

晚饭过后，我回到房间洗澡、擦药，然后将电视调到平时喜欢看的卫视看综艺节目。爆笑N回后，我想到应该发条微信给老妈。说真的，撞车那一瞬间，我真的很想她。微信发过去，我告诉她我又回市里来开会了，但没提车祸。结果我妈跟我没太大的心灵感应，久久都没回复我的微信，于是我又编了条微信，耸人听闻地只打了五个字：我出车祸了！除了我的亲人，我给所有朋友都发了这条微信。可直到综艺节目结束，开始播花絮了，才有人回复我的微信。我突然觉得没意思极了，虽然每个人都关心地问我受伤没，严重吗，可是我竟觉得这是要来的关心，索然无味。

第一次，我竟感觉到空虚。以前，我总是让自己活得精神抖擞的，身体健康，没心没肺。每个人都觉得我天生乐观，我的周围全部是阳光，他们不知道，我也会有悲伤；他们不知道，我也会觉得疼痛。

真是没意思极了，那么好笑的综艺节目让我笑过后，竟会累到悲伤。趴在雪白的枕头上，我想，我缺一个我在意的人来关心我，所以，悲伤会飘浮在空中，压在我肩上，别人看不见，我也不让人来帮我分担……

睡到迷糊时，我被门铃吵醒了，揉着眼睛开门，门外站着的是交警队的美女，她和我一间房。她是真正的妖精级的，我看了一下时间，妖精玩到了十二点。我大大地打了个呵欠，妖精不好意思地冲我笑笑，笑完后又风情万种地回头冲某人笑得妩媚。我好奇，迷蒙的睡眼瞄向走廊，却只看到已转过身准备进房间的高大的背影。手在嘴上轻拍几下，又是一个大而长的呵欠，我转身步向我的床。

眯着眼，听着妖精美女在放水洗澡，心情不错地、很轻很轻地哼歌，我拱了拱枕头，心里莫名地觉得更加悲伤。

第二天，在上课前，组织方进行了一个小时的通报批评，首先批评的是昨天的晚餐就餐情况，据说就餐率不到百分之三十。这不仅仅证明政法干警队伍吃喝风严重，而且造成了极大的食物浪费；其次便是纸条满天飞，昨天散会后，地上白花花的一片，不仅说明政法干警枉费组织者苦心安排的课程学习，而且很没道德，不讲卫生，随地扔垃圾；最后，通报所有在课堂中闭眼超过五分钟以上的人员名单以及看报纸杂志、玩手机单机游戏的人员名单……

我的天！

我上看、下看、左看、右看，监视器在哪里？

最后，我总结出很经典的一句话来："有奸细！"

方圆两个座位内的领导、同事全部望向我，然后若有所思，点头顿悟，最后表情木然，双眼不游离地盯着主席台上那几个略秃顶的大大大领导，跟入定一般！

而我望着顶风作案，将纸条从桌面转移向桌下传递的人们，心里想着：看你们怎么死！

果不其然，组织方之所以能那么了解底下与会人员的一举一动，靠的不是高科技，而是最原始、最简单的安插奸细法，下午那些偷偷传纸条的人就被逐一通报出姓名、所在单位。

以我为中心两个座位内的领导、同事们，因事先已料到课堂中有奸细躲过了一劫，奸笑不已。

所以吃晚餐时，我看到了难得的成员全部就餐的盛况，但是我很郁闷。经过昨晚被集体放鸽子，造成大浪费的事件后，组织方痛定思痛，果断地减了一半的分量，于是油焖大虾我只吃了不到两只，血鸭我只抢到了四块，鸡翅膀在一上桌时便被人夹了去，连西瓜我都只吃到了薄薄的两片，还是白瓤多、红瓤少的两片。

同事们也都吃得不过瘾，眼看饭还没吃饱，就只剩满桌狼藉了，摇手大喊了一声："服务员，加菜！"

真是满座皆惊然，他当他在酒店里呢？！

看着五十多岁、大婶级的服务员拎个大汤勺，一脸菜色地走过来，我侧头看着白目到不能再白目的同事，莫名其妙地扫了眼对面的鲁巍，瞧出了鲁巍眼底隐含的笑意，突然想说这句话：我不认识他。

最后晚饭没吃饱、没吃好的结果就是多了一顿集体夜宵。

我在心里感叹一声：塞翁失马，焉知非福啊！

反正我只负责吃，不负责付钱买单，组织方啊，真谢谢你分量不够的晚餐！

夜宵是在党校旁边的夜宵摊吃的。党校的位置很偏僻，但因为有党校在，所以党校周围还是会有一些夜宵摊、小吃店、小卖部。我不知道平时这些夜宵摊的生意如何，但今晚夜宵摊的生意是相当的好。

说是集体夜宵，但也不是所有的人都到了，我们这一区的只有政法委、法院和司法三大家的同事聚在一起，吃了个丰盛程度绝对高于晚餐的夜宵。公安那片人马众多，在我们开吃不久后，也咋呼着在旁边那个夜宵摊吃上了。我们三家的人马，还不如他们一家人马多。隔壁那夜宵摊的老板突然就笑开了花，忙手脚利落地将炭火煤炉扇得更旺。

本来我们这桌吃得挺热乎的，也聊得很带劲，可是公安那帮家伙一来，咋呼得一条街都可以听到，势头瞬间就盖过了我们这边的。几个领导一边喝酒一边向那边瞄，我也瞄。那群脱了警服的家伙喝着啤酒划拳时，和一群糙汉没什么区别。

而鲁巍一副不苟言笑的样子，靠坐在椅子上。他点了根烟，手搭在交叠的腿上，烟没怎么抽，就让它燃着，吃得也不多，看上去意兴阑珊。

我抿了口茶，目光仍黏在他身上。反正隔了这么远，他可以任我打量。我突然想起一句话来，咫尺是天涯，天涯共此时。我不知道怎么会有这么一句话，也许自己就这么突发奇想了：白天隔着一个座位的咫尺，隐忍着似天涯般的遥远，夜幕里穿过烟雾重影与鼎沸人声，却觉此时少了些心防枷锁。

我正在想些有的没的，突然就看到他望向了我这边。我不知道他在看谁，或许看我了，或许没看，反正他看了二十秒左右的时间。我心头的那只小鹿啊，撞得我受不了了，只能低下头，狂饮夜宵摊的劣质茶。

桌上有烤生蚝、烤龙虾、烤鸡翅、烤鸡腿、烤火腿肠、烤茄子、烤韭菜和烤香菜，一个同事则烤了一大盘猪鞭，吃得不亦乐乎，正在胡思乱想的我就被突然递至眼前的一串猪鞭打断了所有的思绪。

抿紧了唇，我身子向后仰了仰，正想摇头说不吃的时候，感觉到向后仰的身体碰到了谁，扭头一看，鲁巍手中端的酒刚好酒在我仰着的脸上。

同桌的人都哄笑了起来。

酒水渗进了我眼睛里，我眯着眼难受地伸手找纸巾，还没摸到，就有人抽了纸巾给我擦拭了。我将那只拿着面巾纸的手按住眼睛，感觉眼睛舒服一些了，才抓住那只手按向其他仍有湿意的地方，直到我睁开眼……

鲁巍半蹲在我面前，脸对着我的脸，我的手抓着他的手，而他眼里已是满满当当的笑意了。

突然间，我感觉周围的气场有了一种磁性，就像南极遇到了北极，二者相吸了。

着魔了，着魔了，我想我是着魔了，我差一点就要将下巴上扬了。

　　知道下巴上扬意味着什么吗?天哪,他的嘴唇就在我鼻梁的上方!

　　我不着痕迹地丢开他的手,他也轻巧地退开了。在他退开时,我分明看到他慢慢收起了笑容,眼神里多出一抹复杂的情绪。我红着脸,小心翼翼地看同桌的那些坏人们,他们个个笑得没心没肺。我要的就是这种效果,如果他们敢笑得暧昧,我就钻桌子底下去,幸好他们没发觉什么。

　　幸好什么也没有!

　　后来鲁巍给全桌人敬了一圈酒就离开了。

　　不知道为什么,有些东西就郁结在了我心中,明明想要自己不去在意,偏偏就在意了。

　　我找了个借口先离开了,走在宾馆空无一人的走廊里时,仍在想我心里在堵什么。我似乎在跟自己生闷气,又似乎在气鲁巍。可是我气他什么呢?心情低落啊,很低落!

　　直到交警队的妖精美女给我开门的那一瞬,我突然想到了我在郁闷什么,可是那想法一闪而逝,快得我还来不及抓住,它就消失了,我便又迷惘了起来。

　　是什么?刚刚心头那一颤是什么?

第六章
离去是因为不挽留

第三天上午,我一直在走神,所幸坐在这个礼堂的人,十有八九都在走神,讲台上的授课老师也不会真正点名提问,所以我可以尽情地走神。课堂纪律因为组织方的暗抓明报变得很好了,整个会场却变得死气沉沉了。

不过妖精美女们仍有办法让自己成为焦点被注目,那便是频繁地上厕所。

"借过,借过。"从我面前走过去的公安美女已是第三次借过了,明明从另一边过去借过的位置会少一些,可是她仍要往这边来借过。我明白的,从那边借过,不会经过鲁巍,哼!

她上得多了,坐我旁边的同事有些不耐烦了,而且似乎无聊地想使坏了。于是,在下一个妖精美女经过时,他冲我诡异一笑。在我不解时,擦肩而过的美女"呀"了一声,坐在了他的腿上。

忍笑,忍笑!听着美女的抱怨,我忍不住要笑出来了,便将脸侧向了右边,然后便对上了鲁巍的目光。

我看到李队颇带兴味地在笑,前排的帅哥也在笑,可是鲁巍一本正经的,不露丝毫笑意,甚至那眼神里颇有些不屑。

我收起了笑容,刚刚戏耍别人的心情突然烟消云散。

他心里想什么呢?觉得我们肤浅?觉得我们的行为过于幼稚?是不是觉得我们取笑别人的行为很白痴呢?

我皱眉揣度,不仅恼自己的行为,更恼自己竟如此在意他的想法。

我想,刑事庭副庭长的那句话是十分正确的。在我初见鲁巍时,他曾说鲁巍有很多女孩子黏着。事实印证了他的话,尽管坐在这个礼堂里的人那么多,青年才俊那么多,英俊帅气的那么多,背景深厚的那么多,可是把眼光投放在鲁巍身上的更多。虽然我跟他只隔着一个座位,可是我们之间其实很远!

得不到的,我就不去遐想;距离远的,我就背向而弛,去寻找离我近的。我是鸵鸟,虽然头埋在沙里很傻,可是眼睛看不到伤害来袭,心就不会受伤。鲁巍,不会是第二个林湘。

下午进行了一个小时的总结后,为期三天的培训结束了,鼓完掌后,我竟然听到了零星的唏嘘声,不知道是为了三天过于规矩沉闷的学习结束了而释然,还是因为失去了继续跟美女帅哥同坐一室的机会而感到遗憾。

我将置于桌面上的资料、笔、纸等逐一收拾进文件夹里,等着两边的同事散去。将密封拉链缓缓拉上时,我莫名觉得失落。我看向在中间过道上缓缓走过的年轻帅哥们,突然就长叹了一口气。我最终还是没有抓住机会,好好逮一个青年才俊回去啊!

来的时候,我们单位的车子很挤,加之出过车祸,所以回去的时候,政法委的带队领导想办法给我们安排了车子。他们将区内所有人员及车辆集中在一起,进行了调剂。很不幸,我被派到了公安的车上。

人有的时候真不能相信自己的运气，尽管我在心里祈祷再祈祷，别把我给安排给公安，但是老天分明听到了我的祈祷，并且很得意地耍了我一把。郑书记很负责地把我推向李队，然后跟那一帮斜着眼睛看我的警察道："别欺负人家小姑娘啊！"

我不小了，真不小了，我要求人权，我要求双向选择！

我苦笑着看向郑书记，人家笑得多和蔼啊，我们院长还要听他的呢，我怎么能因为私人恩怨就辜负他的一番好心呢？转头望向车子，开车的帅哥我不认识，也没太大的印象。李队已经跨上了副驾驶座，后面也坐了两位了，靠左门的位置是留给我的，而中间的位置，鲁大警官堂而皇之地霸占着。

好吧，坐吧，反正才不到一个小时的路程。

党校建得太过偏僻，明明是市委党校，却把学校建到市区的最边缘，要是建在市内多好，这每天的食宿费都能省下不少啊！我们回去一趟也方便得多啊，领导们也省很多心哪，而我会少很多尴尬哪……

碎碎念、碎碎念！

正当我准备上车时，妖精及时出现了，而且一出现就是两个。

和我一房间的妖精美女拉着森林公安分局的另一个妖精美女，扯住了郑书记的胳膊。

"我们晕那车，来的时候快要把胆汁都吐出来了，领导给我们换个车好不好？"

我呆呆地站在那里看她们，她们的意思很明显了，她们要坐的就是这辆只剩一个座位的车。

虽然我也会晕车，但我还真不知道坐不到一小时的车可以令人将胆汁都吐出来。当然，我是草根阶级，她们是花朵般的妖精，体质绝对存在着差异的。既然她们要求换,意思也这么明显了,得,正合我意。

终于,我也大方一回,跟正在为难的书记主动要求:换车。

不知道别克小轿车喷漆而成的警车后座坐上四个人会是什么滋味,特别是后面还坐了两个身高目测都是一米八以上的大男人。两个妖精虽然身材玲珑有致,不过既然能混公安交警,自然娇小不到哪里去。我在车旁站了一会儿,研究着他们要怎样合理安排空间。

李队坐在副驾驶座上回头看后面的人一个劲地拱着进车里,然后大声感叹道:"最难消受美人恩啊!"

我抿唇笑了笑,可是突然觉得虚假,便渐渐敛了笑容,再瞧了眼鲁巍,他正在努力往右边挤,突然抬眼便盯住了我,于是我飞快转身,向另一辆车走去。

坐上宽敞的越野车时,我侧头往外瞧了眼,旁边的帅哥问:"看什么呢?"

我回头笑笑,敷衍道:"我们院里的车走了。"

他又道:"走了你也不用这么落寞啊……"

我落寞了?

车子还没驶出党校,状况就接连不断了,开车的小赵显然是个新手,倒车时竟将车倒到了人行道上,整个越野车很滑稽地一个轮胎在台阶上,其余三个轮胎落在车道上。我怕得紧紧地抱着前面的驾驶座,真的是不想再经受一次车祸了。从人行道上下来后,开出不到一百米,车子右前轮又陷进了水坑里,整个车子里的人都冲着小赵吼了起来。

美女问:"四驱的车子都能让你给陷水坑里,你有驾照没?说,有驾照没?"

小赵很无奈地出示他的驾照，道："我有的，我有的。"

一哥们将那驾照夺了去，看了后骂道："你还不如我呢，我考了都一年了，你才拿了不到一个月的驾照。"

我无语，生命诚可贵啊！

车子里所有的人一致要求换人开车，然后纷纷看向拿了一年驾照的哥们。

可他挠挠头，道："我虽然拿驾照一年了，但是一年内，我的分数就全部被扣光了……"

我更无语了！生命诚可贵啊诚可贵！

小赵咕哝着，答应开很慢，我们才同意将刚从水坑里被推出来的车子给他开。可是他一发动车子，车子居然向后倒了起来，后轮又陷进了刚刚的那个水坑……

全车的人已经面无表情了，小赵缩缩脖子，冲大伙不好意思地笑笑，掏出手机，拨通电话后，十分沮丧地道："兄弟，救火！"

挂了电话后，小赵扭头十分委屈地跟我们抱怨道："本来就应该他开的，可是他非让我练习练习，跑那车和美女挤一起了。"

什么人哪，拿我们的生命给别人来练习！

过了十分钟后，开车的人换了。我看着鲁巍一言不发地坐上驾驶座，心就又那么突突地跳了起来。

是他！竟然又是他！我换车以前，他就已经坐上了那辆别克了，其实……我多想了，我多想了！

车子发动时，鲁巍调整了一下后视镜，我的座位在他座位的后面，我一抬眼便刚好对上了后视镜里他剑眉下的那一双眼。

车子里的人有说有笑，鲁巍偶尔"嗯"两声，而我整个人都不在状态，一言不发地呆坐在后面。在别人偶然提问时，我笨笨呆呆地虚应两声，笑笑当是回答了。

挂挡，踩油门，打方向盘，车子在一阵大噪后爬出了水坑，鲁巍的动作较之小赵来，简直是驾轻就熟。车子上了水泥路后，我感觉到他的动作似行云流水般了。看得出，整车人的心情都因为窗外一闪而过的景致而变得舒畅起来。

车子路过土菜馆时，鲁巍一打方向盘，拐了进去。一车的人很自觉地下了车，就我一脸的讶然，开了车门后才发觉那几辆先出发的车都停在了停车坪内，李队和其他人已经开了两桌牌，我们到的时候，他刚好斗地主挨了五炸，所有的人都吆喝着要他喝上十杯水。

原来，他们还要聚餐啊！

我是外部人员啊，这样跟着来太不适合了。他们已经熟透了，觉得没任何异常，可我有啊。我本来性格就别扭，跟不熟的人就更别扭，何况是跟这么多不熟的人！虽然混吃混喝的事情常有，但这不代表我会莫名其妙地跟公安这一大帮不怎么熟的人混吃啊。

别扭！真别扭！我没办法让自己显得落落大方，而早到的几个交警队的妖精美女早已跟他们打成了一片，谈笑自如。我杵在一旁，不知道自己该说些什么，其他人也不知道要和我说些什么，我就如那壁花，自我尴尬着，不知道要如何与他们相处。我知道自己这样小家子气会不招人喜欢，可我就是没办法，没办法！

我迟疑地移到鲁巍身边，悄悄地扯了扯他的衣袖，本想私底下跟他说些什么，可是这老兄的动作可不可以不要弄出这么大的幅度来呢？

他敏捷迅速地一个大转身，让所有的人都看向了这边。

我当场呆在那里半晌，环顾一周，看我们的人似是有看戏的想法，却见半天没了动静，复又围作一堆继续打牌，倒是鲁巍转身盯了我半晌后才问："怎么了？"

我拉他到一旁,轻声地说我有事要先走。

他沉吟了一会儿,就这一会儿,那眼里复杂的探究让我轻轻抖了一下。

他抬手看了一下时间,率先转身,唤道:"走吧。"

我似惊醒般,摸摸略有些发烫的脸,感觉自己差点溺在他眼里了。我回头,那些人还在全神贯注地打牌,倒是几个妖精发现了我们在向外走,盯着我们凑作一堆嘀咕着些什么。于是我本想打声招呼的想法也因此作罢了,反正他们有人发现我离开了。

跟在鲁巍身后,其实我颇为忐忑,因为已经到了市区内,我没打算让他送我的。可是他的意思是定要送我,态度坚决,不容我拒绝,我便不敢再作声去推却了。不知道为什么,我总觉得他眼里似乎风起云涌般的,藏了些什么。

坐上副驾驶座的时候,我先扣好了安全带,因为来时的车祸事件,对于坐这个位置,我仍然是心有戚戚焉。鲁巍发动车子后就坐在那儿没动了,我不明白他在等什么,侧头正想问他时,却见他抿着唇,直视前面的眼睛透露了些他复杂的心思来,侧脸绷得棱角毕现。我觉得他的心情沉郁,那要问的话就卡在了喉咙里,怎么也问不出来。静坐了好一会儿,他才挂挡,踩了油门,顺利地倒车,毫不停顿地将车开了出去。

"我不回家的,你在太平路口把我放下来就行了,我在那儿等车回法庭,明天还要上班。"车子驶上大路后,我说。

他侧头扫了我一眼,眉头就皱了起来,可能是觉得我太过麻烦了吧。我噘着嘴,又不是我要求他送我的。

在某个岔路口,车子一拐,南辕北辙地向我要回去的反方向拐了去。我想了一会儿,觉得这里似乎没有近道可以去那个路口,也不曾听说这边会有开往那个乡镇的公交车。

那就是鲁巍有事?

车子一直开到了二医院的门口,我才相信,应该是鲁巍还有事。他真是个闷骚的人,有事不能跟我说一声吗?闷葫芦一样,想去哪儿就去哪儿,都不尊重他人。

看到鲁巍下车,我还径自坐在座位上摇头直叹:"警察当久了啊……"

他关上车门,绕到这边时,见我还没下车,便又折回敲车窗。我放下车窗玻璃,不解地看他。

"快点,下来。"然后他替我开了车门,我不解地下了车,看着车窗自动再合上,然后我被鲁巍快步地拉进了医院。

"你这是干吗呢?"我小跑两步,跟上他的步伐。

他进入大厅后,熟门熟路地挂了门诊号,拿着单子就进了某个科室,将我按在了一"白大褂"面前。

我才明白,不是他来复诊,现在要检查的是我。

医生问我怎么了,我说我撞车了。接着他问撞哪儿了,我说头,然后瞟了眼身后的鲁巍,闭上了嘴。

医生也瞟了眼鲁巍,鲁巍这家伙就十分聪明地走了出去,并带上了门。

拿着医生开的处方笺开门时,我看到长手长脚的他抱胸靠在医院的墙上,见我出来,拿过了我的处方笺看。

"照CT(电子计算机断层扫描)。"真无语,那医师看了半天,摸了半天,最后还是一句话,先照个CT。

他领着我去缴费,掏钱时,我说什么都不让他付,他也就不跟我争,可我扯开钱包时,发现现金其实不多了,他说话了,道:"用医保卡。"

对哦!我有医保卡的。自从领了这玩意儿后,我还没用过,也不知道里面有多少钱。我喜滋滋地把卡拿了出来，递给收费的小妹妹，神气十足地说："小姐，刷卡。"

拿了发票转身时，我看到鲁巍的脸竟不知何时染上了笑意。

"发票留起来，再拿着门诊病历及处方，可以回单位报销。"

我点头"嗯"了一声，跟在他身后，走向了CT室。

医院里有很多护士和医生都认识鲁巍，一路上都有人和他打招呼，而他对医院似乎也非常熟悉，哪个科室在哪儿，看病流程是怎样的，他都不需要问人。像我就不行，我只知道这里是二医院，很小的时候在这里输过液，但后来我几乎是不来这里的，更别说知道开卡、挂号、缴费这些繁杂的手续了。

所以跟在鲁巍身后从一个地方到另一个地方时，我感觉很安心。原来有这么一个人，什么都懂，不需要我操心，主动为我奔波，告诉我可以用医保卡缴费，告诉我工伤可以报销。更重要的是，他把我的事当回事，拉我进了医院，把我送至CT室门口时，还用一种略带担忧的目光送我进去。

可是，在我心底这么感激他的时候，在我差点为他心动的时候，他竟然……让我感觉到了我的自以为是、自作多情。

我从医院出来，他已经在车上等了好一段时间了。我上车关上车门后，向他扬了扬报告单，心情很好地笑道："没事的，多是瘀伤，医生说问题不大的。"

他双手都放在方向盘上没说话，似乎也没打算要开车，眼睛根本不看我，平视着前方，神色凝重得就像开始般。我突然感觉到他可能有什么话要跟我说，于是收了话，也笑不出来了。

终于，他深吸了口气，似乎下了很大的决心才开口道："我不知道我先前的要求是不是对你造成了很大的困扰，其实，你不需要见到我便忙着回避的。我向你提出交往的意思也许过于冒昧了,但我不知道你是不是误会了什么,又或许我本人不值得你交往,我本来希望我们成为朋友也行的。另外,另外,我有适合结婚的对象了,你大可不必再对我那么戒备,刻意保持距离……"

我静默地坐在位置上,突然觉得身体某处似乎有一种麻痹的感觉,这么说来,这么说来……

我不知道我在想什么,我看见他在说话,车子动了,有风灌了进来,最后他说到了。在太平路口下车时,我甚至连一句谢谢也忘了说了。我不知道我是不是失态了,看着那辆车子掉头,然后渐行渐远,我只能慢慢地、软软地蹲在了站牌下,神思空洞地看着青色的路面上印着的白色车行线。

这么说来,这么说来,我想多了……

我从没想过给别人造成负担,不论是身体上的还是心理上的。我没有及时响应鲁巍的提议是因为我不知道他突然那样说的原因何在,因为我刚刚才从一段受欺骗的感情里走出来,还因为我不认为他会无条件地喜欢上我这个平凡得几乎一无是处的女人。我确实有在躲他,可是躲他不是因为我不喜欢他,而是因为害怕喜欢上他。我怕我又在一味地一厢情愿着,他一直没有不值得我去喜欢,我只是……我只是……我只是害怕而已。

可是,每每在我觉得事情可能有转机的时候,在我以为要看见春天的时候,那些门又砰的一声关上了,我只能却步,继续在门外徘徊,或者失望。

庭长说:"殷可,自从培训回来,你就变得蔫蔫的,这样可不行啊,工作可不能马虎。"

大波说:"她很久没捡灵芝了。"

小波说:"我们很久没吃螺蛳了。"

我一拍桌子,唰地站了起来,目光坚定地说:"我要去捉鱼。"

一扭头,我发现庭长的脸变得铁青,还开始抽搐,老林摇头叹道:"嫁不出去了……"

捉鱼很好玩,更难得的是,我们庭长居然和我们一起跑到河边来疯了。小波脱得只剩一条裤衩,一跃就进了水里,灵活得跟条鱼似的。我提着个桶跟在岸边上跑,一个劲地问,看到鱼没。

另一边,大波叫唤道:"这边多。"

我屁颠颠地跑了过去,直嚷嚷:"在哪儿在哪儿?"

我还没看清鱼呢,庭长迫不及待地将钢叉叉来叉去,但许久都未叉中一条。倒是大波撒的网挺有收获,收网上来时,网中已有好几条白色小鱼。

哈哈哈,我大笑三声,在岸边捡着每条不足手掌长的小鱼,并把它们扔进装了半桶水的桶里,吭哧吭哧地跟在大波的后面。

一会儿大波说:"这里这里。"

我跑去。

一会儿庭长在另一边狠狠一叉。

我又跑去。

小波站在及腰深的水里喊道:"殷可,收战利品了。"

我提着桶跑去。

老林看着满头大汗的我,继续摇头叹道:"殷可啊,既然你捡的都是死鱼,桶里为什么还要装上半桶水呢?"

咦?对啊,谁让我在桶里装这么多水的?谁?谁这么蠢的?

小波肆无忌惮地大笑着,大波捂着嘴笑得很贼,难得一笑的庭长乐不可支地看着我,而我将桶往地上一扔,大笑不止。

眼泪咋就笑出来了?

案子渐渐多了起来,大部分是离婚案件。我们的开庭排期公告栏上排了十五个最近要开庭的案子,其中十三个离婚,一个道路交通事故损害赔偿，一个人身损害赔偿。

老林背靠在老旧的藤椅上，看着我站在椅子上将公告板挂到墙壁上，扯着唇道："其实我们可以在旁边开个婚介所啊，你看这婚离得，真不像话啊。"

我从椅子上跳下来，很是赞同地点头。

小波抢白道："就这样，没错，我们把后面那座山给包下来，山顶是法庭，专门用来离婚，半山腰是婚介所，离了婚的进这道门。"

我掩着唇笑，生活过得太好了，人们愈加想追求更幸福的生活，离婚案件占总收案的百分之九十并不奇怪啊。

庭长扔来两本案卷，说："殷可，填好应诉通知书和传票，我们下乡。"

耶，又下乡！

我最爱的就是下乡，尽管现在时值六月，外面的太阳已经变得毒辣了，但是这一点也不减我对下乡的兴致。

我这么热衷下乡应该和我小时候的记忆有关。小时候，我最喜欢去乡下姨妈家玩，泥巴没少耍，鸟窝也没少捅，赤脚走在田埂上，光个屁股泡池塘里，用柳条围个圈戴头顶上，或者懒懒地睡在树荫下的吊床上。这些记忆都十分美好，美好到现在只要一下乡，闻到混了猪粪味的泥草香时，我的心情就会情不自禁地很放松。

这个时候下乡，刚好是桃子结得密实的时候，也是杨梅由青转红的时节，葡萄可能还要等一阵子，但是早熟的瓜田里可能会有已经红瓤的西瓜了哦。

大波继续贼笑着盯着我看，然后跟大伙说："你看她你看她，乐得跟老鼠似的。"

整个上午，我们走村串户地找当事人，直到中午，还剩一个当事人未找到，庭长看了看材料，琢磨了一下，道："先去镇政府混一顿吃的再说。"

耶，有吃的了！我继续乐得跟老鼠似的。

可是这顿饭却并不如我想象中的好吃，无关乎桌上的食物，关乎的，是其中的某个人。

第七章
遇见复又见

我砰的一声将车门一关,神气十足地跟着领导走向政府办公楼大厅,在迎出来的那伙人跟庭长握手时,我的气焰瞬间便消失了,因为我居然忘了,这个镇的政府工作人员中有我的一个故人,林湘便是在这里上班的。

握手,握手,跟政府一把手、二把手、办公室主任、这个科长、那个书记统统握过手,轮到林湘时,我不着痕迹地转身跟小波说些有的没的,刻意忽略他伸出来的手。他的手,我不握,即便是没礼貌,我也不握,我就是没气量,怎么了!哼!

吃饭的时候,我没了平时活跃的表现,埋头苦吃。政府那些领导都是挺能喝的主儿,不过我们庭长首先就申明了,政法干警六条禁令里规定了,工作日午餐是不准饮酒的。那些人闻言也没好再一个劲地劝酒,小波鄙夷地看着我努力地啃第二只鸡腿,小声说:"虽然入乡随俗,但别把自己弄得这么乡土好不好?"

我瞪他一眼,乡土怎么了?我以前装淑女装累了,第一次见林湘时够淑女了吧,在他家人面前我够淑女了吧,可是最后怎样呢？他觉得淑女很好欺负啊，可以今天许承诺，明天就连话都没有，直接叫别人老婆……

突然感觉胃一阵收缩，我忙捂住了嘴，往洗手间的方向奔去，一进洗手间，便忍不住大吐了起来，直到将刚刚吃的东西吐光了才缓过劲来。我觉得自己够狼狈，唇边有秽物不说，眼泪鼻涕还弄了满脸。

把自己清理了一下，我出了洗手间，结果遇上了来上洗手间的林湘。两人一时僵在那里，我不说话，他打招呼不是，进去也不是，过了好一阵子，才尴尬地朝我笑笑，问道："你还好吗？"

"挺好的，吃撑了而已。"我慢慢地洗手。

他反而不好意思地支吾了声，手指了指厕所，道："我先上个厕所。"

我扯着唇笑，他总不会等我批准才进去吧？

如此想的时候，我居然就真的笑出声来了。

他见我笑，似乎有一些释怀了。我再仰头看向他时，已经能微笑跟他说："你先进去吧。"

他摸摸后脑勺，冲我笑笑，进了洗手间。

我想，那事都过去了，就算是毫无预警地见到林湘时感觉到多么别扭或尴尬，也已经过去了，就是那一笑，我突然就觉得什么都烟消云散了，或许心中仅有的那点芥蒂，都在刚刚的呕吐中被剔除干净了。我不用去刻意记恨他什么，事实上，我也记恨不起来了。我发现，他对我来说其实什么都不是。

重新坐下来，小波继续用鄙夷的目光看我，道："可以原谅你乡土，但真不能原谅你吃到吐啊。"

我舀了碗汤，咕噜了两口，去去嘴里的异味，然后起筷，继续大吃。

离开时,领导们再度握手,我向林湘伸出了手,他回握时,似有些惶恐般。看到他极不自然的笑,我顿时觉得心情很好,很好!

我想我可能是那种比较无情的人,尽管有的时候会很执着,可是也可以置爱恨于一线间,可以突然喜欢上一个人,也可以突然完全把他当成陌生人。

看向外面的艳阳,我想,也许下次见到鲁巍时,我会如他所愿的,当朋友也好。

所有人都离我而去也没有关系,反正我会遇见另外一个人。

晚上做梦时,我梦到健健康康的爸爸突然就去世了,然后哭醒了,第二天我便回家了。时隔一个月,我又回到了市里。在某个路口等公交车时,尽管我心里惦记着父亲,可是每当有警车呼啸而过时,有个人的影子总在我心里浮现。

回家时看到父母仍然健康平安,我突然冲着他们松了很大的一口气,而他们莫名地看着突然跑回来的我,猜测着各种可能。

"估计,饿得发慌了。"我妈说。

"也有可能,没钱了。"我爸说。

"或许,有了?"我妈突然满脸发光。

有了?

我与我爸都看向我的肚子。

我妈"呸呸"两声,她说:"我是说有男朋友了。"

啊,我好不容易惦记着的亲情啊,就这样被扼杀在他们对我的不甚了解中啊。

我将那一包脏衣服往地上一扔,道:"妈,给我找个帅的、有工作的、养得起我的。"

我妈一脸感慨,轻轻一拊掌,道:"虽然晚熟了点,但终于熟了啊!"

当然,好男人不是说我想找了,就会马上出现在我面前的。在家里待了一天,我又回了庭里工作,而我妈便隔三岔五打电话来跟我说她替我张罗的进展。终于,七月的某一个周末,我回家了,为了我的相亲。

这是我首次在相亲时打扮得如此精心,我特意在早上洗了头发,并将它吹得笔直,就这么披在肩上,左边还别了个我平时很少别的发夹,破天荒地弃牛仔裤而改穿了裙子,鞋子挑了细跟细带的,我妈看了半天,那是相当满意地笑了。

对着镜子看着自己的时候,我在心底叹了一口气。我屈服了,我向年龄屈服了。为了即将逝去的青春,我将自己往以前最为不屑的那条路上推去。虽然今年和去年此时相比只是时隔一年,可是我的心境却已不复先前的轻松随意了。殷可,不能再是小姑娘了。

我跟相亲对象见面是电话联系的,双方都不带亲戚,介绍人在给双方留下联络方式后,基本上就不揽双方见面的活了。我在炙热的广场一角等了近半小时,才看到那个人一边举着电话跟我确定方位,一边向我跑来。

那人看上去,还行。

除了那满头的大汗让人有些不大舒服外,身高、外表、穿着,没什么可挑剔的。

显然他对我还算满意,一边拭着汗一边笑着自我介绍道:"我就是许承基,见到你很高兴。"

很好,不错,我冲他笑笑。接下来,我们找了一个凉快的地方,坐下来喝冷饮,不着边际地说着话,什么都说,他问我答。也许是性格使然,我基本上不向他发问。反正,我不问他自己也会说,他不说的,也许我也问不着,能让我对他有个大致的了解便行了。

说到他的兴趣时,他如数家珍地数了很多,但是多数都停留在他近期最关注的股票上。我知道今年的证券市场十分火热，我的同事们也都在偷偷地盯着瞬息万变的股市，其实大家都明白：股市有风险，入市须谨慎。

但是尽管如此，仍有很多人一头扎进了股海里。没办法，这年头，大家没办法看着别人都大把大把地捞钱，而自己将闲钱都放在银行里收息，太慢了。

"真的是太慢了，有的时候我真的想今天买只股票，马上就能涨停。"许承基说到兴起时，将背往后重重一靠，某种得意便随着他的力量彰显了出来。

看出我只是偶尔应他几句，兴致并不高，他明白我不炒股，所以对此的兴趣不大。

"除了这些，我最喜欢的是钓鱼与野战。"

野战？当然，我明白他说的野战并不是那种野战。他说这些时，我的兴趣才终于被引发了出来，像我这样喜欢户外活动的人，叉鱼干过了，野战可没干过，只在电视里见过。

"我们这里有野战俱乐部？"真是匪夷所思，这么巴掌大点的小城市，竟然会有这种会所？

许承基见他的话终于引起了我的兴趣，甚是得意，扬着下巴说："当然有，我就是会员。我和我的那帮弟兄，每隔一个月就会去那儿玩上一整天。"

我是真的感兴趣了。我小时候是个孩子王，很喜欢拿弹弓打埋伏，长大后虽然收敛了很多，但是对于这种游戏，我仍向往得厉害。

突然，我的话便多了起来，我自己都能想象出我满脸放光的模样。许承基蓄在嘴角的笑意变成了更大、更为得意的笑来，他十分详细地跟我说野战俱乐部的情况，说他以往参与野战对抗时发生的种种趣闻,说他的那帮兄弟如何并肩作战或者如何"自相残杀"。最后,看我一脸向往的模样,他略一迟疑,道:"小可,如果你不觉得冒昧的话,趁明天是周日,你和我一起去玩一场野战吧。"

真的吗?真的吗?我一个劲摇头,然后十分坚定地说:"一点都不冒昧。"

许承基灿烂一笑,道:"我晚上就去约我的那帮哥们,明天我们玩上一整天。"

可是我却愣住了,可能是想到明天会见到一帮陌生人,也可能是想到这种速度会不会过快。可是,我之所以愣住了,还因为他刚刚的那一笑……

很灿烂!

很像鲁巍。

然后我很沮丧地发现,从他那么灿烂的一笑开始,鲁巍的模样就开始阴魂不散地盘踞在我的脑海里。许承基抿了一口啤酒,我想起了鲁巍;许承基点燃了一支烟,我想起了鲁巍;许承基的手指轻敲着桌沿,我想起了鲁巍;许承基将眼光转向落地窗外被日头照得白花花的大街时,那低眉顺眼的模样也让我想起了鲁巍……

为什么是鲁巍?为什么不是林湘,或者赵安飞?

最后跟许承基约好第二天早上八点见时,我仍然魂游天外般地虚笑着。走出空调室,外面的热浪让我感觉到皮肤被灼得有些刺痛。辨了好一会儿方向,我才缓缓走去,第一步,放弃他;第二步,想念他;第三步,放弃他;第四步,想念他……我妈打开门时,我收回那一步,抬起头来看我妈。她一脸的急切,追问我相亲的情况,我笑着说:"很好,明天继续约会。"

我妈笑了，笑容里全然是放心，拍拍我的肩，道："看吧，放开了心，其实相亲不是件坏事吧。"

我重重地点头，"嗯"了一声。

进屋关门时，我的眼光不由自主地落在了刚刚立定的地方，那最后一步，是想念他！

野战俱乐部没有我想象的那么高级，和电视里看到的还是有点差别的，尽管占地两百亩是够大了，但是服务不够周到，设施也没那种档次，很多的地方都有些欠缺。比如，我们的装备并不特别先进特别酷，比如我身上穿的这身迷彩服不是特别合身特别帅。

什么跟什么呀，本来应该是很英气精神的打扮，可是穿上后总觉得不那么合适，那袖子、裤腿啊，让我挽了好几层。我干脆不穿这身衣服了，大热天的，穿着憋闷，直接穿着自己的T恤，外面套个伪防弹背心，戴个绿钢盔，然后就跑去"军械库"里选武器。

我对枪没什么研究的，但是许承基对它们似乎很有研究，带着我选武器时，将每把枪的功能、特点、优缺点都说上一遍，都是我闻所未闻的。

冲锋枪与步枪对我来说是一种负担，我选了一把小巧的手枪，许承基教我怎么换子弹，怎么推膛，要如何瞄准。

我不想让他教的，可是又觉得推却会显得很小家子气，于是只能自己别扭。我之所以不想让他教，是因为觉得那种姿势太过暧昧。当我把左臂伸直，枪口朝向门口，眼与枪口呈一条直线时，许承基一只手稳住我拿枪的手，另一只手环在我的肩上，头几乎与我相贴。他说话时的气息喷在我的脸颊上，让我不悦地将头略偏向了另一侧，可是视线还没来得及收回，我便僵住了。

本来对着门口的枪口，现在竟对准了鲁巍。

我赶紧收回枪，也与许承基拉开了距离。

我心里有点不安，不知道是因为鲁巍突然撞上我的枪口，还是因为他复又出现在我的视野里。我很清晰地感觉到自己心跳如雷，也觉得面如火烧。看着鲁巍愣在门口，我不知所措。

我有一瞬间的恍惚。我在想出现在门口的那人会不会是幻象，尤其当他的眼光久久落在我身上时，某种不明的感觉便排山倒海般涌了上来，但我理不清那是什么。

我看着许承基走过去搂他的肩，亲热地跟他交谈，然后很郑重地向我介绍道："鲁巍，我最好的哥们。"

接着，许承基跟他如此介绍我："殷可，我有可能要结婚的对象。"

我想冲他们笑笑，却笑不起来。在许承基如此介绍我后，在鲁巍听他如此介绍而微蹙双眉时，我突然觉得有种苦涩在口中蔓延了开来，一种悲哀慢慢地哽住了喉头。

我们尚未来得及打招呼，便又有几人进了"军械库"，许承基很是高兴地走向了他们，而鲁巍没有转身，盯着我的眼神转而变得复杂，复杂到我开始忐忑不安。不由自主地，我开始了习惯性的躲避。

许承基将我一一介绍给了他的朋友们，我忙着跟他们招呼，刻意忽略身后的鲁巍。不知道为什么，他刚出现时我的那种心悸已变成了现在的芒刺在背。

我确信许承基的朋友确实不少，不过我不知道他是怎么跟他的这些朋友说起我的。据说这次是他们这帮人到得最齐的一次，而且每个人都用一种暧昧的眼光看我与许承基，偶尔说一两句含义不明的话，惹来一堆附和与取笑。

我后悔了，为了一时的玩心与好奇，踏进了一个怪圈里，圈里是我和许承基，将我们包围的是许承基的兄弟们，圈外则是鲁巍！

我们一群人分组对抗，而分组采用的方式是抽签，这是他们一贯所采用的方法，可是这次抽签的结果一出来，竟让他们起了小小的争执。我跟许承基竟成了敌对方，当我展开纸条给他看时，他望着上面的"乙队"二字拧起了眉来。

很显然，他的弟兄们都希望我跟他是一队的。有人提出了重抽，有人说直接换一个人就行了，我抬起脸，道："何必换呢，反正只是游戏。"

正在商量的他们闻言都望向了我，也许是看见了我眼中的固执，一部分人无奈地耸耸肩，许承基则扯笑点头，无人再执着于将我跟他凑成一队了。

我不想太刻意，对于许承基，我根本一点都不确定。我不想稀里糊涂地就跟他凑成一对，没有距离、没有时间空隙的速成会让我觉得十分的不安。

我还是挑了那把手枪，拿了枪转身时才发现，乙队的队长是已经换了一身迷彩装、帅气十足的鲁巍。没错，就是鲁巍，他的马甲是代表他是乙队队长的铁灰色，而我们的都是墨绿色的。

他走向我，我僵硬地站在那里看他步步逼近，然后他长臂一伸，单手拿走了我身后那把沉重的冲锋枪。

在他转身后，我悄悄地按住了胸口，我的那个娘啊，要得心脏病了！

甲队的队长是许承基，穿着藏蓝色的马甲。甲队队员让他当队长，不知道是因为他玩这个确实很出色，还是因为他们想让他表现一下。他与鲁巍轻撞枪杆后，就宣布对抗正式开始了。两伙人都向自己的"据地"走去,临走前,许承基特意跟鲁巍喊了声:"帮我照顾一下她啊。"

黑线,黑线,我听得满头的黑线。我只知道我不敢回头,在其他人的嬉笑声中,亦步亦趋地跟在我的队友身后。

许承基说得没错,他们确实经常来这里玩,因为一进入"据地"后,我们这队的人便很有默契地开始进行策划——如何埋伏,如何分工,暗号是什么,会使用一些什么计策等等。最搞笑的是,他们竟然煞有介事地在对方的队伍中安插了一个间谍。

啊,兴奋,兴奋。先前我的不安,在这次对抗的作战计划将我的兴趣完全勾起时,统统被我抛到了脑后。虽然我是菜鸟,不过我是一只很积极的菜鸟啊。我跟他们说调虎离山,我跟他们说黄雀在后,我跟他们说暗度陈仓,我跟他们将三十六计差不多都说了一遍,直到他们全部都一脸好笑地看着我,我才不明所以地闭嘴。

那个谁说:"三十六计,只有一计最适合你,那便是美人计。"

啊,他居然说我是美人,啊,美人啊!

我捧着脸蛋,心花怒放地问:"我是美人啊?是美人啊?"

那个谁摸摸后脑勺,吞吞吐吐地说:"算是吧。"

另外那个谁侧头跟鲁巍晒笑,道:"不怎么着调啊。"

就是就是,说我可以用美人计,又说我算是美人的那个谁真不着调!

鲁巍最后一拍板,行动开始!

耶,行动开始耶!这句话,我以前只在电视上听过,现在亲耳听到,真有现场感啊。

拿了枪,我便行动敏捷地跟在了鲁巍身后,出发!

这个游戏的规则其实和下象棋有些相似,队长就是整支队伍的帅,队长一亡便全军覆没。其他的人全部被鲁巍安排好了,有在前方埋伏的,有引蛇出洞的,也有保帅当靶子的,比如我。

我方安插于甲队的间谍只有队长才知道是谁,而每个人都在心中猜测着本队中谁是间谍。

对于我的角色,我其实是有抱怨的,凭什么我是菜鸟就活该当靶子呢?正所谓不看僧面也要看佛面啊,想想,要是我挡在鲁巍面前被许承基射杀,那该是多么的凄美与无奈啊。我抗议时,那个谁又说了,这就是他们的用意啦,拿我当靶子,许承基才不会狠下心射杀啊。

这就是他们所谓的美人计?!

计虽如此,可……可要是许承基他真的舍不得,我才头疼啊!

我正想着有的没的时,前方传来了暗号一:发现敌军。

鲁巍一拉我,我便反应灵敏地蹲到草丛里。

草蹭着脸很痒,我很没自觉地与那几根草斗争,直到感觉到一只手按住我的肩,我才放弃与草的搏斗,然后一抬头……

木化?石化?风化?

无法形容,无法形容,我不知道这算是我吻上了他还是他吻上了我,反正就是吻上了!我抬头,而他刚好回头凑近我,就成全了我的初吻!

在撤离时,我慌乱得一屁股就坐在了地上。他竟也是半天没有回过神来,盯着我不知道在想些什么。半响,当有人向我们靠近时,他才回过神般转身,猫着身子继续前行。

他都不说些什么吗?当没发生过?

我拍拍发烫的脸,虽然是初吻,但我看还是当没发生过比较好。

猫着身子跟着他继续前行时,我突然就顿住了脚步。不行,不行,我看着他渐行渐远,就是无法继续靠近他,真的不行,毕竟那事已经发生了。

我一把揪住头发，崩溃！

正当我发泄情绪时，突然传来的枪声让我暂时停止了胡思乱想。妈呀，开战了！

我该往哪儿跑？往枪声传来的方向跑，还是找个隐秘的地方躲起来？

对哦，我是来当靶子的。

想到这里，我还是往鲁巍前进的方向跑去。枪声越来越近，而且听起来十分激烈。这种身临其境的感觉刺激得我紧张极了，明明知道这是游戏，可就是担心下一秒自己会"中流弹"，光荣地"死去"。

这时，我看到鲁巍了。他躲在一棵大树后，拿着冲锋枪向对方扫射。对方似乎挂掉了一两个，不过我觉得我想要接近鲁巍似乎还是挺难的。

算了，我还是在我这里向对方发起攻击吧，能消灭一个算一个吧。

第一枪，我听到了响声，但不知道打到哪儿了；第二枪响起时，敌方发现了我，有火力对准了我。

我的妈呀，我快完了！对方的子弹打得我身边的土呀、叶呀到处飞扬，落地便是一个红印记，就差在我身上留一个了。啊！又是一枪，救命啊！

战争，是一件十分危险的事情！我此时此刻深有感触啊。妈妈啊，谁……打我胳膊了？！

我疼啊，似乎真中弹了般！看着衣服上留下的那一个仿血的印记，我差点哭出来！天哪，我残废了！

有人似乎朝我跑来，在我还没来得及回神时，扯了我就狂奔了起来。我抱头被他拽着走,每走一步,便觉得脚后跟的土被打得溅了起来,心里不由得咒骂了起来,他们还真舍得打啊,子弹也是要钱的啊,真把我们当敌人了啊,还让不让人喘气了?

幸好我们这边的人马过来接应了,我很明显地感觉到对方的火力分散开来了,而我也被带到了较为安全的地带。经过一阵狂奔,我觉得肺都烧起来了,喘得厉害,抬头看拽我的人时,才发现又是鲁巍。

他气息不稳地一边察看着对方的攻击形势,一边向我们的队员比着手势。突然,他抛下我向某处跑去。我蹲在原地看他小心地奔窜,觉得自己快要崩溃了。我揩揩满头的大汗,反正我是再也没力气跑了。

过了不久,鲁巍又折了回来,脸上竟有些放松的得意,向其他的队友做了些手势,然后扯了我一把,道:"撤!"

撤?

眼前形势大好啊,明明我们再坚持一会儿,对方就差不多要被我们消灭了啊,为啥还给他们喘息的机会呢?

我有些不满地鼓起了嘴,跟在他身后不甘心地折回"据地"。

我握枪的左手抬起,揩拭额前的汗,觉得有些别扭时,低头一看才发现我的右手居然被鲁巍握在了掌里。

他就这么握着我的手,一路前行。

看他神情紧张地一路走一路四下观望,也许并没多心,可是发现此举的我没办法不多心了。这是他第一次牵着我的手前行,可能也是最后一次,他也许心无芥蒂,可是我的心呢?

我愿意让他牵着,就一次也好。他没发觉,我也不挣扎,很安心地让他握着我的手,就算明明知道马上我们要分开。

鲁巍回头看我,眉头轻皱,问道:"怎么哭了?"

我抹了把眼睛，笑笑，道："没有。"

他满脸疑问地回过头，拉着我继续前进。

我不能让他知道我后悔了，后悔没有在他提出交往时一口答应下来，后悔那天洗了他留在我手心里的号码，后悔学习回程时避开他选了另一辆车，后悔听到他跟我说他有结婚对象了，后悔我选了乙队……我真的后悔了，可是……可是我不能让他知道。

一步错，步步错，本来的云淡风轻，本来的毫无所谓，都不知何时消失得无影无踪。从明白了我对他存在着失落感开始，从我突然想念他开始，我已经不再从容了。

第八章
我非红颜却为祸水

回到"据地"时,我发现有一部分队友正在对某人进行"审讯"。在他们尚未发现我们时,我赶紧将手从鲁巍手中抽了出来。他没有回头,而是直接迈步走向了他们。而我做贼心虚似的将右手藏到了背后,也走了过去,看他们在做什么。

被"审讯"的人不是甲队的成员,而是我们队的,我恍然大悟,奸细被查出来了。

我没见过这么搞笑的"审讯",一群人对奸细软硬兼施,盘问着、威逼着,那个谁一脸阴险地逼近奸细道:"兄弟,你要再不招,我回去便告诉嫂子前晚你在哪里鬼混。"

奸细咬咬嘴唇,满脸的屈辱,头一扬:"不说!"

另外那个谁见状,掏出手机按了按,凑到奸细面前,声色俱厉地道:"看看看看,我还拍照了,看你们,搂得多亲热……"

奸细忍不住啐道:"做兄弟的不能这么不厚道,你这是取角度拍的,不能拿这个破坏我们夫妻感情啊,两边都是兄弟呢……"

第三个谁上去就直接动粗,在奸细的激烈反抗中,在我不好意思地转身前,他们将他剥得只剩一条裤衩……

接着……

最终,我们知道了甲队至少一半的作战计划。

整个"逼供"过程,真是闻者伤心,见者流泪!

从此,我知道了,兄弟是用来出卖的!

如此一来,计划重新部署,少了提防奸细这道坎,队员们似乎都颇为放松了,每个人都重新分配了任务,除了我仍然是个残废的靶子,他们始终不肯放弃作为最后一道防线的"美人计"。

甲队似乎发现了什么般,开始向我们猛扑,较之先前更为激烈的鏖战开始了,似乎胜负马上就会见分晓了。

我是菜鸟,一只毫无还击之力的菜鸟。当流弹四射时,我只能蜷缩成一团,躲在树后的某人身边,当只很菜的鸵鸟。冲锋枪是有冲锋枪的好处的,当枪声响成一片时,手枪就显得势单力薄了,而连射功能强大的冲锋枪就很能震撼敌人啊。

当然,鲁巍不仅震撼到了敌人,还震撼到了我。我理解那个谁说鲁巍就是胜利的代表是啥意思了,我也相信,在以往的野战中,鲁巍无一败绩的说法是确定真实的了。

看着英勇神武的他不遗余力地对对方进行射击时,我突然想起了最初见到他时他全身包裹着纱布的模样来,这样一个能打能杀的人竟会被人揍到那种程度,这意味着什么?意味着他绝对不会对人民动手。

摸了摸枪,放弃继续缩成球状,我试图跟他并肩作战。虽然这把小小的手枪在他的身旁显得那么的势单力薄,但是我想和他一样无所畏惧。

可是我这才站直身呢,另一只胳膊又中枪了!我骂了句脏话,不管了,去他的游戏规则,他们真的是惹到我了!不管自己是不是残废了，我仍然举起枪就朝对方射击。有人朝我们的方向移动，我敏锐地发现了，举枪朝对方射击时，却被鲁巍制止住了。我疑惑地看向他，朝我们而来的人穿着的明明是甲队的马甲。

"他是我们的间谍。"鲁巍道。

我们的间谍？这个人是我们这边的？

不对，他要是我们派往甲队的间谍，为什么会朝我们举枪？

来不及思考了，千钧一发之际，我发挥了我真正的作用，成为乙队最后的防线，挡在了鲁巍身前。

可是中间似乎又发生了什么，情况在瞬间逆转，让人咋舌。我以为我要"牺牲"了，我也确实被射中了有效部位，可是我不明白为什么枪声在一瞬间全部偃息了。我不明所以地起身后，发现所有的人，活着的、"牺牲"的，全部都看着我。

哎呀，这是什么情况？

难道说，我的表现让他们觉得这么的可歌可泣？呵呵，我笑了起来。虽然扑上去"护主"的那一瞬，我承认我确实很勇敢，但是其实当时我心里还是明白的，这只是游戏而已。所以，大家真的不用都向我行注目礼这样庄重地崇拜我的。

那个谁说："现在究竟怎么算？是甲队输了还是这一枪作废？"

我挠挠头，没听明白。

我挡住了鲁巍的有效部位，免了乙队落败的结局，但是这也不代表许承基所带领的甲队输了啊。

我往甲队的方向望去，才发现他们一脸菜色，许承基就站在向我射击的间谍身旁，然后我发现了，他的马甲上留下了触目惊心的一摊红。

谁，击中了他的有效部位？哪位英雄？

良久的沉默后，鲁巍道："我们认输！"

我回头看他,为什么?我们为什么要认输呢?

他扫了我一眼,向对方走去,一边走,一边开始解马甲。他的行为无疑表明,野战对抗赛结束了,乙队落败了。

乙队的队员都泄气地垮下了肩,有些人甚至略带抱怨地望向我。

搞没搞错?我是英雄啊!

不是他们让我当人肉靶子的吗?我不是当了吗?我那么英勇地扑上去,甚至不惜让自己"惨死"在对方残忍的射杀下,难道还不够吗?至于鲁巍自动认输,虽然我想不明白,可是这跟我有关系吗?

有关系吗?

我看向那个谁,以眼神询问。

结果他一扭脸,哼了一声。

哎呀,他敢哼我!

见我锲而不舍地用阴险的眼神盯他,他长长地叹了口气,道:"算了算了,都是游戏呢,证明我们许老大确实看上你了。"

这是什么跟什么?我扯住他的袖子,一定要问个明白:"我们为什么要认输?"

他低头看我扯他袖子的手,撇了撇嘴,道:"谁让你用被击中的手去射杀对方的队长!要知道,谁犯规,就是全军覆没。"

谁都清楚明白地看到我的两只胳膊被打得红通通的,可是谁看见我射杀许承基了?

我射杀了许承基?

"在小松向你射击时,许老大竟出于私心去拉扯小松,可是没想到你反而将他射杀了。"

什么?

我根本就没看到许承基，不知道他真的中了乙队"美人计"，有心想放过我，也不知道我在什么时候开过枪，而且在此前我从没击中过任何对象的前提下，一击命中对方的队长，这个谁说的太天方夜谭了吧？

"那个叫意外。我不是故意射杀许承基的，我都没有想到我射杀了他，而且我根本没想到自己开枪了，所以这不能算是犯规。"我辩驳。

"美女，问题是，我看到你站起来时，你两只手都中枪了，可是你还是向对方进行了射击。"

啊？他看到了？

我脸红了，当时我那不是正气愤着吗？谁还想到什么游戏规则啊。这个谁居然看到了！

所以，这个当时不知道躲哪儿的谁都看到了，没道理鲁巍会看不到，所以鲁巍认输了是因为我。

落差太大了会让人心里难受啊，前一刻我还以为自己是乙队的大功臣，没想到瞬间就变成了"红颜祸水"。看着略带抱怨的乙队成员，我突然就气不打一处来，毫无理由地就对一脸无辜的许承基生起了怨念来。

虽然我觉得自己不厚道，太小家子气，但之后每次他想接近我示好时，我都尽量地避开他且推拒了。我很小气，我很小气，我只是很小气……

晚餐是许承基做东的，本来请一顿饭也没什么，而且就是在某个热闹的大排档请的，消费应该算是比较低了，可是我却有了压力，甚至开始对自己不满起来。我不应该同意来野战，这样就不会贸然地让许承基所有的朋友都知道我，从而不会让我们迅速地被认为是一对,更不会在人情上亏欠他之后还要他做东请客,在物质上再流失一把。

当他的朋友硬让我们两个挨一块坐上位时,我倍加别扭,甚至觉得浑身不对劲了。某种反抗的心态让我愈加想逃离,一方面,许承基及他的朋友对我形成了一种压力;另一方面,鲁巍偶尔瞟过来的两眼又是一种压力。当两种压力加在一起时,它们就如车轴般滚动而来。

我想逃,真的想逃。我从没在面对一群人时有这种急切想逃离的感觉,可是他们欢乐轻松的氛围却像绳索一样捆住了我。我本来就是最不愿意破坏别人兴致的那种人,也总是将就着所有人的愿望,所以,尽管我不愿意留下来,可是我仍得笑着跟他们碰杯。

一顿饭在众人的调笑声以及我的食不知味中缓慢进行着。此间鲁巍言语极少,我不知道他是不是因为野战输了不甘心而看起来有些低落。当满桌人喧哗时,他却一个人自斟自饮。

有人提议猜拳,许承基说今天不猜拳,说完瞄了我一眼。其他人瞬间心领神会,个个笑得暧昧。那个谁眼珠一转,提议玩真心话大冒险。

哼,这不明摆着是冲我来的吗?我宁愿他们猜拳,这样我便可以置身事外,现在他们提议玩真心话大冒险,我便很有危机感,认为他们是冲我来的。

这个提议一经提出,就得到了大部分人热情高涨的回应。我缩了缩肩,考虑应该用什么样的借口来开溜。

但没有征询我的意见,他们便自顾自地开始了。那个谁问老板要了一副扑克,洗过后开始给每个人发牌,我紧张地将领到的牌捏在手心里。

那个谁又说了:"点牌面最大的。"

每个人都摊开了牌来，我紧张兮兮地比对着各人手中的牌，幸好我的不算大也不算小。

牌面最大的是甲队的间谍，他对于自己的运气十分郁闷，哭丧着一张脸，道："来吧，今天我已经受够羞辱了，已经不怕任何非人道的虐待了，我选大冒险。"

那个谁阴险一笑，一拍桌子，道："看在你今天表现不错的分上，挑个容易的让你去做吧，这样……"

他站了起来，指着马路不远处的斑马线道："单脚来回跳十趟，边跳边喊'无间道'。"

说真的，这个大冒险真的很不人道，非常不人道。看着甲队间谍状似精神病患者地蹦跳着，整桌的人都笑得前俯后仰。虽然我也觉得好笑，可是我又感觉到一股寒意打心底升起。这个游戏，我玩不来啊。

端起茶猛喝时，我看到鲁巍仍不带一丝笑意地喝着啤酒，不禁有些担心起来，这样喝，希望他不会醉才好。

第二轮抽到牌面最小的那个人跑去二十米外的电线杆处，抱住电线杆狂吼了二十声"我爱你"。

说狂吼，当然是要整条街的人听得见，结果不只我们这桌的人笑翻了天，四周的人们都因为突然冒出的非正常人类的非正常行为而哄笑了起来。

又有人抽到了牌，选的仍然是大冒险，结果领了一只碗、一根筷子，盘腿坐在路灯下，一边敲碗一边背唐伯虎的名句："我家有屋又有田……"

结果，很多原本散步的行人都在这周围停了下来，等着一个接一个的搞笑演出，但也有行人因此而遭了殃，比如有人被罚跟异性求婚，一时间，围观的异性奔走避之，不过也有很剽悍的姐们儿竟然很配合地应承了。

终于,许承基抽到了牌。

我挺直了背,抿了口茶,又抿了一口。

他特立独行地选择了真心话。

我又想逃跑了,低眉顺眼地看着紧握在手中的茶杯。

有人问:"你认为是兄弟重要还是女人重要?"

我稍稍松了口气,毕竟这问题没把我的处境逼到尴尬的地步。

我没听许承基是怎样回答的,似乎是个挺中庸的说法,惹来满桌子人的嘘声。

我抬头偷瞄向鲁巍,他侧着耳朵,不知道是在认真倾听还是根本就不当回事。他又抿了口酒,酒水润着他的唇,折射着灯的光芒,一片莹润。

每次揭牌都是我最紧张的时刻,比对牌面后,我都会为自己的侥幸松一口气。看着他们在公众场合嬉笑玩闹、丑态百出,我却放松不起来。

终于,终于轮到我了。

在我傻眼之际,整桌人的闹腾程度达到了白热化,敢情他们全部都在等着我被抽中呢?

选什么呢?

我不要像他们那样对着陌生人单膝跪地,也不想抱着电线杆狂喊"我爱你",更不想亲满脸络腮胡子的掌勺大师傅。

"我选真心话。"问吧问吧,顶多我学许承基的中庸之道。

然后那个谁问:"你的初吻是和谁?"

晴天霹雳!

所有的人都十分期待地望着我,不,不是所有的人,除了两个人。这会儿,他们没有看我,一个是鲁巍,一个是许承基。

"我的……我的……"我紧张得拿起桌上的茶一口饮尽,肚子便胀极了,让我想起了《骆驼祥子》里祥子那喝了水就"咣当咣当"响着的肚子来。鼻尖冒汗了,我揩了一把,磕巴道:"我的……那个……是……我也不知道他是谁。"

我看到满桌人一脸疑问,连许承基也望向了我。

"我不知道他是谁,都是小学三年级的事情了。"这事年代很久远了,不小心被我擦到嘴唇的那个小男孩的面容都已经淡了,因为什么被亲到我也忘了,如果不小心擦到也算是初吻的话,我这也不算说假话。

"是不是真的啊?"

"这也太纯情了吧。"

他们似乎不怎么相信,我扭头看许承基,许承基似乎带着些满意的笑意,然后我一转头就看到了鲁巍,原本自顾自喝酒的他不知道在想些什么,这时正静静地盯着我。

接下来的一轮,我又"光荣"地被抽中了。

水喝多了,导致我汗如雨下,我抽着面巾纸,不停地往脸上揩。

问:"以前交过几个男朋友?"

答:"一个。"如果林湘算的话。

接下来,还是我被抽中。

问:"为什么会跟那个男朋友分手?"

答:"因为他和别人结婚了。"

"哦……"众人通通做恍然大悟状。

接下来,依然是我被抽中了。

问:"择偶的标准是什么?"

甲翻白眼,乙碎嘴地要求问直接点,丙干脆小声地说:"问她喜不喜欢许老大……"

"男的，有工作的，养得起我的。"我飞快地回答完毕。

不行了，不行了，不能再让他们问下去了。

"下回我选大冒险。"我宣布。

那个谁贼笑道："也行，不过这不还没到下一轮吗。既然要玩大冒险，下轮抽到谁，谁就要选在场的一名异性抱三分钟，并说'我爱你'！"

……

然后那个谁发牌，甲翻了牌，乙翻了，许承基也翻了……我耳鸣，刚刚那个谁说什么了？这轮是比大还是比小？

我翻开我的牌，一个小二。

甲乙丙丁都笑了起来，感觉我被抽中是那么理所当然的事，许承基竟也隐隐地笑了起来，我，又被抽中了？

我不相信我的运气会这么好，为什么后来每轮都是我？

在他们就要起哄时，鲁巍将他的牌翻开了，小A，比小2更小的小A。

我吐了长长的一口气，妈呀，我的牌不是最小的，终于不是我了。

我放松下来，冲那个谁笑，那个谁却带着些诧异和惋惜。哼，诧异吧，我就知道那家伙肯定捣鬼了，不然凭什么总是抽到我？

但我得意的笑还没褪去时，就见鲁巍那高大的身影跟跄着站了起来，一直摇摇晃晃地走到我的面前来，刚刚因为失去看好戏的机会而埋怨着的众人突然就噤了声。

妈呀，他想干什么？我坐得直直的，紧张得手都攥成了拳，指甲都快掐进掌心里了，刚刚略歇的汗，此刻竟顺着脸颊缓缓地滑落。

此刻我才觉得那个谁将这轮游戏的规则设定得那么不公平，

当时我没觉得"异性"二字有什么奇怪,因为当时包括我在内,几乎所有人都以为这一轮又会抽到我,毕竟我面对的异性有十个之多。可是如今被抽中的人换成鲁巍时,我才觉得这轮游戏有多么的不妥,他们所面对的异性无疑只我一人。

手臂被人一扯,我被鲁巍提了起来,才站稳就被他抱住了。

我不知道三分钟是多久,感觉像是一辈子。天气很热,我流了很多的汗。看的人很多,街道上却似乎很安静,抱着我的人十分用力,鼻息间有着浓重的酒味。

"我……"

没有人计时,不知道我们拥抱了多久,最后鲁巍咕哝完一句话就放开了我,然后一个趔趄倒在了地上,醉了过去。

原本的安静因为鲁巍的倒下而被打破,个个手忙脚乱地围了过来,将鲁巍又拉又扯的,只有许承基拉开我,一脸歉意地说:"他醉了。"

我也知道他醉了,这样子不叫醉,还能叫什么?不过那句"我……"是什么?

第九章
他是不速之客？！

星期一,我又回到了庭里,前一天的闹腾让我的精神看上去极其萎靡,送给被告的传票上写了原告的地址,送达证上又将被告的名字写成了原告,我们庭长一看,气得脸都黑了,将纸扔到我面前,命令道:"重填。"

重填,哦,又写错了,扯掉,再填,又错?

小波看不过去,一把扯过材料纸,帮我填了起来,一边填一边骂道:"纯粹是在浪费材料。"

我还能怎样啊?昨天白天我已经累到不行,晚上还失眠,没看见我的两只熊猫眼都可以以假乱真了吗?

我挨到了中午,饭都没顾上吃,沾床就睡了。事实证明,不管是谈恋爱还是相亲,都是一件十分劳心劳力的事情。一觉睡到了下午三点多,我起床一看钟,吓了一跳,掀了被子穿了鞋就往办公室里跑。庭长他们都忙着给当事人做工作,没空对我的迟到发表什么意见,我十分狗腿地将档案室里那一大堆没时间整理的案卷全拿了出来整理、装订。许承基打电话来的时候,办公室里的当事人正因为调解不成而发生了争执,闹哄哄的,以至于我都听不清许承基在说什么,匆匆两句便挂了电话,继续整理案卷,然而顺序又错了!

日子不能这样过的,我清醒地意识到我很白痴地让自己混乱到一塌糊涂了。于是我开始制定一系列的计划,让自己摆脱整天的胡思乱想。每天早上天色才开始泛青,我便关上单位的铁门,沿着柏油路晨跑。我看着天色渐亮,看着太阳缓缓露出光芒,看着一整片天空被镀上金色,看着平整的田野与山脚安静的村庄,看放牛娃赶着牛缓缓地与我擦身而过,看着已经少见的炊烟,看着渠道里招摇的水草。我想,我暂时可以将什么都放下了。

接待、立案、下乡、开庭、装卷、送检,显然,工作是顺利的。

不过像我这样只会犯些填错传票等小错误的小角色,谈不上什么顺利不顺利的。我们这岗位也难得有什么突发事件让我们表现出色一把,能五十年如一日兢兢业业才是值得嘉奖的,不像公安那边……

呸呸呸!怎么又想到那边去了?

时过一个月,已经到了整个夏天最热的时候。我的房间有些当西晒,派驻法庭除了办公室有装空调,私人宿舍便只配了台风扇,所以每天晚上我就睡在只铺了一张席子的床板上。这样的天气里,就算将风扇开到最大,我仍感觉身下的席子有些烫人。我的心情那个烦躁啊,只好跑去洗手间,装了一大盆水将地面全洒湿了,但仍是热,我便干脆搬个小板凳,跑到院子里的桂花树下纳凉去了。

我在院里还没坐多久,小波和大波他们显然也因为热得睡不着跑出来乘凉,我们三人各摇着一把大蒲扇,一边扇风,一边赶蚊子。

他们俩向来话多,没道理这么好的聊天时机不用来聊天。我兴致勃勃地听他们聊政府谁谁谁因为赌博事件被双规了,听他们聊哪个中学又来了几个新女老师,听他们聊今年的烤烟情况很是乐观……

"说到我们镇里的烤烟收购,有件事就不得不说了。"大波停下摇扇,带着些八卦气息,说道,"今年的烤烟不是上个礼拜开称了吗?区政府相当重视,从公检法各政法单位抽调了一些人对我们镇烤烟的收购进行了协助与监督,我们院里抽的是政工科的小李,你们猜公安抽的是谁?"

公安?我的心乱跳了一阵,咋又说到公安来了?

"谁?"小波问。

"刑侦队队长,鲁巍。"

啊啊啊,啊啊啊!

我才想到他呢,他就被提了。

阴魂不散啊!

不过不应该啊,刑侦队不是公安局里最忙的吗?他堂堂一个队长被调到这里来监督烤烟工作,是不是太那个啥了?

我还在想呢,小波就问出来了。

大波继续摇扇,道:"据说他马上要被贬了。"

被贬?

不是前途大好的一青年吗,咋可能被贬呢?这才新任领导多久啊?

培训也就是两个多月前的事情,那个时候的他,咋看咋像个前途无量的宝贝,而且年初的暴动事件,他不是还被记过功吗?这才多久啊,他就要被发配到这乡下收烤烟了?

"什么原因啊?"我和小波同时问出声。

"哟,小可也认识他啊?"

"嘿嘿，培训时认识的。"我飞快地摇着扇子。

"据说啊……"大波撇着嘴，带着些轻视的味道说，"据说是个人作风不正。"

个人作风不正？！

我僵在那里，这个说法太出乎我的意料了，他啊，鲁巍啊，可能作风不正吗？

"是赌了、嫖了，还是贪了？"小波一脸的兴味，追问着。

"据说啊，只是据说啊，有女人到他们单位一哭二闹就差上吊了，说他始乱终弃呢。"

始乱终弃啊……鲁巍也会始乱终弃啊？

我说不准心里是什么滋味，原先的暑意似在瞬间消去，有着似水月华的夏夜竟让我生出如临冰窖的寒意。

之后我隐隐约约地听到小波在追问："组织还管这个啊，因为这个也会被降职啊？"

"当然会管，关系到一个职能部门形象的问题啊，这个还只是他们单位的内部处理，要是等到纪委来找他谈话，估计就不是降职的问题，丢职都是有可能的……"

看来是真的啊，大波他说的可能是真的。

我哆嗦了一下，道："冷了，先回去睡了。"

"有没有搞错？我还热得难受呢。"小波似乎还想拉着我八卦一些什么，我快走几步，溜回了房间。

窗外大波还在对小波说着些什么，知了的声音几乎要将他们的声音掩盖过去。良久后，院子里除了知了声与偶尔响起的蛙鸣，不再有任何声音，但我仍然睁着眼，看着月光透过窗棂将室内照得亮亮的，脑子里想了很多乱七八糟的东西，都是关于鲁巍的，等明白自己在想什么时，才发现手指竟抚在了唇上。

我将被子一扯,蒙住头号了起来,要崩溃了,又失眠了!

我仍然在天蒙蒙亮时沿着柏油路一路小跑,因为大波、小波他们提及了烤烟收购,于是更加注意起清晨用小板车拖着一板车一板车的烟叶送去收购站的农民来。每次他们经过我身边时,烟叶的香味便袭进了鼻腔,那经过烘烤加工后的烟叶已和成品烟的气味别无二致,闻起来不是很熏人。我常常小跑至离单位两公里的一个池塘边停下来,小憩片刻后再折回,回程中已是满头大汗了,太阳也在身后徐徐升起。夏天的早晨来得很快,我每天早早地出门,可是在回程中,身边已经人车喧嚣了,打招呼的人也多了起来,我便笑着和每个人错身而过。

回去洗了澡后,我清清爽爽地进了办公室。来这里半年多,我已经习惯派出法庭的工作时间没有严格限制的规矩了,起了床就进办公室,出了办公室就可能是去睡觉,很正常,逢赶集时,中午就不能休息。庭长是所有人中最忙碌与辛苦的,工作时间比我们长,所以没人抱怨什么。但是现在正值农忙,案件较之平常少了很多,所以尽管我们每天需要长时间地守在办公室里,但也只是喝喝茶、吹吹空调而已。工作是比较闲了,可是我老觉得不踏实。老林看着我烦躁地将风扇开至最大,调侃道:"殷可,现在是什么季节了?"

"快立秋了。"可恶的夏天快点过去。

"我还以为是春天呢。"老林眼里的笑极其狡诈。

"没看我热着呢,春天会这么热?"我偏头想了想,这个老林,想表达什么?

一直埋头看案卷的庭长突然扑哧一声笑了,这倒新鲜了,平时总是板着脸的领导居然忍不住笑了。我猛然明白老林在笑我什么,怒气冲冲地卷着报纸往老林身上拍。人家老林是快退休的老前辈了,个个对他尊敬而恭谨,我却没大没小地跑去追着他一个半百老人家满办公室跑。鲁巍他们来的时候,看到的就是这样一个我。

得,这还来得真快,昨天我才听说他被贬谪,今天就来走访我们单位了,真难得。

走在前面的是行政庭的许庭长,一进门就逮着我"严肃"地批评了一顿。我手脚麻利地开抽屉找一次性的杯子,放了茶叶、倒了开水端过去。

许庭长接过茶就开始说笑了,鲁巍则双手接过我端给他的茶,冲我笑得如新日般灿烂。

我心里打着小九九,看来鲁巍的心情似乎没有受到个人作风问题的影响啊,和我想象中的郁郁不得志的模样有些出入呢。我正想着呢,庭长突然哪壶不开提哪壶,竟然问起鲁巍来。

"你怎么跑这乡下地方来了?"

我看小波,小波看大波,大波则不自然地冲庭长笑笑。我们庭长啊,信息接收不及时,继续调侃着鲁巍。

鲁巍坐在本来应该是我坐的椅子上,抿茶笑道:"为了解决个人问题,不得已下来了。"

喔……

大波、小波明显地表现出一副原来确实如此的模样来。

不说他们,我自己心里也小小难受了一下,原来真是那样啊。前一天晚上听大小波说的时候,我还可以当作道听途说,不可全信,可是现在他自己也这样说,心里难免生出了一些失望或是失落的情绪来。

我偷偷看鲁巍的时候,他刚好朝我看来,不过视线一对上,我便极不自然地别开头了,心里暗暗咒骂了起来。偷看男生是我上小学、中学时候的事情了，这么小心翼翼地避开目光对接，也就一个人让我如此过。

我恼自己，居然仍然会受鲁巍的影响。

中午因为许庭长他们的到来，庭长决定在我们的小食堂里安排中餐，并叮嘱我们把菜买多一点，较之平常要丰盛许多。

说起我们的小食堂，它就在我卧室的隔壁，炊具一应俱全，我们要开伙非常方便，问题是我们必须自己动手。因为我们人员少，雇请一个大师傅的开支相当于我们一个月的伙食费，所以我们开完庭后，常常是饿得发慌的几个人手忙脚乱地洗米做饭，而我负责炒菜以外的所有事务。

我不是不会炒菜，而是炒出来的菜的味道或卖相不够好，自己也没那个自信敢去掌勺，不过我也不是全然不炒的，在炒某一个菜的时候，我也去抢着去被油星子溅。

中午我们安排许庭长他们吃饭，不一定鸡鸭鱼肉俱全，但也总得摆满一桌子的菜才像话。所以还没到平时买菜做饭的时间，我们就得先去准备了。

小波将庭里的车子从车库里倒出来，我才在副驾驶座坐稳，便见鲁巍猫着腰上了车，露齿笑道："我跟你们一起去买菜。"

我系安全带时，侧身向后瞄他，他去买菜？开玩笑吧，他会买菜？我想起了年初在他家吃饭，他母亲不知道提了多少次："我们家鲁巍啊，一个月难得陪我们老两口吃一顿饭……"

他会买菜？鬼才信！

我不信是正确的，他完全不知道娃娃菜和莴笋有什么区别，指着黄鳝跟我说："买鳅鱼回去炸着吃吧。"

小波一下车就跑去甘蔗摊逗卖甘蔗的小姑娘去了，而鲁巍寸步不离地跟在我身后，我每采购好一样，他便拿过去提在手上。卖凉拌菜的大姐笑得暧昧，问："殷法官，买这么多菜，招待男朋友啊？"

"啊？不是男朋友，是同事。"

"你们庭里调来这么帅的一个小伙儿啊？结婚了没有啊？"大姐的眼睛开始发光。

"不是我们庭里的，他是来我们这里办事的……"

下一摊！

卖猪肉的大叔笑问："小殷啊，男朋友啊？"

"不是不是，是同事。"

"这么帅的同事啊？嫁他算了……"

我付钱，一把夺过他手中的猪肉，下一摊下一摊……

"呀！殷可啊，带男朋友来买菜啊？"

"啊不……"话到一半，肩一垮，算了！将买好的芹菜交给鲁巍，我打开钱包付钱，下一摊。

"菜市场的人都和你很熟啊？"市场里人很多，有些拥挤，鲁巍亦步亦趋。

"嗯，来这里半年多了，每天都在这里买菜，久了就熟了。"我蹲下翻看小贩的青菜是不是够新鲜，检查有没有打过农药。

小波咬着根削好的甘蔗，不知道怎么看到我们了。他挤了过来，看到鲁巍手上拎的大袋小袋，也不说接过去，直接就嚷嚷道："嘿，你们两个还真像小两口。"

啊，晕厥！

小波还在叽叽喳喳地说："殷可虽然又懒又不太会收拾，不过很好使唤的；虽然不会做菜，但烧的牛肉很好吃的。咦，你没买牛肉啊？"

当然不买,这个菜是我唯一会做的菜。以往只要买牛肉,那便必是我掌勺,我又不是那么爱显摆的人,为什么要买牛肉?

我瞄了一眼鲁巍,哼,再怎么着,也不在他面前表现我贤惠的一面,哼!

鲁巍又笑,冲小波道:"那我们去买牛肉吧,在哪儿买呢?"

"这边这边这边。"扔下仍蹲在青菜摊前的我,他们走向了肉摊。

我抿着唇看着他们离开,独自郁闷起来。没错,当菜市场的大爷、大妈、大叔、大婶都笑称鲁巍是我男朋友的时候,我除了不好意思,还有些得意。可是,我一方面在心底得意,另一方面又想着要跟鲁巍拉开距离。我不知道我是不是多想了,也许他对我根本无意,可是我仍觉得有必要跟他保持距离,我不想某天我也遭遇始乱终弃。可是他说过,我们只做朋友啊,对于一个有着个人作风问题的男人,我是不是应该考虑……

心就这么不舒坦地纠结了起来,纠结到无法再去考虑任何东西,很矛盾,我总是让自己如此这般的矛盾。在人潮拥挤、声音嘈杂的大市场里,我自顾自地蹲在地上,艰难地挣扎着。

不出我的意料,牛肉还是归我做,小波很夸张地说我做的牛肉是整个市里的餐厅酒店都做不出来的味道,绝对一级棒。

本来不想刻意显摆的我,在看到鲁巍脸上露出些意外的期待后,得意地洗手做起我的拿手菜来。

炒牛肉这个技能是我跟我原先的领导学的,学了一次就会了。尽管仍是怕油烫,翻炒的姿势仍生涩且无规律,不过好在我对这道菜精了,知道要如何放佐料,先炒啥后炒啥,盐多少,油多少,汤汁要收到多少,火候掌握到多少。这些程序细微却不难记忆,而且经过长期的训练,对此一看,我是手到擒来,真正的小菜一碟啊。

我十分得意且愉快地用铲子挑了块肉尝了尝,很好,没有超水准,但也没低于平时的水准,再翻两铲子,一边哼着歌,一边将菜装碟。

我很怕热,所以夏天我都不喜欢动手炒菜,今天这一盘菜已经让我汗湿到浑身黏糊糊的了,加上空气中呛人的油烟,本应是极不舒服的状况,却还能让我哼出歌来,我自己都有些莫名其妙。

我转身接水洗锅时,鲁巍凑近帮我端菜出去。我端着装了水的锅子,小心翼翼地避开他。他在我身后端起那一盘青椒炒牛肉,居然嗅了嗅。

他嗅什么?菜的香味,还是我身上的汗臭味和油味?

他出了厨房,我赶紧抬胳膊自己嗅了嗅,我的天,很油,很腻!

庭里的餐桌不是很大,坐上这几个人便有些挤。中午不准喝酒,小波就买了两大瓶果汁,我给每个人满上,然后端了个饭碗夹了菜就懂事地搬个小板凳,坐在厨房外的台阶边上吃起来。没地位啊没地位,谁叫我殷可没地位呢!我外公那边一直比较重男轻女,家规是女子不准上桌吃饭,所以一般有客人来,我的那些姨娘、舅妈什么的,都自动自发地不入席,端个饭碗夹了菜后到一边吃。我特别反感外公的家训,他说女孩子不上桌,那我就不去吃那一顿饭。吃饭就得有桌子,我可不比他那些成天只知道鬼混的孙子们差,凭什么不能上桌?

可这天我没上桌,纯粹是因为桌子太挤了,一大桌子人挤坐在一起,太热了。

里面那群大老爷们叫了我几次坐过去,我看了眼鲁巍身边的那个空位,仍然摇了摇头,咀嚼着我的饭粒。

他们便也作罢了。

"她就炒这个菜还行,其他的你们别指望……"

我继续咀嚼……

"知道牛屎菌不?她就不知道……还当宝贝一样往家里捧。"

我的咀嚼变慢……

"粗线条得很,隔壁财政所的主任请她吃了三次饭,她还是记不住别人……"

米饭含在嘴里,我侧头,他们在说谁?

"所以说,这么大年龄还嫁不出去不是没原因啊……"

啊,啊啊,这么恶毒的话,在说我呢!

我正欲暴跳时,平时从不嚼人舌根的庭长说话了,领导说话,我总不能冲进去发飙吧,我本欲站起的身体复又蹲回去。

"不过这姑娘很乐观,也很上进啊,还善良。"

嘿嘿,我眼都眯了起来。平时听人夸我,我会不好意思,但是今天听领导夸我,我竟是十分得意。领导对我满意,代表我有前途啊。

"哪天有人不小心娶到了她,其实是有福了。"

哎呀哎呀,有块糖在我心里化了,我们庭长英气逼人,英气逼人。

"这年头,能懂得知足的女孩太少了,殷可非常明白什么是知足常乐,没什么名利心,本分又安天命,但是天天乐呵呵的,像个宝贝蛋。"老林说。

啊,老林啊,我错了,你是那么可敬可爱的前辈,我居然老是没大没小地追着你欺负,我错了!

"这么说来,我也觉得她真的不错,要是院里以后用谁来换她跟我做同事,我还真不愿意……"

小波，小波，我很感动。

"多好一姑娘，娶她准没错……"

嗯嗯嗯，我也这么觉得。经他们一渲染，我觉得我简直就是世上极其罕见的瑰宝，摆哪儿都价值连城。

手上的饭还有大半碗，我却吃不下了，心里那个胀啊，是满满的感动与欣慰。

"所以小鲁可以考虑我们殷可啊。"庭长说。

"我就是……"

啪！

很快，他们就听见了一声巨响，我的碗掉了。

小波跑了出来，看到我望着地上的碎瓷片与米饭就骂了起来："我们才在里面说你好话呢，你就又出状况，笨到家了。"

我飞快地跑去找扫把，前前后后地忙碌着，还打着哈哈应付里面各人的调笑与奚落。再添好饭时，我便坐在了桌边，吃我炒的那盘所剩无几的青椒牛肉，天南海北地跟他们扯谈嬉笑，独独不看坐在我身边的鲁巍。

吃完饭我洗碗，水哗啦啦地冲着，我用洗碗布有一下没一下地擦着碗，盆里的泡沫满满当当的。虽然洗碗是件麻烦事，可是看着从泡沫里拿出来的碟盘光洁如新还是很有成就感的。手臂被人一扯，我握盘的手滑脱开来，带着泡沫被人拉扯着悬在空中，我扭头看，是鲁巍。

"有件事，我觉得问你同事不如问你。"他不带一丝笑容地说。

他好严肃，好正经，只是啥事需要这么严肃？吃饭时不还有说有笑的？

"什么？"我小心翼翼地问。

"你的电话号码。"

我半天没反应过来，他如此一本正经地问我电话号码让我觉得有什么事情，我的态度从暧昧不明渐渐变得慎重起来。

　　扭回头看盆里的泡沫，我自觉地报上了我的电话号码。其实我是想问他为啥要我号码的，可是我不敢。其实我想摆些小姿态不给的，可是我仍然不敢。

　　他念了两遍，我点头确认后，他说："我记住了。"他好像还想说些什么，可是外面许庭长在叫他了，他便静默了一会儿。在我就要受不了这份静默时，我扭头催他，但抬眼看到他欲言又止的表情，原先的那份忐忑就变成了慌乱。

　　最终，他抿了抿唇，扭头步了出去。我看他消失在门口，竟长久地处在失神之中……

第十章

如影,随行

最近许承基很少打电话来了,可能是我不够热情的态度让他有所领悟,又或者他也非常忙碌,因此我感觉轻松了不少。

我在微信上跟朋友聊天时,坦言我越来越不明白自己了。我确实不明白自己了。以前要是有一个许承基摆在面前,我肯定会扑过去的,可是现在有一个看上去很好,而且明确表示对我有好感的男人摆在我面前时,我却缺乏兴趣,甚至感觉到一种负担。以前看电视剧时,我总讨厌那些执着于一个我不满意的男主,一而再再而三地辜负我喜欢的男配的女主。我不明白为什么她们会那么强调感觉,可是现在我才明白,原来真的可以因为感觉不对就放弃原先在心中确定的择偶标准,放弃可以进入一段恋爱的机会。

朋友小鸟恍然大悟道:"原来不是现在心在变,而是以前不懂爱啊!"

我以前不懂爱吗?

我暗恋赵安飞,想着嫁给林湘,为鲁巍的一句话而辗转反侧,这些都不是爱？

小鸟说："不是这些不算爱，而是你不懂得如何爱，如何表达爱，如何抓住爱，如何继续爱，如何让自己真正沉入爱中。"

我不知道这是不是我的症结所在，可是我认可小鸟的话。我从没跟人说过我曾喜欢赵安飞，因此我不懂得表达爱；我矜持地跟林湘通电话，拒绝他夜晚的邀约，装作没听懂他的甜言蜜语，所以我没抓住林湘；在洗掉鲁巍的电话号码时，我不甚在意，而在再次遇到他后，我摆姿态，跟他保持距离。他说"我们恋爱吧"，我却沉默至今。我明明心动，却没办法继续……

原来我一直不懂爱啊！

"不是，不是一直不懂，而是原先不懂，现在懂了。"小鸟如是说。

现在懂了？懂什么了我？

"那个让你不愿再跨入一段看起来很好的感情的原因，就是你已经开始懂了爱。"

我打了个寒战，这话说得真肉麻。

找了几个表情扔过去，我就把手机扔开了，在席子上滚了几圈，正在想那个所谓的原因时，电话铃声在寂静的夜里突然响了起来。被它吓了一跳后，我飞快地按了接听键。

"哪位？"

对方可能没想到我接听得如此快，似乎愣了一下，我继续问："哪位？"

"我是鲁巍。"

咚咚咚，我按了按胸口，天哪，地哪，心脏病又发了。

知道是他打来的电话后，我便没了言语，他也没说话，一时间，两个人都静默地杵在那儿了。

"我……我……我……"我什么？我居然"我"了半天，不知道要说什么。
　　对方似乎长长地吁了一口气，然后沉缓的声音通过电话传了过来："我知道你还没有睡，我睡不着。"
　　"睡……睡……睡不着？"我真结巴了。
　　电话里他笑了起来，他说："殷可，不着急，还有二十九天。"
　　"啊？什么二十九天？"
　　他长吁了一口气，道："今天是十五，外面的月亮很圆很亮啊。"
　　哦！我想我明白了，还有一个月是中秋。
　　很奇怪，昨天晚上我睡得很好，第二天沿路慢跑时，精神很充沛，步伐也轻快极了，有已经熟悉的晨跑者跟我打招呼，我照样愉快地对他们笑。白天下乡时，许庭长跟鲁巍又来了，庭长说分两拨人下乡，于是喊上鲁警官帮忙。
　　晚上，准十点，我又接到鲁巍的电话，他也不说些什么，就跟我聊白天发生的一些事，聊他遇到的一些案件，聊他也遭遇到的一些尴尬。
　　聊这些没什么，可是……可是他为啥老找我聊？！
　　他真的是越来越奇怪了。
　　接下来，趁着这段时间案子少，我们庭打算分两拨休年假，然后拖家带口地报了旅游团。我们打算找个好地方去旅游，这让我兴奋不已。
　　花了足足一上午的时间，我们庭里几个人讨论要去哪儿玩，哪里更适宜这个季节游玩，出门要注意些什么，要带些什么，哪里的特产又是什么。说到玩，庭里成员的热情是空前高涨，甚至连鲁巍他们来，我们都没甚在意。
　　"你们要去哪里玩？"鲁巍一脸的疑惑。

我很是兴奋地说："我要去九寨沟，据说那里的水是最漂亮的。"九寨沟是我很早便想要去看看的地方，有朋友去过后便跟我感叹不已。这次出游的线路中，便有九寨沟—成都—重庆三峡。

鲁巍当然不可能像我们这般兴奋，怎么晒都没晒黑的小白脸在听我宣称要去九寨沟玩后又白上一分。

"去几天？"他问。

"九天！"我比个手指，这是我最长的假期，五天的年假，加上前后的周末，整整九天！比国庆长假还多两天呢。这九天都用来玩啊，想想都让人兴奋。

小白脸继续白，唇也抿白了，不管他，眼馋我们呢，他肯定是忙得没空去玩的。

我上网查了去九寨沟的注意事项，也了解了那边的风土人情及天气状况，网上的那些风景照片更是吸引着我。以前我看它们的时候，它们仅仅是一幅幅风景秀美的图片，现在看的时候，心境便全然不同了，那哪里是风景照片啊，简直就是人间仙境的写照。人生在世，不到那里一游，枉活几十年啊。

"啊！去九寨沟……"狂吼一声，拍板定音，几条线路中，我选这一条。

选定线路后，庭里安排了下各人出游的顺序，我被排到了第一批。我欢呼着绕我们办公室跑跳了三圈，其他人都笑骂着。不管不管，我只知道，九寨沟，我来了！

可是我们再乐还是没有承接我们这单生意的旅行社乐，光是我们庭就有一半的人，再加上他们带上的家属便到了八九人，隔壁财政所与国土所的人知道我们报了九寨沟的团，也纷纷申请休假掺和了进来，很快我们便组成了一个近三十人的大团。

出发当天，我最早到达指定的聚集点，在豪华旅游大巴上抢占了一个靠前靠窗的位置，嘿，真是一个可全方位观景、防晕车、看帅哥、有逃生优先权的长途旅行必选佳位啊。

同事们陆陆续续地登上了大巴，每个人都是神色兴奋又带点慌乱，大包小包，箱子加箱子，甚是热闹。这气氛，嘿，让还没开始的旅程热闹了起来。

小波是带着老婆一起去的，庭长也带着夫人跟孩子，隔壁国土所的小何也跟我们一起。哎呀呀，真让我激动，我们乡镇里最帅的小后生啊，整条街的派出机构里除了我唯一没结婚的小青年啊。哎呀呀，领导们真是了解我的意图啊，都考虑到我"高龄"未嫁的尴尬了啊，居然怂恿着他报团了，可他怎么带着他妹妹还是姐姐一起旅行呢？

我忽闪忽闪着大眼睛，含情脉脉地冲小何帅哥笑，他也冲我笑，那白牙和鲁巍有得一拼。不过他……他……他竟然忽视我身旁有着极大优势的空座，搂着那个姐姐还是妹妹的腰，向大巴最后面的座位走去……

银牙咬碎，我那个恨啊。窝边最后一根草，已经被人吃了……

哼哼哼！好心情不打折，等我跑到九寨沟，那里多的是帅小伙子让我去艳遇，一个小何而已，虽然在我们那些派出单位里摆得上台面，但也不过尔尔，听说嘴巴与心一样花，而且你小何再帅，帅得过人家小鲁吗？哼哼哼！

如此想来，我的心情变得愉快起来，透过大巴干净的窗玻璃看外面的景色。阳光灿烂，玻璃映着我的脸，眉梢眼角带着笑意，真是一点都不丑，看看看看，跟小鲁的脸凑一起也很配啊，笑起来时，两个人的眉眼是那么的相似。

什么？！我猛吸一口气，清晰的玻璃里，多出来的那张脸是鲁巍?

我飞快地转头,于是昨日重现……

不过我不是亲在了他的嘴上,而是脸上,很轻很轻的一下。

我在明白自己又做了什么蠢事后,已经很有经验地飞快撤离了,可是动作可能猛了一些,才看清鲁巍脸上扩大的笑容,便又看到了他倏地收起笑容,同时砰的一声,我的后脑勺撞上了车窗玻璃。

同事们听到声响后,都侧头来看我,然后哄笑了起来,戏称我因为要出去玩太过兴奋了。我摸着后脑勺,冲他们笑笑。没人看见吧?没人看见吧?!

"你……你……"这估计是我见到他就有的习惯性结巴症。

他伸手揉了揉我的后脑勺,十分轻快地笑,道:"这里没人坐吧?我坐了啊。"

这不是重点,重点是,他跑这车上来做什么?

"你来送行?搭便车?"我问。送谁啊?总不会是舍不得我吧?我心里很白痴地想。

导游上了车,在清点人数的时候,我向后瞄了一圈,整辆大巴,座无虚席。

导游点完人数后,咦了一声,我离他近,听他转身跟司机轻声说:"多了一个人。"

我侧头瞄了一眼鲁巍,心里突然揪了一下,不知道揪个什么劲。

司机不知道说了些什么,导游点了点头,在车子缓缓启动后,靠着驾驶座,拿着话筒开始跟我们问好介绍这个旅程的安排。

我不时地看看站得摇摇晃晃的导游,又看看坐得安稳的鲁巍,心继续揪着。

我们从市里出发到省城,然后搭飞机前往成都。第一天全部花在了路上，从市里到省城便花了六个小时。行程一开始，我们一路欢歌笑语。我们唱《稻香》，唱《体面》，唱《后来》；庭长他们唱《十送红军》，唱《谁不说俺家乡好》，唱《红梅赞》。我什么都能唱一点，老歌红歌是我老爹最喜欢的，流行歌曲是我天天跑步听的，所以唱得很嗨。导游索性将话筒给了我，接过导游的话筒后，我一连唱了三首，同事们都图个兴致，一个劲儿起哄，说再来一个。坐我旁边的鲁巍抿了抿唇，看不出是想笑还是想发飙。

因为是中午出发的，过了先前的兴奋期，三个小时后，一车人便蔫了下来，个个都歪着头，睡得极其不雅。我头抵着窗户，眯着眼。车左转，我的额头离开玻璃；右拐，砰的一声再撞上，于是我微微地睁眼，抱怨一声，又睡。

不知道如此撞了几次玻璃后，我觉得我似乎习惯了磕上玻璃的疼痛，之后便真的睡着了。

突然醒来，我发现车子仍然平稳地行驶着，外面已是太阳西沉的光景了。我微眯的眼没有焦点，不知道在看哪儿，等着意识缓慢地回来。半晌后，我抬起头来，侧头看着仍睡着的鲁巍，诧异于自己倒睡在他肩头的同时，还发现他的手紧搂着我的肩。

我就那样盯着他平静的睡容好半晌，然后又将头靠上了他的肩膀，装睡。

小时候我很不喜欢午睡，我妈会逼我闭着眼睛睡觉，我就装睡。我妈也很精，守在旁边，看着眼皮隐隐掀动的我，轻易地识破我的诡计，然后守着我真的睡着。所以，我一直觉得装睡是件十分痛苦的事情，可是现在这件事似乎变得不那么难了。虽然我心里胡乱地想着猜着什么或者偷乐着什么，可是没多久，我便又沉沉地睡着了，甜蜜地睡到一睁眼，我们已到了省会市区内，窗外已经完全暗了下来。

坐在后排的小波见我终于伸了一个大懒腰，跟他老婆咕哝道："这人在哪儿都可以睡得像猪一样……"

哼哼，看在你携家眷同游的分上，我放过你。

鲁巍呢？我看他，他侧着头笑笑看着我，两只手都安分地搁在他自己的腿上。我的眼神左晃右晃，假装不明就里地问："到哪儿了？"

"已经上了去机场的高速，等会儿到机场外面吃晚饭。"鲁巍说。

他倒是挺清楚的。

"你在哪儿下呢？"

他总不可能搭顺风车到成都吧。

"机场。"

哦——他也赶飞机呢。

匆匆吃了饭，我们进入机场，导游帮我们拿了机票，我将笨重的旅行包托运后，看到鲁帅哥手里也拿着机票。我凑过去瞄着机票，装作熟稔地问："你去哪儿呢？"

他摊开机票让我看，道："去成都。"

我带些抽搐的笑意道："真巧……"

"不巧，我是本团随行家属。"鲁巍收好机票。

哦？我瞪大眼。

我没听说过啊，这里哪个是他家长？

"你是谁的家属？"我望向那一群忙着托运的同事。按理说，小鲁的家长是公安的啊，我们这一群人里，谁跟他沾亲带故呢？害我一路上都以为他是搭便车的。

"你的。"

喂喂喂喂，谁的？别走，谁的？

我小碎步跟上他的步伐，拽他的衣袖："谁的？"

他索性停下来，转身看着我，十分铿锵地道："你的、你的、你的、你的！"

这人开玩笑吧！

真是的，鲁大警官居然对我开玩笑，没大没小没原则。我笑笑，快步走到检票口排队。剩女是经不起这样的玩笑的，我的小心肝啊，我的番茄脸啊……

飞机飞进云层时，我低头看着底下渐隐的城市灯火，心里却一团糟。我不断地揣测，又不断推翻自己的揣测。我总想着我跟鲁巍没什么，可是似乎又有着些什么。我在明亮的机舱里找寻着鲁巍，不是，都不是，突然一回头，在我座位的正后方，他正目光灼灼地望着我。

啊，天哪，地哪，他是不是真的在开玩笑啊？

我真的很怕会错意，就像我以为我要嫁人时林湘另娶他人，就像我以为鲁巍对我心存好感时他又转身离去。我怕我继续会错意，不管如何，我都会伤心啊。

成都的夏天多雷阵雨，飞机折腾了两趟，我们才踩上成都的土地，此时已是凌晨三点了。一行人进了事先安排好的宾馆，一番洗漱后便沉沉睡去。

第二天早晨六点半，宾馆前台便开始晨催了，才睡了三个小时的我们迷迷糊糊地坐上了去往九寨沟的旅游观光大巴。

十分劳累的我们，不管导游如何调动气氛，都充耳不闻地一路睡过去了。

从成都到九寨沟需要一天，而且道路非常崎岖。这边的山因为很多都无法生长树木，常会发生山体滑坡，所以道路两旁的山全部用大的钢丝网网住，以防滚石砸落。山上也并非没有植物，只是很少而已,我们看到最多的是野百合,为此,导游还唱了《野百合也有春天》一歌让我们提神。

不行,太困了,不管靠在谁的肩头,我眯眼便睡了过去。

偶尔被导游叫醒了,我便半眯着眼听她讲进入九寨沟后要注意的事项,也了解了一些居住在那里的少数民族的忌讳,然后我转过头,对坐在我旁边的鲁巍嗔了一声:"色狼!"

他愣了愣,情不自禁地笑了起来,很小声地称呼我道:"色魔。"

"对了对了。"导游拍着手掌道,"没错,这位小姐和先生都称呼得很对,藏语里'先生'和'小姐'的谐音就是'色魔'与'色狼',看看,这样称呼起来多亲密。"

这样说起来,车上的骚动大了起来,显然大家终于被导游的话题逗出兴趣来了。

"我们看到沿途有很多的藏民,与藏民同样多的是羌族,不过这两个民族是不能通婚的,因为藏族是父系氏族,而羌族是母系氏族,且是一妻多夫制的……"

哇!

说到这里,很多的人都发出了惊叹声。我们都对这个民族不甚了解,很难理解向来以男性为尊的国家居然还会存在这样的一个民族,女人在外谋生,男人在家带孩子、做家务,而且最重要的是,女人可以娶几个男人。

"藏族则不同,是一夫多妻制的。"

哇!

小波举手道:"我要加入藏族!"

小波老婆狠拧他一把,然后也举手道:"那我要进羌族。"

我呵呵笑着,侧头问鲁巍:"大色狼,你去藏族还是羌族?"

他也笑,盯着我笑得意味不明,好一会儿才道:"你在哪儿,我就在哪儿!"

……

我的小心肝啊,我的番茄脸啊……

九寨沟的海拔比较高,车子越往里走,我们便越发能感觉到里面的贫瘠。据导游说,九寨沟未被开发以前,是相当穷的,可以说人们在这里拿钱是换不到食物的,因为与外界的联系太过困难,所以这里的居民更重视实际的物质。

但是藏民并不像我们想象中的那样贫穷,他们放养牦牛,一头黑牦牛的价格只有几千,但是一头白牦牛的价格就达到了几万。

途中我们下车跟白牦牛合影,鲁巍将相机塞到我手上,自己爬到牛背上,戴顶牛仔帽,衬着后方瓦蓝的天空,英姿飒爽啊飒爽,我飞快地帮他按快门。

接着我将相机递给牦牛的主人,我也要照。

我吭哧吭哧地往鲁巍坐过的牦牛身上爬,可半天没爬上。鲁巍在下面推了我好几把,我才摇摇晃晃地坐稳了。我正想比个V,鲁巍又爬了上来。我一惊,又碍于跟底下牦牛不熟,怕它牛性大发,只好傻乎乎地比着V字。扭头看到坐在我身后的鲁巍也比个V,冲着拿相机的藏族大叔笑,我便在心里骂了开来。

"看前面!"鲁巍龇牙笑道。

我噘着嘴不满地扭回头,大叔便已按了快门,说可以了。

从牛背上下来,鲁巍一脸无所谓地笑道:"心眼真小,同游照个相都那么介意……"

想想也是,我确实心眼小,要是跟小波、庭长啊,或者其他的人一起咔嚓一张,那都是小事一件,我咋老那么放不开呢?

这么想想,我心里又坦然了,拿着鲁巍的专业相机到处咔嚓了一阵，拍这里的天，拍这里不长草木的山，拍羌族民居房顶上突出来的尖尖，拍藏民挂起来的五颜六色的经幡。

一天下来，大家都累得浑身是臭汗，终于到达住宿的酒店时，一车人都免不了露出疲劳之态来。领到了房卡，走在酒店大堂，我笑着跟小波老婆说，这酒店还真不错，冷气十足，大厅的温度低不说，到了楼梯间也这么低的温度，凉爽。

鲁巍侧头瞄了我一眼，我看他瞄我的眼神有点怪异，不知道我又有哪里唐突了他，哼，不理他。

到房间后，我一开水龙头，妈呀，冰水啊。我打电话向总台问咋没有热水，总台的答复是晚上九点到十二点提供热水。

什么破地方，我才夸它冷气足呢，就发现它原来也是一个小家子气的地方。

一说到冷气，我疑惑了起来。我进来后，这里一直都没有开空调，不是我已经不热了，而是进房间后，我发现房里的温度也相当的低。

难道这里装的是中央空调？

我抬头看，哪里有空调的影子，顶多就卫生间里有一个没有开的换气扇。我发现我可能弄错了什么，便走到窗口看外面的人群，然后发现，但凡本地的藏民或羌民，统统穿着厚外套，而外地的游客竟还套着棉衣。

不怕不怕，我从来没在八月份觉得冷过。不怕不怕，我不是有被子吗！

可是，有被子顶什么用呢？谁知道九寨沟早晚温差居然会这么大！网上的天气预报骗人呢！我带的全部是轻薄的短袖啊。

还没挨到晚上九点热水供应，我便冷得缩进了棉被里，可棉被不够厚，我又不想穿得这么单薄出去买件厚点的衣服，正郁闷的时候，有人敲房门，我干脆用被子裹着自己去开门。

门外鲁巍穿着一件米色休闲外套，衬得他整个人干净利落，穿得好看是其次，重要的是，他有得穿啊。

见我裹成这样开门，他眉头微拧，问："冷着了？"

"还没，不过估计快了。"我吸吸鼻子，满腔的干冷气息。

"我就买了这个，你晚上把它压在被子上，估计能顶点用。"

什么？我好奇地拆开塑料袋来看。是一件棉衣，那样式啊，真不好看。

"只能买到这样的，当作一次性的吧，反正也才几十元钱。"

我万分鄙视地看他，嗨，居然给女生买这么廉价的地摊货！几十块钱啊，我夏天都买不到一件T恤，他居然买了一件棉衣！这是什么布料啊？尼龙的？涤纶的？这么廉价！

我直接扔掉棉被，将棉衣往身上一套，还行还行，一穿上就一个感觉，温暖！

我将拉链一直拉到脖子下，十分得意地在他面前转了一圈："嘿嘿，合适吧？"

他微微地点头，慢慢地笑了起来。

晚上我没有将棉衣压在被子上睡，而是一整晚都穿着它睡在被窝里。半夜我热得受不了就将被子揭了，呼，穿棉衣盖棉被的感觉不好受。揭了一会儿被子，我又有些冷，再盖被子，又热，再揭。

白天温度又迅速回升了，进入九寨沟根本就不需要外套或棉衣。太阳升起后，我们就感觉到热了。我们乘坐沟内的天然气旅游大巴代步，最先去的是长海。事实上，下了旅游车后，我就感觉到不冷了。我将那件薄棉衣系在腰间，在看到长海时，长长地哇了一声。天哪，世界上怎么会有那么漂亮的水啊？像是嵌在山林间的一块蓝宝石一样，水质十分清澈，中央泛着蓝绿色。魔法石，它就是一块纯净无瑕的魔法石。

拍照拍照。下车尿尿，到点拍照，旅游的不二法门，举左手"V"，举右手"V"。

这时，一个穿着藏族服装的大婶拖住我问："姑娘照个相吧？"

说完，她便将手中藏族姑娘的帽子往我头上一扣，帽子周围缀着一个个毛茸茸的小球。鲁巍在后方叫唤了一声，我一回头，那些毛球球便飞旋开来。咔嚓一声，他便按了快门，我不高兴地撇嘴，我还没摆"V"呢。

我凑过去看，他收起了镜头，将相机往包包里一收，往长海走去了。

嘿呀，嘿呀呀，他什么意思？

我一句口头禅哽在了喉间，没嚷嚷出来。哼，你敢再拍我试试，你再试试……

中午我们在休闲中心吃了一碗泡面，体会了一番景区内的高物价，下午匆匆地赶往另一边的景点。那一边的景点颇多，什么五彩池、熊猫海、箭竹海、珍珠滩瀑布，让人应接不暇，我跟着年轻一些的那伙人一路走下来，很是尽兴。偶尔，我会看到松鼠在树上上蹿下跳，甚至就停在栈道上，接受游客的投喂。不论哪里的水都很清，可以清晰地看到水里的浮木和鱼苗。这里的水是禁止饮用与洗手的，更禁止投食喂鱼。整个九寨沟内的环保做得相当好，在沟内，游人是绝对禁止吸烟的。对于吸烟的人，处罚很是严厉。有烟瘾的同事憋得很辛苦，一见到吸烟区，就要待半天才出来。

游人如织，走了一会儿，我发现人都走散了，开始有些慌了。

我是路盲，方向感非常差，担心找不到出口，担心找不到我们团，担心他们会把我落下，于是我开始在人群中到处找寻着熟悉的脸庞。

珍珠滩瀑布曾是西游记的取景地，非常宽，很多人都在这里取景拍照。瀑水从高处落下，飞溅起来的水汽让人感觉到一股子的沁凉之意。若不是我此时正担心着落单，肯定会在这里好好逗留一番的。我左看右看，转一圈上上下下都看过，但一个熟人都没看到。要找一个同事怎么就这么难呢？我的头都晕了。一直没找到同伴的我只好随大流跟在人群中，把手机掏出来看了又看，万分后悔居然选了一个信号这么弱的通讯商。

我只能先走走看，一路上不再拍照，不放过任何一个路标、指示牌，与门票上小小的路线图核对着。正念叨着是要下这边的栈道还是要往左边的栈道走时，我忽然就听到有人在叫我。

我惊喜万分地扭头看，鲁巍立在不远处，眉梢发尾沾了水珠，在阳光下晶莹地闪着光。

我从没因为见到鲁巍而表现得如此高兴过，不顾一切地飞奔了过去，又在他面前急急停住。亲人哪，真让人安心啊。

"你从珍珠滩那边过来的？瞧这满头的水雾。"我从包包里掏出纸巾递给他。

"嗯。"他抹了把脸庞上的水珠，平复了一会儿气息，看了一眼手表说，"已经到了预定的集合时间，我们得快点去集合地了。"

明白明白，我刚不还着急吗，这会儿不急了，有人引导，我可以走得飞快的，不担心。

侧头看了一眼鲁巍，我突然就笑了起来。他被我笑得莫名其妙，问："笑什么？"

我抿唇笑道："我以为我是最慢的了，没想到居然有人比我更慢。"

"我去找失散的家长去了。"他波澜不惊地道。

"据我所知,你是跟我们庭长来的。我们庭长和你是什么亲属关系啊?你不是被抽调监督烤烟工作吗?现下还有时间来玩?"

我一直想问呢,只是觉得自己跟他没熟到可以什么都问的地步,现下突然觉得和他熟了,可以问了。

"那边有同事帮我顶着的,事实上,事情也不是很多,重点工作是在半个月后,所以,我正好可以休一个长假。至于我跟你们庭长是什么关系,我为什么会来,你可以直接去问你们庭长。"

虽然小白脸有所保留,不过不错,他态度平和,有问必答。我以前最讨厌和帅哥相处,觉得帅哥除了有一张好看的脸外,性格高傲、脾气冷硬、自以为是、眼高于顶,若算是兔子,也是玉兔级,高贵得只能待在月亮上,被嫦娥一样的女子守着、宝贝着。

小鲁就是小鲁啊,不愧是我喜欢的……兔子?

我侧首看他,他心无旁骛地领着我一直往前,突然我心有戚戚焉。

赶到聚集地时,所有的同事都在等我们两个人。导游见我们姗姗来迟,没怎么抱怨,只是长吁了一口气,笑着拍鲁巍的胳膊,道:"还真给你捞着了啊。"

鲁巍笑得露出一口白牙,我追问导游:"捞着什么了啊?"

导游笑得诡异,道:"针啊。"

没让我再问,导游催赶着我们去大巴的停靠处上车,道是吃过晚饭后还有一个活动,那便是参加藏家的篝火晚会。

第十一章
不只是玩闹

　　篝火晚会让我们对藏族有了更深的了解,进入藏家时,我们都得到了洁白的哈达。这个藏民家有着非常宽的大厅,两旁早已摆好了长凳长桌,桌上摆的是藏家特有的茶点。热情的藏家主人给每个人都盛上了满满一大碗青稞酒,藏家的三姐妹都长得很漂亮,脸庞上有着高原红,一张嘴就来首《青藏高原》,震撼全场。

　　鲁巍坐在我对面,看得出身形高大的他不是很习惯矮凳、矮几。那三姐妹也看出本团当中他的皮相算是最好的,轮番拉住他敬酒,他对三姐妹的邀约倒是十分爽快。那青稞酒,虽是极淡,但是喝多了也胀腹啊,有必要喝那么多碗吗?

　　我努力吃着烤羊肉,嚼牦牛肉、雪鸡肉,反正就是不喝那青稞酒,觉得难喝。

　　之后,大家又唱又跳地闹了好一阵子,席间说到藏语如何称呼先生、小姐时,众人起哄互称"色狼""色魔",藏家二姐带些挑逗意味地问鲁巍:"色狼,可愿意为了藏家的色魔而留在这里?"

125

鲁巍的视线越过她竟向我射来，我一愣，端起矮几上的瓷碗就喝起来了，不过这是什么味？是酒？我嫌恶地拧起眉，看看手中清澈的液体——我居然端起青稞酒喝起来了。

"我的色魔在哪儿，我就在哪儿。"

"噗！"含在口里的那口青稞酒被我全喷了出去，坐在旁边的同事侧头问我在玩什么，我吞了口酥油茶道："喝错了，喝错了。"

然后我低下头去，抖着筷子夹起那些黑黑的肉往嘴里塞，忽视因为鲁巍的答复而满堂哄闹的声音。

我的小心肝啊，我的番茄脸啊……啊！

整个晚会的高潮终于到来了，稍后的藏家婚礼上，藏家主人为了向我们展示藏家的婚俗，让未婚的藏家二姐与三妹扮新娘，在诸位客人中挑两个男客人对歌，然后与他们完成整套婚俗的程序。所有人都对此举很有兴趣，那些已婚的、带了家属的以及未婚的、带了女朋友的倒是安分，但是那些已婚的、独自出行的人就毫无羞涩地毛遂自荐。不过藏家两姐妹岂是那么容易让自己吃亏的人，那些积极自荐的人都被她们忽略了。最后，小妹挑了国土所张主任刚满十八岁的儿子作为对象，二姐的目标明确，加之刚刚所有客人都在起哄，她便直接挑了鲁巍。

鲁巍极力推辞，但藏家二姐拖住了他的胳膊就是不放，其他人也取笑他不够大方。他扫了我一眼，我撇着嘴也跟着别人对他起哄。他低头沉默了一会儿，居然勇敢地站了起来，长腿跨过矮几，接受了藏家二姐的邀请，拿过了麦克风，跟二姐对起歌来。

二姐唱"达坂城的姑娘"，他唱"红星闪闪"；

二姐唱"跑马溜溜的山上，一朵溜溜的云哟"，他唱"学习雷锋好榜样，忠于革命忠于党"；

二姐唱"爱你不是两三天"，他唱"我真的还想再活五百年"；

二姐唱"爱我的人对我痴心不悔,我却为我爱的人甘心一生伤悲",他拿着话筒想了半天,忽然唱起"长江、长城、黄山、黄河"……

三分之一的人直接晕倒,三分之一的人目瞪口呆,我是另外那三分之一,抱着肚子笑倒在桌子底下。

藏家二姐再也唱不下去了,又娇又嗔地咬着嘴唇儿瞪鲁巍,我笑抹着眼泪,爬到矮几上,嚷嚷道:"小鲁同志,你太强悍了!"

我真的是不笑都不行啊,小鲁那正经又憋屈的表情,配上根本不是他这个年代的人才会喜欢的歌曲,真的是太不搭调了。

小鲁同志似乎不满我的嘲笑,拿着话筒指着我道:"有本事你来和我对。"

他这么一说,其他人又闹上了。我旁边的同事居然使用蛮力对我又推又搡的,我被迫收起所有的笑容,接过麦克风时,才明白这回真的是赶鸭子上架了。

不过怕什么,我是K歌之王,KTV里的歌我可以从头唱到尾的,革命歌曲也不怕,什么都张口就来。小鲁,看你怎么死在我手里吧。

清清嗓子,我先开唱。既然是拼革命歌曲,小鲁你那两首就卡住你了,我算算看,我不要五首就可以把你撂倒。

我唱"在希望的田野上",他唱"刘大姐,你是我的妻啰嚯"。

我一愣,这歌很老,但不是革命歌曲啊。

我接着唱"北京的金山上光芒照四方",他唱"树上的鸟儿成双对"。

我又一愣,他的曲风改了?改唱戏曲了?

戏曲我也是拿手的,我唱"长坂坡,救阿斗",结果他……他……他……他竟唱"相思风雨中"。

嘿呀,小样儿,居然会唱流行歌曲,还会粤语,敢情之前都在扮猪吃老虎呢?

粤语我也是会的,我会那首《富士山下》嘛,于是我结结巴巴地哼了一段。

他沉默了一下下,最后仿佛深吸了一口气,一张嘴,居然让所有人更加厉害地哄闹了起来。

他竟唱:"明天你要嫁给我了,明天你要嫁给我了……"

我呆立在那儿,粉碎!

我呆,因为他的歌词;我呆,因为他声音里似是而非的深情;我呆,因为他眼神里包含着一种动人心弦的专注。可是我不就是呆了一下吗,当我反应过来的时候,所有的人都大喊着:"输了,嫁他;输了,嫁他……"

我输了?有没有搞错?

我指着自己的鼻子,质问众人:"本姑娘把自己输了?"

一行人粗鲁地将我往门外推去,我便想,他们制定这游戏的规则时有说过输了或赢了是怎样的吗?

我问给我穿戴藏族新娘服装的藏家大姐,若女方赢了会如何,男方赢了又如何。

藏家大姐笑得暧昧,说:"在我们这儿,要是男客人赢了,我家小妹就随他处置,带走都可以哦,但要是我家小妹赢了,男客人就要留在我家入赘,而且要先在我家放三年的牦牛。"

幸好幸好,幸好不是鲁巍赢了藏家二姐,也不是藏家二姐赢了鲁巍。不管怎么着,我算是救了鲁巍一命啊,可是……可是没说过我要是输了就得"嫁"给他啊?

我又被他摆了一道!

藏家二姐虽然很惋惜,但还是将自己准备好的藏服一一为我穿戴好,最后还直夸我穿起来很漂亮。穿戴整齐后,我被推进了大堂。鲁巍已经穿好藏家汉子的服装了,他身材高大,这身衣服很合适,就是脸白了点,少了些藏族男人的味道,估计是赢了我让他十分得意,他竟然笑得容光焕发的,满眼都透着得意的光。

唉,能跟这么帅的男子结婚,即便是假的,也值了!

与我们一起体会婚礼的还有那个刚成年的小帅哥,他羞答答地被藏家小妹挽着胳膊,惹得众人乐得前俯后仰的。我们四人并肩站在门口,所有的同事、朋友都举着手机对着我们狂拍,我们也不扫大家的兴,听着藏家主人指挥我们接下来要做什么。

藏家主人说新郎要背着新娘在大堂里跑上三圈,不能停、不能摔,否则会预示两人不能长久。

鲁巍在我面前蹲下,示意我爬上他的背。其实我挺顾忌自己的体重的,我从小就长得结实,看着不是特别胖,但是很沉。

见我久不行动,鲁巍扭头跟我道:"放心。"

放心就放心,难道我还真怕你把我摔了、碰了?

爬上他的背,胳膊抱住他的脖子,我发现他的背脊微微一抖,手稳住我的大腿,站起来便开始绕着大堂跑起来。

藏家二姐在他背上我的时候开始唱歌,不知道在唱什么,用藏语唱的,据说是祝福新人的。

我的心思也没多放在他身上,他绕圈的同时,其他的同事纷纷拿着手机对着我们猛拍,甚至还要求趴在他背上的我摆各种不同的姿势。我的姿势向来经典,用一只手勒住他的脖子,另一只手比着经典的"V"字。

笑容僵了,手举累了,我才发现身下人的气息极度不稳。还好,他的脚步似乎还很稳健,不愧是混公安的,估计不会把我给摔了。

三圈结束,我是没怎么觉得辛苦,自动地从鲁巍背上跳下来,看着他撑着膝盖喘着,还对我比"V"字,而那些个闪光灯则闪啊闪啊。

另外那一对跑完后,小帅哥比鲁巍喘得更厉害,满头大汗的,藏家小妹很体贴地用纸巾给他擦拭着。

这之后,藏家主人说我们要喝交杯酒了。

我耸着肩干笑两声,转头看仍在微喘着的鲁巍。他闻言后也转头看我,目光灼灼。

娘啊,这要是在古代,唱这样的交杯酒,我岂不是真的嫁给他?不过既然我们是来旅游的,就应当摒弃传统封建的旧思想,全心全意地找乐子,"嫁"而后矣,喝就喝!

我豪气万丈地端了碗青稞酒。

交杯酒而已,我从小就喜欢看电视里的洞房花烛夜,看穿得跟红包似的新郎官挑开新娘盖头,羞羞怯怯的新娘子端起床上的酒。两人眼神纠葛,缓缓交挽胳膊,然后镜头模糊,思绪万千……

开玩笑,那之后的之后,我可能不大明白,但是交杯酒这镜头,我可是看过千千万万。挽鲁巍的胳膊时,我的心突然就怦怦地狂跳了起来。他那眼神啊,就跟电视里那新郎官似的,缠绵悱恻啊。

这酒啊,味道都是一样的,除了酒味,啥也没有。我皱着眉头将一碗酒喝完了,脸就烧了起来,变成真正的番茄了。

任务完成,我刚想将碗扔回给主人,他居然又给我满上一碗酒。

啥意思?

我举着一碗酒,以眼神询问。

"刚刚的交杯酒叫小交,按我们藏家的习惯,还要大交,大交完才算完成了交杯仪式。"

大交杯?咋交?

"大交杯酒呢,就是胳膊绕过对方的脖子,将碗中的酒喝完……"

哦,明白,我曾在我家堂哥的结婚典礼上看过婚礼主持人这样整他们,可是这是藏家婚俗?

我怀疑地盯着藏家主人,但那家伙无视我明显阴森的眼神,一扬手,满堂宾客全部又附和哄闹了起来。

我苦脸,领导们啊,这不是在玩过家家吗,有必要这么带劲吗?

端着酒,我苦着脸转向鲁巍,结果那小子一脸的无所谓。哼,他无所谓?我也很无所谓好吧!我……我只是不喜欢喝这酒。

缓缓地,我们各自端酒互相接近,他低头躬背,我仰脖踮脚,酒缓缓地绕过他的背颈,在另一侧时,我手一抖,酒水洒上了他的衣襟,溜进了他的衣领里。他一凛,却是一动未动。我艰难地踮着脚去喝那碗举得甚是辛苦的酒,但够不着,只能再贴近点。唉,他还是太高了,我只好再凑近点,一口一口地将酒全部喝完。这时他才开始喝酒,静静等他喝的时候,我才突然发现我完全贴在他怀里了。他的气息,他吞咽时牵动咽喉、胸腹的微小起伏,我都清晰地感受到了。妈呀,真不可思议,全新的感觉啊,有人抱着我喝酒呢。

待小帅哥和藏家小妹也喝完交杯酒,我们便开始向众人敬酒了。小帅哥惨白着脸,腿脚发软,端着酒碗先去给他爹敬酒。

我们从另一边开始敬,我用酥油茶敬,鲁巍用青稞酒敬。碗不大,但若是敬上几十碗,人不醉,估计都腹胀了,只是……

A笑道:"百年好合!"

鲁巍一口干尽碗中酒,满上。

B大声道:"白头到老!"

鲁巍又是一口闷。

C挤眉弄眼道:"早生贵子!"

在我不满地怒瞪C时，鲁巍又是一口饮尽。

我们敬到庭长时，那平时不苟言笑的庭长一脸真诚慎重地道："祝你们能相偕到老，相持一生。"

鲁巍回得十分恭敬，双手托碗，将碗中的酒水喝得不剩一滴。

我的同事们哪，玩游戏都可以玩得这么认真啊，真让人感动！如果可以给我打红包就更好了。

在我狠打一个饱嗝后，鲁巍已经跟跄到是人都看得出他醉了。

这时，不知道哪个谁大喊一声："送入洞房。"

于是一呼百应，众人都叫唤了起来。

我差点晕倒，大家伙儿都玩疯了，疯了，疯了……

突然间，我发觉自己腾空了。一受惊，我慌乱地搂住了谁，一抬头，就看见已经喝得满脸通红的鲁巍笑呵呵地将我打横抱着。他一个趔趄，我又搂紧几分，他笑问："洞房在哪儿？"

我又要晕倒！

最终我们两人坐在藏家主人的偏厅里，这里不是新房，只是给我们短暂休息的一处僻所。我不知道那个小帅哥被安排到了哪里，反正这里只有我跟鲁巍。外面的坪里似乎燃起了篝火，众人正被主人带领着围着篝火跳舞。我是很爱热闹的人，外面那么闹腾，我却……

我拧了毛巾给鲁巍擦脸，小白脸醉得眯着眼，靠在椅背上一动不动。我不知道他是不是睡着了，猜着即便没睡着，也不会十分清醒，所以给他擦脸时，一点也没觉着别扭。

鲁巍长得真的很好看，以前我就觉得这小伙子长得不错，很帅，于是很有距离感。那时，他的俊帅雅酷都与我无关。但是现在，这浓眉长睫、这挺鼻润唇、这弹性极佳的细白皮肤，突然就与我相干了。虽然现在他闭着眼，我无法知道他是不是与我有着肌肤上的交流，可是我就是觉得，这平静的面容十分有内容。

我转身去清洗毛巾，将毛巾一拧，他突然说话了。我一惊，毛巾掉进了盆内，转身看他时，他微睁着眼看我。

"你说什么？"

"我一点都不想和你做朋友！"他重复道，声音坚决，唇一抿，让整张脸都十分严肃。

我一慌，心情直落，垂着眼睛不想再看他，转过身继续去洗盆里的毛巾。我抖开毛巾搓了一阵，再一阵，之后继续搓洗。

"先前和你说的都作废。"他等了很久才又开口说道，声音少了刚刚的喑哑。

我不知道他现在是醉是醒，他闭着眼睛的时候，我是那么的安心，可是当他睁开眼，对我说这些的时候，我顿时觉得自己像一只慌乱的、刚刚自动蜕壳的乌龟，光着身躯，羞愧欲死。

"你又在想什么？"他问。

我想回他一句，可是好像有什么东西哽住了喉咙，只傻傻地站在桌前，反复清洗着盆内的毛巾。鼻内隐隐有酸意，我极力地隐忍着眼眶内的湿意上涌。

"你不问是哪些话作废？"

他醉了，我不和他计较。

他叹息了一声，又道："你总是这样，一副没心没肺的模样，可是心里真正在想什么，总是不让人知道。换了别人，怕是早就放弃了。"

我将毛巾洗得凶狠，水从盆里溅出来了，洒湿了半个桌面。他说到了我的痛处，我从不让人知道我心里对于感情真正的想法，我怕一旦说出会情无落处，我怕一旦说出会遭人耻笑，我怕一旦说出就没了念想，我怕一旦说出便徒惹纠葛，我怕一旦说出，连他说的朋友都无法再做了……

可是，他连朋友也不想和我做！

那他凭什么招惹我，凭什么找我，凭什么激我，凭什么给我买衣服，凭什么说些暧昧不明的话来挑逗我？！

凭什么？！

我恨恨地将帕子往水里一扔："不做就不做，我的朋友多的是。"

我用湿淋淋的手背重重地抹了把眼角，擦得脸上一片湿漉漉的。

"你的朋友是多得很！"我身后的人似乎说得咬牙切齿，"我每次站在你身后、身旁、身前，你都被你的朋友围着，看不到我。我想我们就平行吧，我远远地看着你跟其他的人玩乐取笑，可是后来是你自己冒出来的。我不是没想过放弃你的，可是你总是招惹我！凭什么？！凭什么我都这么死皮赖脸了，你却还是不明白我？我说的每句话都那么浅薄吗？你都不想继续探究吗？你对我就不存有深入交往的意思吗？你……你……"他竟激动得大咳了起来。

我动容了一阵，但他在指责什么？我似懂非懂。碍于自己的龟毛个性，我没敢转身，也没敢出声，脑袋中就像装了一桶糨糊。他那话里有一部分让我不满，有一部分又让我既惊又喜。

过了一阵，他停止了咳喘，平复了气息后又说道："我说我曾说的那些话作废，可是你却胆小得连确认一下哪些话的勇气也没有。殷可，我以为我在你身边，让你天天看到我，你就会明白我的心意。而且我知道你从来都是个藏情的高手，所以我不急。即便许承基只给我一个月的时间，我也不能急，可是殷可，我为什么总是在失望？每一次我以为你似乎明白我的意思时，每一次我觉得我可以抓住时机时,你却总在让我失望!殷可,殷可,我真的很希望某一天我的努力不再是单方面的,你得给我回应。我不要一点点,那太不能满足我了,也许加起来会慢慢变多,可是那远远满足不了我……"

我鼓起颊不满起来,适才的委屈在他这番话里莫名地消失了,却对他不甚满意起来。他说得他竟是那么的委屈可怜,像是极了解我一样,又像是我负了他一样。说做朋友的不是他吗?他刚刚不是又说不要做朋友的吗?什么都是他说的!

"你不是说你有结婚的对象了吗?"我一时不满,这话就脱口而出了,而一发现自己竟发了声,我便急急地收了尾音,懊恼自己像个妒妇一样说话。

转身想挽回些什么,我就见他已站了起来,冲着我步步逼近,本欲脱口而出的话语就全数吞了回去。

"我说作废!"他一脸铁青。

干什么呢干什么呢?我像只好斗的小母鸡一样,把头仰得高高的。你长得高、逼得近,我就怕了你不成?你声音大、面色冷,我就怕了你不成?

"凭什么你说交往,我就得交往?凭什么你说做朋友,我就得做朋友?凭什么你说作废就可以作废?你觉得你长得帅就有操控权?"

我居然还帮他洗脸,凭什么?凭什么?

他的神情一滞,原先的怒色渐渐转成了失望之色:"殷可,你一直觉得我长得不错这点很重要?"

啥意思?我瞪着他就没办法思考,垂下眼来想,不对!

我管你长得好不好看,这一点都不重要。我要是某天喜欢上一个人,我不要求他很好看——我从来都觉得好看的兔子是不可能有机会撞树桩的。我一开始就觉得他长得不错，可是并没有因为他长得不错就对他有意思，我喜欢他是因为……

"重要个屁！"我又仰头，粗鲁地回他。

鲁巍低眉顺眼地睨我良久，原先那布满阴霾的脸上缓缓泛起笑意来。

"原来是这样……"他浅浅地松了口气，紧绷的肩放松了下来。

怎样？我的眼珠转了两圈。我刚没说什么啊，难道他会读心术？

他摊开他的手掌举到我面前，一脸赖皮地说："手还没洗呢。"

"洗个……屁啊！"没气势，没气势，原先我虚张的声势，在他一瞪时，瞬间被打压了下去。

这件事情就这样结束了。其实我还有话没有说完，但是我不想跟他闹得不愉快，而他不知道是出于什么考虑，也放了我一马。当其他人进来时，我们早已放弃了争执，他继续靠在椅子上装醉，藏家二姐瞧他还穿着藏服，便去帮他脱衣裳。我斜着眼睛白了他好几眼，他竟然只是微微掀了下眼皮，看到我不齿的表情，脸上还浮现出笑容来。

晚上钻进被窝时，我才认真地回想他的话来，可是这一想竟让自己大半夜都无眠了。明明因为劳累了一天，身体已经极其疲乏，可是脑袋里的想法让我无论如何也睡不着。

他说换成别人，怕是早放弃了；

他说他死皮赖脸；

他说许承基只给了他一个月的时间；

他说他不是没想过放弃我；

他说我一点点的努力远远满足不了他；

他说他有结婚对象这句话作废了……

于是我时而笑，时而低落，时而愤懑，时而又甜蜜地在被窝里拱着。他的那些话那么明显，我要是再装作听不懂、不明白，连自己都觉得矫情了。可是我明白又怎样？接下来呢？我是继续跟他玩暧昧，还是大大方方地应承下来？

一只羊，两只羊，三只羊……

最终，我的决定应了他的某句话，也应了我自己心里某部分的渴求。

第十二章
他的女朋友

　　第二天,我顶着两个黑眼圈冲鲁巍笑得睡眼蒙眬时,他微愣了一下,眼里似有不信,但也没有说些什么。

　　一上车,我便主动地靠着他的肩,飞快地进入睡眠。

　　一直到了黄龙,我才醒过来。海拔已升到了四千多米,同行有不少人出现了高原反应,鲁巍递给我一盒红景天,让我预防一下。

　　黄龙可以分两条路上下,另外还有缆车,鲁巍问我是不是要去坐缆车,我想了想,见所有的人都要求徒步爬上去,于是也放弃了坐缆车的想法,跟着大伙徒步爬两千米高的黄龙。

　　所谓黄龙还是因景得名的,中间有一长串常年流水的黄色岩石从山顶绵延至山脚,远远一看就像一条直卧在山上的黄色巨龙。我们沿着这条"黄龙"而上,这里每隔一两百米便有休息的小栈,年轻些的同事脚步飞快,霍霍地就往上跑。上了几百米后,我终于意识到,其实应该选择坐缆车,因为我开始头晕了。

　　鲁巍一直和我走在一块,同行的人都习惯了我们俩在一块,也不取笑。加之昨天晚上那一出婚礼,他们都觉得我们有些假戏真做的意味，对我们似乎都乐见其成。

鲁巍一直在说话分散我的注意力，他说他小时候的一些搞笑的笨事，我就说我小时候也这样；他说他小时候喜欢看什么什么动画片，我就说我更喜欢看哪个哪个；他说他小时候常玩拍纸片的游戏，我说我赢了一抽屉的图片，后来发了霉，全被我妈扔了；他说他玩龙王大象的动物棋，我说公鸡可以吃龙王，然后我们相视一笑；他说他小时候很喜欢吃白糖牛奶做成的冰棍，每天都等着烈日下背着泡沫保温箱的女孩叫卖着经过他家……最后，我白着嘴唇说："鲁巍，我们下山吧，我不行了……"

鲁巍轻叹了口气，似乎有些什么哽住了，不再继续说下去，牵着我走进了被葱郁草木围绕的凉亭里，找了个地方坐下。我低垂着头，眯着眼，等着体力的恢复。栈道上一阵骚动，我睁开眼侧头一看，一行人抬着一个有高原反应的游客匆匆往山脚下送。我抬头回望了鲁巍一眼，他神色一凛，我的手便被他抓得更紧了。

"我好多了！"我冲他一笑，本来不想让他担心，可是估计我的笑容并不好看，他竟连眉头都微拧了起来。

"导游说我们几点钟下山集合？"我问。

他看了一下手表，道："还有两个半小时。"

"我想躺一会儿，半个小时，然后我们走下去。"一方面，我真的觉得头晕得厉害，体力也流失得厉害；另一方面，我喜欢坐在这里的感觉，比起先前的向上爬行，这样坐着，被习习微风吹着，手被他紧紧握着，有种惬意与幸福的感觉。

他点了点头，我就在廊椅上躺下，头枕在他的腿上，他用一只手轻轻搁在我的眼上。我闭着眼，感觉到了前所未有的放松与舒服，就像行走很久的人被允许坐下来休息一会儿，就像饿了很久的人遇上一桌子的佳肴，就像有件很渴望的宝贝已经滚至脚边，心里就那样满满的。

睡到半迷糊时，听到他轻轻叫我的名字，我应了一声，他一时又没了话语。过了好一阵，我隐约听到他又叫了我一声，便极轻地应了一声，然后意识便真正模糊了。我隐隐约约听到他的声音，可是竟然全进不了我的耳朵，风吹过汗湿的脖颈，一片清凉……

被鲁巍叫醒后，下山时我仍迷迷糊糊的，但是比先前已经好很多了。走了一阵后，我的意识清醒了，便像活过来了般，开始接二连三地咋呼。

下山时我们走的是右边的栈道，右边的栈道不同于左边的，聚集了很多的小景点，虽然没有登上黄龙的顶峰，看据说蔚为壮观的五彩池，但是这边也有很多小的梯田状的池子和小瀑布，瓦蓝瓦蓝的水，看着人的眼睛都润润的。我不停地拍照，鲁巍见我没了先前不适的模样，也一扫担心，放松地在我旁边到处照些景色。当我们想要留影时，我便用我的手机拍他，他就用他的相机拍我，两人照得不亦乐乎。

鲁巍找了一个游客，将相机交给他，意思很明白，他想要我和他合影。

反正有些事情说开了，我也就不那么拘泥了，只是我仍不好意思很亲密地挨着他。我们靠着栈道的护栏，背后是一汪清澈碧绿的水，他的手在我肩上抬了抬，在空中停了一会儿，再轻轻地落在了我的肩上，而我没动，只是抿着唇笑。

别人说，看一个人是不是和你合适，就跟他一起去旅行。

我不知道这算不算是合适，但是我似乎沦陷得很快，无论到哪儿，我的眼光都不停地在人群里搜寻着他的身影；不管做什么，我都用眼光先征询他的意思。常常我看他莫名其妙地露出微笑时，我就会跟着傻笑，笑完后又想，我们这是在笑什么呢？

当他牵我的手的时候，当他拢我耳边的碎发的时候，当他为我递来一瓶水的时候，当他帮我将行李搁上行李架的时候，当他将剔除了蒜粒的鱼肉夹进我碗里的时候……甚至到了后来，当在人群中看到他那高大挺拔的背影时，我都会从心底偷偷地窃喜着，就像当初他在机场说的那话，是的，他是我的我的我的我的！

回程中，所有人都显得十分疲劳，但都对本次的行程颇为满意。虽然路途甚是艰辛，虽然参观、购物占了我们很大一部分时间，但九寨沟与黄龙带给我们的惊叹将永不磨灭。

我倒是还挺有精力的，一路上叽叽喳喳个没停，将小时候的倒霉事、糗事还有长大后遇到的乌龙事，甚至连殷以处过的小绵羊都说了。鲁巍就只是听，我都不知道他会不会嫌烦，可是我就是没办法关住话匣子。漫长的回程，因为我的喋喋不休似乎变得短了很多。

偶尔，我会担心地问鲁巍："想睡了没？我会不会太吵？"

他莞尔一笑，半眯着眼缓缓道："音量适中，语速略急，若是可以缓一点，刚刚好。"

"刚刚好？"我歪头思量。

"催眠刚刚好。"

喊！我气鼓鼓地抱胸眯眼，佯装睡觉，忽然鲁巍道："殷可，我下来只有一个月的时间，我一点都不想浪费，一分一秒都不行。"

他的声音非常轻，轻到只有我才听得到，语气十分正经，于是我眯着眼，静静地听。

"可能这么急促的方式你会觉得不适应，我也想过，对待你，我不能急的。那么长的时间都过去了，我不能急于一时，就像先前我跟你说要交往，那时我错了，我只想着我观望了那么长的时间，我没考虑到其实你对我仍是十分的陌生。可是，自从那次野战后，我发现我再不急,就会与你失之交臂了。"

此间我会因为他的某句话而疑惑不解,可是我还未来得及深究,他就已经将更重要的信息抛给了我,那些疑惑便因为下一句话的影响力而被我遗忘。

"可能回去后,我们会面对一些让人头疼的事情,但是,我希望你能够相信我。另外……"

他沉吟了一会儿,继续道:"另外,我并不是你想象的那样好。我长得好不好看一点都不重要,事实上,在我心底,你才是我需要仰视的人,我一直都在卑微地等你看见我……"

我心里一动,某种不可名状的情感瞬间覆盖了我所有的思绪。他发现了,发现了我在他面前一直都是那么的自卑。

车外风景一一掠过,沿途一片葱翠,而夏天的我蠢蠢欲动!

终于,当所有的人将大包小包从车子上卸下时,我的憧憬也放下了,脚尖一触及地面,旅途中的轻松就被扔回了车上,现实中的思量又纠结地占满了心头。我拒绝了鲁巍送一程的好意,看着他面有倦色地转身离去,心里莫名沉甸甸的。

回到家里,我将旅途中换下的一大袋衣服塞进了洗衣机里,我妈十分高兴地翻我的包包,将我带回来的特产尝了个遍。我夺过她手里的甜食,将山核桃塞到她手里,她原本略带哀怨的眸子便像被点亮了似的。没办法,她有糖尿病,不能吃甜食。

"殷可,你玩了一趟,就没给人家小许带点什么做纪念?"我妈剥着核桃问。

我一愣,我妈马上就发现了不对劲。

"你对人家就这么不上心?你到底想不想嫁人啊?"我妈恨铁不成钢。

想嫁!我嘟嘴想,咋不想嫁了,但没想过嫁鲁巍以外的人。

想到这，我甩甩头。要不得，我又沦陷了。

将照片拷进了电脑，我逐张翻阅。相片拍得很好，不，应该说是因为风景十分漂亮，所以照片看上去都拍得不错。我一张张浏览照片，我妈也凑近来看，看一张"哇"地赞一张，十分眼馋地说："闺女，什么时候带你妈去这儿玩啊？哇，哇，哇哇！"

蓝天、藏居、羌房、牦牛、碧水、松鼠、浮木、鲁巍、鲁巍、鲁巍……

我飞快地点着图片浏览器上的红叉叉，青着脸转头看我妈，我妈正目不转睛地盯着我。

"老实点！"我妈正经的时候，其实会让人发抖。

"同事家属。"我一口咬定。

可我妈明显不相信，斜着眼睛看我。

"就是同事家属。我们都是这样拍照的，我拿我的相机拍他，他拿他的相机拍我，互相拍，回来再传给对方，这样方便。"

"他叫鲁巍，比你小一岁，是个警察。"我妈说。

"哇！"我惊恐，我妈怎么会知道？

"过年时你穿他的衣服回来的，我还看到了身份证，里面还有工作证，结果你现在大言不惭地说他是同事的亲属。人证物证俱在，你还狡辩？！"我妈一拍桌子，像拍惊堂木一样。

"证据规则里的人证是证人证言，物证是能证明案件真相的事物，而你说的那不叫人证、物证，而且证据要具有合法性、客观性与关联性……"我滔滔不绝。

"死丫头，你跟你妈我耍花枪？看不出来啊，你竟然背着我们偷偷跟那个野男人出去旅游，还打算脚踏两只船……"我妈不依不饶。

我低头闭嘴，小鲁啊，野男人啊……

"不过啊,如果这个确实不错,脚踏两只船也没关系的,毕竟这年头,只要没领证,跟谁不跟谁都不一定。"我妈没品格、没原则,一副老谋深算的样子,眼里的精光更甚。突然,她的手掌朝我的胳膊一拍,阴笑了起来,道:"好样的,我家闺女越来越有出息了。"

越来越出息了?我低头戚戚然,我倒不希望我有这样的出息。不管如何,我不玩脚踏两只船的游戏。

所以,摆在我眼前的还有许承基这个人。

从鲁巍的言语中,我听出了他跟许承基说过什么,而且许承基似乎给了鲁巍一个月的时间。那么,我现在是不是只需要等这一个月过去就可以了呢?

我心头已有种除却巫山不是云的执着了,但是目前只能等,等着与鲁巍的感情更加坚定,等着与许承基的缘分烟消云散。

在家休息了一天,我又回到了庭里,鲁巍也到了烟草站,上午他抽了个空将他相机里拍了我的那些相片存入了我的电脑。小波开始明目张胆地取笑我们,大波刚开始听闻消息时,那嘴张得大大的,还有些不敢置信。我抿唇一笑,没否认,他才信了,跟着小波取笑我。我恼火却又无计可施,装作生气又止不住扬起唇角。鲁巍一边好心情地随他们取笑,一边将我拍的一些照片传入自己手机。

晚上我跟鲁巍聊微信,一边聊一边猛拍蚊子。现在已经是整个夏天最热的阶段了,我将风扇开得呼呼的,手机像在发高烧一样,较往常更为缓慢地运行着。

"殷可,你们那儿热吗?"

"热。"当然热,中秋前是我觉得整个夏天最热的时候。

"我才知道,乡下的夏天原来不只有悠闲,有蛙鸣虫叫,还有这么多蚊虫,还有这么闷热的天气。"小鲁有些小抱怨。

我想他肯定享受惯了空调,来了这里不习惯。

"太热了,真怀念小时候的冰棍,感觉只要有一根在手就什么暑气都没有了,那个时候很容易满足啊。"我小时候对冰棍有着独特的情感。

所以,一说到冰棍,我又开始滔滔不绝了。

"白糖冰棍是两毛一根,绿豆的是五毛。"记忆犹新啊,我舔舔唇,从冰箱里找出一瓶矿泉水咕噜喝了两口,冰是冰,可一点都不甜,没味道。

"你知道哪里有冰棒卖吗?"他问。

我翘起嘴角笑了起来,他被我的话诱惑了。再怎么说,虽然他比我小上一岁,不过他和我并没有代沟啊,我们有着相同的回忆呢:"镇上市场周边有一个小超市,里面有冰激凌。"

"你带我去吧。"

三更半夜,孤男寡女,不妥……

我想了又想,哼,不妥就不妥!

我从床上翻坐了起来,小鸟不是说我不懂爱吗?所以,不能再不妥下去,姐姐我就是要跟一帅哥夜游一回,不妥的是我凭什么没嫁出去。

"好,你等着啊,我们在底下的路口会合。"

挂了电话,我急急地脱了睡衣,换上衣服后,趿着拖鞋在房间里啪嗒啪嗒地乱转了一会儿,觉得整理得差不多了,才哼着小曲儿悄悄地探身出了房间。

很好,庭里漆黑一片,看来他们都睡了,没人能发现我的夜游。

我很小心很小心地不让铁门发出大的声响来,关上门后一转身就被鲁巍吓了一跳。他立在马路的对面，月光洒在他身上，模糊了他的面容，却显得他的身形越发的颀长，他的白色衬衣折射出淡淡的光华，似有烟波浩渺。啊！秀挺卓尔的男子啊，我所梦寐寻求的啊！

我带着些喜悦轻缓矜持地走过去，在他的面前站立，借着淡淡的月光看他充满亲和笑意的脸，才准备跟他说些什么，他的胳膊便轻拢住了我，下巴磕在我的肩上，舒缓地叹了一声："好热！"

"热你还抱？"我竟然将话说得带了七分的娇羞，真不像我。

"有女殷可，惹我烦忧；有女殷可，据我心头；有女殷可，解我暑渴；有女殷可，盼能……"

我才明白情人的耳语远非语音长聊可以比拟的，他用低沉的嗓音将每一字句都打进了我心里。我直直地站在那里，在暑意蒸腾的夜色里莫名湿了眼眶。

"盼能什么？"感动中我问，但是他只是笑而不语。

他立直身体，拉着我朝坡下走去，去找我说的有可能还没结束营业的卖冰激凌的小店。

接下来的时日，鲁巍似乎变得比较忙了，只会在晚上上微信或打电话给我，要是能在微信上聊一聊，证明还没有累垮；要是直接打电话，证明他已经累到连打字的精力也没了。通常讲着讲着，他就睡着了，而且不知道为什么，虽然每次都是我说多、他说少，可是从他那只言片语中，我能察觉出他的不安与担忧，似乎有什么事让他感觉到十分的疲累。那种疲累不是身体上的，而是心理上的，如此这般，我便担心起来——这人不是铁打的，能这样用吗？

于是第一次，我在下班后主动去了鲁巍所在的派出所找他。去之前，我先拨了他的电话，可是那边占线。我想了想，如果他真的这么忙，我等等也无妨。

我手里拎着的是我熬的排骨汤，本来想鸡汤可能会更补身体一些，可是问题是，煲鸡汤对于我来说太高难度了。于是我在市场上让卖猪肉的老板卖了些砍好了的排骨给我，我回来放上几根玉米，放锅里一熬，倒出来就可以了。幸好盐放得合适，所以味道还是挺不错的。

问了派出所的警官，我才知道鲁巍现在下乡去了。他告诉了我鲁巍暂住的房间，我便按他所指的方向走去了。担心鲁巍的房门锁着，我打算问问那人，转头看向那工作人员时，却看到了他脸上怪异的神色来，但当时我心里没多想，觉着他可能在猜测我与鲁巍的关系，也就没觉得多怪异，有点不好意思倒是真的。

"鲁巍的房间锁门了吗？"我问。

"啊，这个啊，没锁。"他向我摆摆手，马上将脸转向了另一边，似乎不想再跟我说些什么，我便道了声谢，继续往鲁巍的房间走去。

站在鲁巍的房间门口，我才知道他的门为什么是开着的了，因为他有访客，而且访客我认识，就是林业公安局的妖精美女。

"嗨！"我不知道她姓什么，而且在这之前，我们只是因为培训时坐得不是太远才有些印象。至于她的姓名，我没有打听过，所以不得而知，于是我只能傻乎乎地跟她招呼。

她本是全神贯注地在玩鲁巍的手提电脑，听见我的声音，转头瞥了一眼，当场就愣住了。好一会儿，她才冲我笑着打招呼，顺手将电脑合上，给我让座倒茶。

"我叫李涵，我知道你，你是殷可。"她笑得落落大方。

我将汤放在屋里的桌上，接过她递给我的茶，好奇地问她怎么有空跑这乡下地方来了。

她跟鲁巍认识我是知道的，可是我没想到他们熟到可以随意给对方看自己的私人电脑了。我心里有些不是滋味，表面上却只能冲她笑得随意大方，不能让她发觉我的醋意，也必须克制住自己不胡思乱想。

"我都来好多天了，在这里闷死我了，没想到你居然是在底下工作的呢。"她的声音轻快甜美，比我的声音好听，但是言语间很明显地将我与她拉开了等级，她是城里的，我是乡下的。

"鲁巍天天忙得跟什么似的，早知道他这么忙，我就不刻意在这个时间请假了。"她埋怨时，脸上却不全然是埋怨。

"谁让他前段时间出差那么多天，我太久没看到他了。幸好只有一个月，但现在即使只有一个月，我也觉得好长。"她继续说着，我却越听，心越是发凉。

"你跟他？"我有些问不下去，而且问到一半时，我觉得自己是多此一举了，可是李涵就那样看着我，似乎一定要我将话问完。

"你跟鲁巍的关系很好？"我问得小心。

"他之所以会下来都怪我！"她笑道，唇抿着，用带着压迫感的目光审视着我。

我一惊，想起了大波说的，鲁巍之所以下来，是因为他始乱终弃，难道李涵是被他弃掉的那一个？

我不知道我现在的表情在李涵的眼里意味着什么，可是我现在确实没办法在这个时候做出一个恰当的表情来，而且我欲盖弥彰的表情已经将我的心思摆到了脸上，来不及掩饰了。如果说她是遭遇鲁巍"始乱终弃"的人，那她现在出现在鲁巍的房间里等他又意味着什么？她来了这么多天又是在哪里居住的？

我的心里像打翻五味瓶似的，心情复杂得让我快坐不住了。

而且李涵的眼光太迫人了，我们两人现在这样静默地坐在鲁巍的房间里，很多的东西已经不言而喻了。我猜测着，她揣摩着，但是不管怎样，我的立场都不如她。她先我一步摆明了事实，她跟鲁巍关系匪浅！

如此一来，我揣着爱心汤来就变得十分可笑了。

我仰起脸来，道："鲁巍前段时间并不是在出差，而是……"

"我知道！"她打断我的话，"这样说吧，殷可，我们都是女人，我也不想伤害你，但是我家里早已经将鲁巍当成我要结婚的不二人选了，而且我也一直是这样认为的。鲁巍他很年轻，爱玩一点都不奇怪，但我觉得你作为一个有阅历、有头脑的人，有必要认清楚事实的真相。他可以骗我说他去出差了，但是他也可以对你隐瞒他要和我结婚的事实。"

我呆若木鸡，我学法律的，可能在口才方面会胜不过律师，但是怎么可能让别人如此气焰嚣张地将我辩驳倒？

可是我有辩倒她的实力吗？没有！讲证据、摆事实，才是辩倒对方的有力论据，可是我有吗？

我真的了解鲁巍这个人吗？他说的话又全都是认真的？最开始，在他提出跟我交往时，我不就没当真吗？从什么时候开始，我把他说的每句话都当真了？我竟是那种禁不起几句甜言蜜语的人。我恨嫁、缺爱，所以我那么容易地陷进了自己以为的感情里，是这样吗？

我几次张口想反驳她一些什么，可是连我自己都不知道我想说什么。在我审理的案件中，离婚案占了七成以上，我总是冷眼旁观，看人家夫妻争论着感情是否存在，从他们的言论中分析真假，自认为中立地判定他们是否还有感情存在，依法决定财产要如何分割。但是，我跟鲁巍的感情呢？真的？还是假的？

寒冷的街头，他说我们"谈恋爱吧"时，是那么的漫不经心；他让我下车，告知我他有结婚对象时，又是那么的云淡风轻；旅途里，他给我拎包递水，多么像刻意的殷勤之举；月夜下，他拥抱着我耳语低哝，又是多么符合花前月下、海誓山盟的虚空。

我愤恨！鲁巍,你凭什么让我此时此刻觉得自己像一个傻瓜？你凭什么让我面对李涵时显得毫无骄傲、一脸挫败？当李涵说"你作为一个有阅历、有头脑的人"时，我只能感觉到她话里深深的讽刺。我想在她的面前挺起脊梁来，可是我的脊梁呢？

我走的时候没忘了将我煲的汤带走，出去时又碰到先前遇到的那个警官，他背对着我，跟他的同事们笑说着鲁巍的行情真好。我经过他身旁时，他的笑容僵了僵，问："这么快就走啊？"

我向他扯了个笑容，他的神情有点涩涩的。我想，我的笑容肯定很丑，或者很虚假。我的这副模样，明眼人怕是一看就知道发生什么事情了。真丢人啊，我可真丢人！

在快到单位时，我突然顿住了，脚步一转，向镇里的西河桥走去。

夏季的河边很是热闹，很多的小鬼光着屁股在游水，远处时不时传来他们欢快的尖叫声。

我坐在柳树下的桥墩上，看着潺潺的河水，心里空空的，什么也没想，也不是很悲伤，但是情绪却很低落很低落。天色渐渐暗下来，周围的店铺或农家亮起了灯光，耳边多是蛙鸣蝉叫，听得人更烦。蚊虫也渐渐多起来，在我的手臂快被咬麻时，我愤愤地站了起来。我想找个地方悲伤一下都无法如意，不就是一妖精吗？不就是一男人吗？值得我让蚊子咬成这样吗？我将熬的汤统统倒进了河里，可惜吗？一点也不！可以喂鱼、喂王八、喂青蛙呢，倒掉就谁都不知道我那么笨，笨到给男人送汤！

第十三章
极品小绵羊

我游魂般回到了单位,在看到桂花树下抱胸静立的人时,原本要发泄的情绪却因为真切地看见他而偃息了。

他一看到我便笑了,可是下一瞬因为我的臭脸,笑容又僵住了。

"怎么了?这么晚才回来。"他的声音温情脉脉。

我深吸一口气,浅浅微笑,道:"你怎么这么晚了还来这里?"

"我下乡回来,给你带了样东西,放在大波那里。"他见我笑,脸上多了些释然,说这话时,眼睛晶亮晶亮的。

我抱着保温食盒,一时间没说话。

"殷可,给我做点吃的吧,我饿了。"他盯着我手里的食盒,带着些孩子气道。

他不提倒好,这一提,我好不容易伪装出来的笑容挂不住了。

"我不会做饭,也不喜欢做家务,打扫不干净,洗碗还老打碎碗,还有,我最不喜欢手洗衣服了。"

他一愣,表情僵了僵,然后缓缓道:"我没想让你做那些呢,我只是饿了。"

"你还是早点回去休息吧。"我瞥了他一眼,他年轻的脸上少了以往的温和与沉稳,隐隐地多了抹难得一见的失措。

不行,我不能再看他,会舍不得!

"殷可?"他轻唤。

我绕过他,绕过那株桂花树,抱着食盒向我的宿舍走去。

我知道他肯定还静立在那里,肯定还在看我,肯定不明白怎么了,可是我不能停下来,我现在不能跟他说我怎么了,因为我自己还没明白我怎么了。

回到宿舍,我烧了一大锅的水,兑成了两大桶的温水,花了近半个小时洗澡。穿衣服的时候发现没拿内衣裤进来,我擦干后就直接穿睡衣裤。穿好后又发现穿反了,我恼火地在卫生间里折腾了半天,再游魂般地睡到床上。我闭着眼睛,可脑袋里的东西翻腾不止,突然,电话响了。

看到屏幕上闪动着鲁巍的名字,犹豫了好一会儿,我才按了接听键。

"殷可,你来我这儿了?"他缓缓地问。

我不作声。

"在我们从九寨沟回来的路上,我跟你说过,我会处理好的。你给我一点时间,我会处理好的。"

我仍然沉默,心却越来越沉了。

"殷可……"

"鲁巍!"我终于出声打断他的话,"你能告诉我,是什么理由让你喜欢上我的吗?"

问出来,我又觉得我问错了。他说过喜欢我吗?没有!尽管他表现得对我非常有好感,而且希望能和我成为男女朋友,可是他从没明白地说过他喜欢我。以前看到电视里那些争争吵吵的男女总在为这个问题而纠缠,我会觉得特别的不齿,我没想到有一天我也会在乎起这个问题来。

似乎被我的问题问住了,他半天没吭声,电话那端是他轻浅的呼吸声,我等了一会儿,轻轻道:"鲁巍,在我没打电话给你之前,别再打给我,也别找我,我得好好想想,你也得好好想想。"

说完最后一个字,我马上就按了挂断键,我怕自己那话里过多的赌气成分被他听出来,也怕我透露出想放弃、想冷处理的打算。

电话很快又响了起来,我无奈地叹息一声,却抑制不住突然乱了节奏的心跳,接了电话。

"不是说了不要给我打电话……"

"殷可,你明天赶紧回家一趟。"

我妈?三更半夜的,还是这种语气。

我莫名地紧张了一下,追问怎么了。

"反正你明天回来就知道了,今天早点睡,明天再和你说。"她啪的一声就挂了电话,可是我更睡不着了,先前在那儿为感情这破事纠结着,现在却是惶惶然了。我妈这是怎么了,成心不让人睡呢?

第二天是周末,我一大早就赶了最早一班车回到了家里。我到家的时候,我妈出去买菜了,我爸一如既往地在听他最爱的京剧。我看到家里一如平常,才大大地松了口气,然后又开始好奇,我家这又是怎么了?

我爸十分神秘地拖住我,刚想透露些风声,就被刚好回来的我妈打断了。

我一扭头就被我妈吓到了,大篮小篮的,像过年一样,采购了大量的新鲜蔬菜、瓜果、肉,我突然就感动了。

"还是我妈对我最好!"失恋不要紧,我家就是我的港湾啊。

"殷可,你还杵在那里做什么?快点,烧水杀鸡。还有,这些青菜都要洗洗。另外,把猪肠子给翻一翻,好多事情要做呢!还有,把屋里好好收拾一下。死老头子,你还听什么听,赶紧给那只猪脚刮刮毛。"我妈将所有的东西统统塞到我手上,然后匆匆忙忙地又往外走,边走边念叨着还要买些什么。

我愣了半天,刚刚还觉着家庭温暖呢,咋突然间我就成灰姑娘了?

我转头看我爸,我爸正努力地烧铁钳去烫那两只白花花的猪脚,一股焦臭味伴着青烟往这边窜。

"爸,家里是要来客人?"我问。

"嗯,你妈昨天兴奋了一天,今天天没亮就指挥我干这干那。"

我一思忖,心里隐约猜到了什么,追问我爸道:"老妈这是又给谁安排了相亲?还相家里来了!"

我爸"嗯"了一声,继续一铁钳,烫红的铁钳直接烙上猪脚,那情景,真虐!

可是,殷以这小样儿没在家,她难不成给我安排相亲?

不是吧?

我傻了,难怪她火急火燎地叫我回来呢。她不是明明知道我正在"脚踏两条船"吗?我的妈呀,成天想些什么呢?

我沮丧地将所有的东西往桌上一摆,我爸回头瞅我:"你还不赶紧,等会儿小绵羊就要来了,你妈非骂死你不可。"

小绵羊?那个博士后?!

哈哈哈,我捋起两袖子叨咕,小绵羊啊,殷以的啊,关我屁事啊,我宁愿做灰姑娘,也不愿做殷以啊。

"我说爸啊,殷以她都没回来,小绵羊一个人跑来干啥,提亲?"我想想,很有可能啊,不然我妈不会乐成那样啊。小绵羊,博士后,开着小车,月薪几万,如果这些条件还不能让我妈这么积极,那就没什么能让我妈高兴起来了。

"不知道来干吗。你花阿姨昨天跑来说小绵羊特地休了一个礼拜的假,再加上中秋与国庆的假期,准备回来操办一下自己的终身大事。"我爸继续虐。

中秋!我的小心肝扑腾了一下。

"没想到啊,都过去这么久了,这家伙还记得殷以那小样儿呢。"我摘芹菜叶,将翠绿翠绿的叶子都扔进垃圾桶里。

"不过现在殷以不一定会答应,我听她说,她在学校找了一个男朋友。"我不知道这是真是假,殷以这样跟我说的时候,我没太上心,谁会在毕业的那一年找人谈恋爱啊?!

接下来,我跟我爸有一搭没一搭地聊着小绵羊与殷以可能结婚与不可能结婚的十大理由。我爸利落地逮到了我妈买的那只据说是最正宗的土鸡,一刀下去,血溅当场,可真虐!

我和我爸忙活了一上午,该蒸的蒸了,该洗的洗了,地板被我拖得光可鉴人,那些乱摆乱放的被我统统藏好了。我不是不会做家务,不是不会煮饭做菜,我会很多的东西,我只是不想让别人知道。

尽管我家还够不上小康标准,但也算是一殷实小户,所以不管怎么样,我都不能让小绵羊小瞧了我们家。我家没有高大的门楣,但是干净温暖,面朝大街,温馨宁静。

终于,在我们等待又等待、猜测又猜测后,我妈领着几人回来了。

他们一进来就闹腾啊,反正有我妈在,家里永远不可能是安静的。

小绵羊是走在中间的，跟在我妈身后。半年多没见，他似乎还是那老样子，即便没穿旧棉袄、卡其裤，仍然像个老头。不过这回他倒是笑容满面的，估计是人逢喜事精神爽。他看见我，冲我笑得更灿烂了，简直是容光焕发。

我赶紧倒茶端水果，笑吟吟地立在旁边当女佣，想着这样一个"老头"以后会是我的妹夫，心底就莫名地很想笑。

倒是小绵羊随意得很，直喊着让我也坐，那手居然还拍了拍他身旁的沙发。

我呸！啥意思啊？！

我妈倒是没注意，毕竟今天的主角不是我，她懒得去操那份心。

"你看看我们家，不算什么有钱人家，就这样了，你可千万别介意啊。"光这句话，我妈重复了三次。

"我家那闺女啊，是真的没话说的，在学校可是德智体美劳全面发展啊，从小学到大学，荣誉证书攒了一大把，还身兼数职呢，甚至参加过市里的朗诵比赛呢。"我妈一夸我妹，都是这些旧台词。

"给我家说亲的可多了，但是我那闺女的眼界也高，学历低点的她嫌没素质，有点本事的她又觉得太油滑，长矮了她说以后对小孩不好……"我妈一瞅小绵羊静静听着没说话，觉得说多了可能不妥，便又转了个话题，"反正殷以那家伙自身条件好，所以才会那么挑剔，不过我家殷可就不那样，比殷以好打发得多。"

我好打发？！我一愣，她不老嫌我爱挑吗？

小绵羊露出些笑意来，感觉像是安心了些。

一旁察言观色的我反倒觉得奇怪了，我妈将殷以说得那么不让人省心，他反而安心了，是觉得我妹的高姿态刚好可以彰显他是多么的难得一求吗？

这只小绵羊啊，自视甚高啊！

"我昨天打电话给殷以了,她中秋会回来呢,到时候我们再合计合计,看这礼数……"我妈一见小绵羊露出了笑意,那个热情高涨啊,正说得起劲时,却不想被小绵羊打断了。

"那个不急……"

"吃饭了吃饭了!"满头大汗的老爹一边擦汗一边招呼着,"边吃边说,慢慢说。"

我马上去摆碗筷,他们落座后,我给那些阿姨啊什么的倒上饮料,给我爸和小绵羊倒了两杯高浓度的酒。

几个阿姨都夸我勤快懂事,我谦虚地笑笑,都老女人一个了,还被人夸懂事。

我妈还在夸我妹,顺带着夸我,不知道怎么的,说着说着就说到我目前的那两条"船"上来。我妈那个得意啊,举着双筷子指天指地指满桌的人。那些阿姨倒是跟我妈熟得很,没什么异色,但是小绵羊似乎变了变脸色,恐怕是被我妈的姿态给吓住了,毕竟人家是博士后,不大能接受我妈如此这般的眉飞色舞。

我偷偷地扯了扯我妈的衣袖,我妈会意收敛了一些,然后就给小绵羊夹鸡腿,反复说这鸡是最正宗的土鸡,她通过多少关系、辗转了多少村寨才买到这只重达三斤的鸡。

小绵羊显然对那只鸡不怎么感兴趣,半天没啃上一口,反倒问我工作忙不忙,现在是什么职务,一年能休多少假。

我都据实回答,像这样的应酬姐姐我可见多了,每次混饭时,别人都会因为无聊而问一些无聊的问题,也算是为了炒炒气氛。在我看来,一切都很正常。

可是我妈跟那些阿姨开始变得不正常起来,她们都面有疑色地来回打量着我跟小绵羊。

我在心里笑她们少见多怪,真没见过世面,受不得一点的风吹草动，瞧瞧我爸，就没察觉出任何的不对劲，还在跟小绵羊碰杯。

我妈转移话题，将话题带到了何时安排殷以跟小绵羊去见小绵羊的家长上。

小绵羊放下端在手中的酒杯，正了正神色，然后用状似十分诚恳的语气跟我妈说："阿姨，我这次来，主要的目的是想告诉你们，我中意的人是殷可，如果她愿意，我打算和她结婚。"

我夹在半空中的那个鸡腿啪一下又掉进了汤里，溅出油汤来。

其他人都安静地望着我，我爸更是目瞪口呆。

你们看我干啥？这关我啥事？我还想知道这到底是怎么回事呢。

死绵羊，陷害我？！

我就觉得大家看我的眼光是那么的赤裸裸，好似我是潘金莲，踩了两只船，还贪心地去勾搭第三条船。

这事多敏感哪，多有话题性哪！本来所有的人都以为小绵羊来是向我妹妹提亲的，没想到突然来了个大转变，连引着小绵羊来的花阿姨都呆愣呆愣的，不明白这是在唱哪出。

我妈最先回神，放下筷子，也十分严肃、十分正经地跟小绵羊说道："可是我家殷可她定了人家啊。"

我定给谁了？我看我妈。

"再说了，殷可她的工作给定死了，公务员一年就那么几天假，你又在那么远的地方工作，要是殷以的话，她还可以跟着你去，反正我家里还有一个女儿，可是殷可……这还真不行。"

这顿饭，我真是吃不下去了，却没办法在这么多人面前摔筷子离席。从灰姑娘变成主角，不是人人都愿意的。

有一句话差点就脱口而出了，但想想在场的都是些什么人，我终于因有所顾忌而愤恨地扒着饭粒。

"其实像殷可那个公务员的工作可以辞掉的,她的薪水还不到我工资的十分之一,我完全有能力让她生活得更好。"小绵羊还在一本正经地说,可是我现在有些反胃了。

当大家把他跟我妹凑成一对时,他怎样我都无所谓,可是突然间这角色一转变,我就在想,他咋这么恶心?这世上还真是形形色色的男人都有,就没几个好的。

接下来,桌上的其他人都没怎么说话,就听见小绵羊一个人在谈嫁给他的十大好处。我隐忍地听着,我爸沉默地吃饭,我妈那碎嘴也只顾着吃东西,陪着来的那些阿姨更是一脸的青黑。

"我请假一次不容易,回来一次就更不容易了,这次请了这么长的假,可见我的决心有多大,也足见我的真诚度是相当高的。所以,我想尽快操办婚礼。因为时间比较仓促,所以婚礼简单一些就行了,具体如何操办就全依殷可的意思,费用我全包了。"

真好笑,本年度最好笑的笑话!我昨天跟人闹矛盾,今天就有另一个人跟我谈婚礼,这总不会是老天在暗示我,我应该彻底放弃掉鲁巍吧?

放不放弃鲁巍,我还没下定论,可是小绵羊实在非我所能忍的了。我非常剽悍地站起来,非常剽悍地指着小绵羊的鼻子,用非常剽悍的声音责问道:"说,你是不是处男,是不是处男?"

小绵羊被我唬得当场停止吸气,刚刚那志在必得的神气马上就消停了,好半天才羞羞答答、细声细气地答:"是的。"

我晕倒,我爸一口饭喷得满桌都是,几个阿姨的肩耸动得厉害。我妈是所有人中最剽悍的,她直切事件要害,问道:"你不会有隐疾吧?!"

最终,我妈客气地说要再考虑,小绵羊就被请了出去。事实上,我家里人对这件事都是不予考虑的,一句话:根本不可能!

虽然我考上公务员不是什么值得嘚瑟的事情,但那也是我凭能力得到的工作。虽然我爸妈都希望我跟殷以嫁得好,但是他们的观念一向是,凡事还得靠自己,不能为了嫁人就放弃工作做家庭主妇。小绵羊要我放弃工作,光这一条,我们家就绝对不会考虑他。更何况,我家里人现在都以为我还踩着两条船,可能那两条"船"的档次没有小绵羊的高,但是我爸妈都是本分人,不想要大富大贵,能安稳幸福就够了。

所以小绵羊走了后,我妈也没跟我说什么,只当原来给殷以寻到的一门好亲事又落空了。我爸拾掇拾掇餐桌,又去听他的京剧了。

可是事情并没有因此而了结,晚上我的电话响了起来。

看了看显示屏,我突然就很失望,不是鲁巍的电话,而是一串陌生的号码。

"殷可。"那边的声音绵长而轻柔,我浑身一颤,小绵羊!谁告诉他我的电话号码的?

我语气不爽地问:"有事?"

"白天的事,你考虑好了吗?"他这是从哪里发出来的声音?和白天的差太多了吧。

"你也太着急了吧!如果你真的那么急的话,我不妨跟你坦白,我有男朋友了,现在感情也不错,对不起啊,你来晚了。"

"可是白天阿姨不是这样说的,她只是说有两个人在追你,你还在考虑啊,不可能我来晚了啊。过年的时候,你不是还没男朋友吗?你不可以这样啊。"

我怎样了?你总不会认为我见异思迁吧?这是什么博士后啊?纯粹一学历上的巨人,情商上的矮子。

"我觉得你还是没有了解到我优秀的一面,也没有去感受我对你的诚意。这样吧,我们明天去星巴克坐坐,我跟你再具体说说。"

"不好意思,我明天想在家看书学习。"

"看书好,我就喜欢女孩子文文静静的。既然这样,那明天我再亲自跑一趟府上。"

"……明天还是在星巴克吧。"我妥协。

约好了时间,挂了电话,我哀号出声。这都是些什么乱七八糟的人啊?以前从没碰到过的人,这几天我可真是见着了。

此后我的手机一直开着待机,却至天明也没有再响过。

第二天,我是刻意装扮了一番才去赴约的。昨晚我思忖良久,觉得像小绵羊那样的人,喜欢的肯定是文静淳朴、老实巴交的女人,于是我反其道而行,破天荒地穿了吊带、低腰短裙。这身衣服还是我找校花邻居陆蔓借的,出门时我觉得太露了,又折回去找了一件小披肩。陆蔓还硬是给我上了胭脂、打了眼影,左耳上吊了一细长至肩的耳环,是以最后我是捂着脸走过我们那片居民区的。

到了星巴克,我一眼就看到了小绵羊。他在我进门时就瞄了我一眼,之后又偷偷瞄了好几眼,可是在我走向他时,他却将视线投向了别处,我停下来道:"等很久了?"

他一惊,视线落在我脸上好半天都没收回去,最后将我从头到脚扫视一遍才结巴道:"你……你……这是……啥打扮啊?"

我笑道:"最潮流的打扮啊。"

吓死你!

小绵羊原本拧紧的眉头却因为我的话而松开了,得意之色再现。

"女为悦己者容啊!"

"……"

我坐下,怕裙子走光,坐得小心翼翼,而小绵羊未征询我的意见就给我点了杯冰牛奶。

牛奶就牛奶吧,虽然我也想很豪气地叫酒,可是我对那玩意儿实在不喜欢。

"虽然这样很好看,但不是很方便对吧?下次就别这样穿了,反正你怎样我都喜欢。"小绵羊说得老神在在的。

我想哭,人太自以为是,真让人无话可说。

"你的意思是你以后会干预我的自由与生活?"我状作不满。

"那不是干预,那个叫迁就与磨合。两人在一起,肯定要互相忍让,不断地斧正对方的不足之处,这样才能进步。"他说这话的时候,就像是我的领导。

"说到这个,我想起来了,我最受不了男人不修边幅。另外,我不喜欢男人把我当用人使,我不喜欢做饭,不喜欢洗衣、打扫,不想带孩子、洗尿片……"我的话被小绵羊打断,他的神色一扫先前的轻松,带点严肃的意味看了我良久。我以为我的这话已经唬到他了,可是……

"殷可同志,你的这些想法显然是不正确的,你对待未来显然也没有合理的打算与计划,另外你看待生活的态度太过浅薄了,对未来预设的条框架构太不合理,我必须对你的生活观进行斧正。"

又是斧正!所谓斧正确实厉害,他大刀阔斧地将我从下午一点削到两点半。星巴克的人来了一拨又走了一拨,我从开始情绪不满的爆辣椒变成了最后像霜打过的蔫茄子,最后他问:"另外需要我跟你讲讲马克思哲学中隐含的生活哲理对人生的指引有着如何重要的意义吗?"

我木然地摇摇头,我什么都不需要,我需要一张床,我太困了。

突然,就是突然,有救星来了。

在听到背后那一声呼喊后,我飞快地转身,何处,就是她,我的救星!

我以从没有过的感动神色来感激她的出现,她则是带着些不可置信的笑看着我。

"我差点认不出你了,才几天没见,你就变漂亮了。"她说。

我嘿嘿笑了两声,现在不是谈论漂亮不漂亮的问题,如何让我脱离魔掌才是重要的。

我向她左挤眼、右挤眼,她愣了半天才恍然明白我的意思,又支吾了半天才编出一个借口来拖我一起离开。真是个笨姑娘,不过做到这程度就可以了,反正我是无论如何也不想跟小绵羊待在一块了。

我离开时,小绵羊一副意犹未尽的模样,竟然还说:"殷可同志,跟你聊天非常尽兴,希望在不久的将来,我们可以天天这样促膝长谈。"

不可能,这是绝对不可能的,我僵着笑发誓,我会用尽一切办法不让他脑海里的那一幕成为事实。

一出星巴克,何处就追问:"你在相亲?"

"比相亲还惨。"我垮着脸,都快哭了。

何处是个没良心的,笑得抖啊抖啊,得意得跟什么似的,不用相亲的人啊!

"不过殷可啊,你还真没必要相亲。你这一打扮,好多人都在看你呢。"她还在那儿调侃。

我噘着嘴,状作不理她。

"真的,赵安飞都在看。"

我一惊,赵安飞?在哪儿?我的小心肝啊,还是不争气地扑腾了一小下。

"刚才我和他们都在星巴克啊,二楼呢,你看不到的。不只赵安飞，他哥们的眼光更是夸张地都没离开过你。"

"他哥们谁呢？"

说不定又是一只不错的兔子。

"鲁巍。"

扑通，扑通！我用手按住心脏，问："怎么就你一人出来啊？"

"这不是因为看见你了，所以先来跟你打个招呼，而且我公公有糖尿病，我还得回去给他做晚饭。赵安飞他们跟一朋友还在聊，但是一会儿就出来。"

一会儿就出来？没啥可说的了，我得逃。

"那你这个好媳妇赶紧回去，我也得回家了。"我跑！

何处缺心眼地以为我真的为她着想，再三说可以等赵安飞出来先送我回家，我一边摇手一边奔逃，怕的就是他们出来送我呢，笨丫头！

那边何处一边挥手一边还在唤着："过两个月要培训，到时候我们再长谈啊。"

培训？我一"刹车"，转身时看到赵安飞从星巴克门口出来走向何处，便再也顾不了什么，转身便跑。

跑了几条街我才想，我在怕什么啊？怕赵安飞？怕他们看到我这身打扮？不对啊，反正我都让何处看见了，反正她说赵安飞也看到了我这模样，那我还有什么可躲的？

跑得满头大汗时，我的大脑也像宕机了一样，脑子里一团糨糊，听到一阵急刹车声，我才猛然回过神来——一辆锃亮的越野车就刹停在我面前两米处，我腿一软，差点就坐到地上去，惊吓之余，抬头正想大骂，却先被驾驶座上坐着的人给吓住了，脑袋条件反射般地突然清醒了。啊！那人不就是我最怕的人吗？车祸猛于虎，鲁巍猛于车祸！

不是我不想转身就跑，实在是因为腿软了，而且握着方向盘的那人的神色太具威慑力，我被他定住了，不能跑，不能大骂，甚至不敢喘气，不敢眨眼。

周围的人都以为发生了车祸，有些好事者围了过来，看到我好好地站在那儿，又随即散了去。有几个人还不甘心地等着看我发飙，大概见我这一人一车对峙良久，觉得无聊，便通通散了去。一时间，秋风萧瑟，天地无语。

不知道过了多久，那欲来的风雨却转了个风向。小鲁同志一推挡，车子后退，再将方向盘一打，三菱车来了个一百八十度的大转弯，很快又消失在我的视线里。

街边的店里在放一首不知名的歌，里面歌手悲伤地吟唱着：直到天色渐渐变淡，才发现你已经不在……

第十四章
两个人的中秋

"但愿人长久,千里共婵娟。"

中秋了,本是月圆人团圆的日子,我却被迫无奈地从家里逃了出来,跑到空无一人的单位。关掉手机,我一整天都窝在宿舍上网。

我家里人被小绵羊扰到不胜其烦了,我不知道他到底有没有看出来我对他没太大好感,反正他仍是一趟又一趟地跑去我家,而且按照我们这边的习俗,他在中秋节前夕给我父母送礼了。

所以我越来越觉得这件事严重了。照我们的习俗,只有女婿或准女婿才会给女方父母送节礼的。小绵羊这一招彻底把我打败了,我跟我父母说我不要小绵羊,我父母也明白我的意思,可是他们怎么说都是忠良之辈,人家一张笑脸贴上来,他们总是无法拒人于千里之外。但是迂回地说,小绵羊不觉得我家是持不赞成的态度。我妈本来一直满怀期望地等着许承基会来我家表示些什么,可是久等不至后,已经开始考虑我跟小绵羊在一起的好处来。我发挥自救精神跟小绵羊摊牌,他一听就给我上政治课,讲表象与实质互相依存又互相牵制,讲实践是检验真理的唯一标准,讲距离只是速度乘以时间,而不是根本问题,因为地球是圆的……

所以我逃到离家几十里的单位来了,我宁愿过一个人的中秋节,也不要过多一个我不喜欢的人的团圆节。而且,我得找个没人的地方伤心一会儿。我憋了太久了,从鲁巍愤怒离开开始。

今天是他说的一个月之限的最后一天,我直至今天仍然不是十分明白这一天对于我们来说会意味着什么,不知道是开始抑或是结束,可能一开始都可以是,只是到了现在,我觉得只能代表结束了。但是早上我仍然觉得今天会有转机,因为傍晚七点我打了两个喷嚏。我在微信群里说是不是有人想我了,她们给我找来了各时间段打喷嚏预示着什么的解释,上面说晚上七到九点打喷嚏是正在思念某人,希望能跟某人重归于好。

我良久没有再作声,是啊,我想着某人,而且我想跟那个人重归于好。可能前些日子我还在因为李涵的那番话而吃醋,可是我始终没想过彻底放弃他。虽然我还是没有想明白我们以后要如何走下去,但我想的仍是如何走下去,而不是走不下去……

可是现在我只能等,其他什么也做不了,也不敢打电话跟他说我希望我们还能走下去,因为我突然发现我没有筹码了。在他转身后,我已经没有立场去跟他说这些了。

晚上八点,我下了线。在电脑前窝了一天的我,颈椎都是疼的,走到院子里看月亮时,却发现天空中并没有月亮。

月有阴晴啊,所以人也有离合,突然墨黑的天空中多了一些光亮,原来远处谁在燃放烟火,而那些在黑暗中炸开的火花让我脆弱得快站不住了。我的脑海中刹那间浮现出冬天的街道上他眼中映着绚烂的火花,人来人往的闹市中醉醺醺的他抱住我说他爱我,月桂树下他嚅嗫着说"殷可,我只是饿了",而且,他不是说过他是我的吗？他不是说过他有结婚对象的这句话作废了吗？

我不能再让我一个人待在这里，太危险了！太难过了！我从没被自己的感觉打败过，可是现在我觉得我马上就要败了，我要溺死在自己纷乱的思绪中了。我绝不能让自己丢盔弃甲地去找鲁巍，我绝不能告诉他我自己也不知道我竟会这样在意他，我不会让他知道我因为这是最后一天的最后几个小时而难过悲伤。即便过了今天，我们再也没有明天，我也绝不让他知道。

我想要出去走走，远处的天空时明时暗，不久后有闷闷的声响缓缓压来，于是我从屋里拿了一把伞，关好所有的门，只留了我房里的灯，然后朝有夜宵摊的夜市走去。

我在热闹非凡的夜宵摊找了个偏僻的角落坐下，点了吃的东西，吃的还没送上来时，大雨便来了。很多顾客顾忌雨会越下越大，没多久就散去了大半，只留下稀稀拉拉的两三桌人与狼藉的残羹。

雨确实下得大且久，还伴着电闪雷鸣。我缓慢进食着，这场雨让我烦闷的心情有所舒缓。我并不懊恼自己明知道要下雨还出来，我喜欢下雨，看着雨，就可以不去想很多的事情。

夜已深沉，心情稍有平复的我开始考虑我总不能一直在外面待着，打算等到雨势减小便回去。可是一直等到过了十二点，雨仍没有停的迹象，老板估计今晚不会再有什么客人了，而且不知道雨还会下多久，跟我表示要关门了，我悻悻地想，终归是结束了。

我撑着伞往回走，没走多远，雨水便打湿了裤腿。少有车子掠过我身旁，当我行至单位不远处，一辆车子的车灯照亮路面的同时，也让我看到了停在坡上的那辆越野车。

我顿住了脚步，心跳就像打在雨伞上的雨点一般杂乱无章。我缓缓地朝那里走去，在停着车子的对街努力地往车内看。

车子熄了火，车窗全摇上了，透过雨幕，我根本无法看清那里面是否有人。

　　我要不要走过去？我要不要跟他招呼一声？我要不要请他进去坐坐？我要不要跟他把话问明白、说清楚？

　　我还在想那么多要不要的时候，我的腿已向车子走近，当车子近至眼前时，我才对自己无奈地叹了口气，伸手拍了拍不住流水的车窗。

　　拍了好一会儿却没反应，我低头凑近细看，车内好像没人。

　　我退开些，左右环顾，不期然就看到了立在单位铁门外的人。他撑着伞，面朝院内，定定地望着我房内透出来的灯光。

　　我撑着伞站在他的车子旁，也定定地看着他。

　　心里所有的感觉掺在一起，就像翻江倒海般，让我无法做出适当的判断与反应，那些状似理智的坚持没了，那些徒生烦恼的顾忌忘了，那些怨怒嫉恨淡了，那些猜测与自卑变得不重要了，本来以为两人终究背道而驰的认知被颠覆了。此刻他背对着我，可是我知道，现在我们的眼里都只有彼此，这样就够了，我一点都不想再折腾了。

　　蓦地，他像是感应到了什么，飞快转身，雨伞上的水珠旋出花来，院内微弱的灯光照在他的侧脸上，似静谧又似狂热。

　　我吸了吸鼻，提了提黏湿的裤腿，挺挺脊背，举步走向他。

　　"你……"本来还想说些什么，可是看到他殷切的眼神，我又顿住了。不知道他在这里站了多久了，那把伞似乎没什么作用，他身上的衬衣已湿了大半，额前的头发也湿成一缕一缕的。

　　"车子放那儿容易出事，先开进院子里面吧。"说完我就径自去开院门，撑着伞艰难地将沉重的铁门推开时，心里仍记着我刚刚说完话那一刹他眼眸里闪现的喜悦。于是我不由得也翘起了嘴角，偷偷笑了起来。

他停好车，下车时直接冲过雨幕，冲到了站在走廊上的我的身旁。

"都湿了。"我抱怨似的瞪他，他抹了一下脖颈上的水，笑了，张开臂，紧紧地抱住了我。

"殷可，我站得快绝望了。"

外面的雨又大了，又急又密，如同天地倾覆一般，又仗风势，斜斜地砸进了走廊里。站在走廊中间的我们，半个身躯都在雨中。雨打得重且急，可是他抱着我，我一点想躲开的意思都没有，我的心里满是浓情蜜意，又隐隐带着些心酸。

好一阵子，两人才一阵忙乱地进到了屋里，然后是更甚于先前的忙乱。两个人都湿得可以了，我的房间又特别小，他一进来，我感觉整个空间里就剩他了，转个身都可以碰到他。我瞪他，要他站远点，他四顾后问："远点是哪里？"

我把他推到床边，把他按坐下，他又马上站了起来，低头看着自己的裤子道："会弄湿床的。"

我想了会儿，拿了床薄毯，要他先把湿的衣服、裤子脱了，再用毯子裹裹。

"你先把自己弄干爽了。"鲁巍看着转来转去的我，带点焦急道。

我拿了块毛巾将自己胡乱地擦了擦，然后去找衣服。小鲁同志坐在床边看我忙来忙去的，啰唆个没停，一直要我先换掉湿衣裳。我给他找了一双拖鞋，他踩进去，只挤进了一个脚尖，三分之一的脚悬着。我叫他去洗澡的时候，他裹着毯子小心翼翼地前行，那模样特别滑稽。

他洗澡的时候，我就用电吹风吹他的湿衣服。因为天气的关系，我不敢洗衣服，怕衣服不干。明天要上班，他要是穿这一身衣服回去，指不定会感冒。另外，我给他准备了一杯板蓝根冲剂，让他喝了预防一下。

　　吹衣服的时候我在想，我啥时候对一个男人这样细心过？这还是殷可我吗？可是我又想了想，对方是鲁巍啊，所以没有什么是不可以的。

　　鲁巍出来时，我正一边吹他的衣服一边不断地自我反驳与权衡着。

　　小鲁同志急于挣脱拖鞋的束缚，两步便跨上了我的床。我用眼角余光扫了他两眼，嗯，毛巾裹得好好的，没有丁点走光。

　　"你应该买个洗衣机，还有，得换个热水器，出水量太小了，冬天会觉得冷。"吹风机在我的手上，小鲁只得用干毛巾使劲擦自己的头发，裹在他身上的毛巾也因为他的动作一掀一掀的。

　　他里面，有穿内裤吗？

　　"我妈说让我熬一熬，单位里的将就用着。"我继续吹衣服，风声呼呼；继续偷瞄，一眼两眼三四眼。

　　小鲁同志觉得头发擦得差不多了，叫道："给我拿一下梳子。"

　　我"哦"了声，拿我的梳子递给他。

　　"先帮我吹吹。"他径自背过身。

　　吹？手摸上他的湿发时，我感觉有些怪，心里不知道为什么就是痒痒的。我越来越觉得自己有变身为狼的趋势了，从他身上带着香气进来开始，我那满脑袋里就止不住地胡思乱想。将电吹风一关，鲁巍扭头看我，我愣了一会儿，然后将电吹风往他手上一塞，支吾道："我……我得去洗澡。"

　　进澡堂开了水龙头，莲蓬头落下的冷水让我浑身一哆嗦，什么不正经的思想都被冲淡了。进房间时，我看到鲁巍手上还拿着那电吹风，径自在发呆。

他抬眼看到我洗好了进来，那眼里突然就好似冒了两团火。就因为他那神情，本来我想去拿他手中的手巾与电吹风的，却因此不敢再靠近。突然电光一闪，一个猛雷就在头顶上炸开，我一惊，眼前突然一片黑暗。我尖叫一声，马上又明白过来，停电了，于是急急地收了尾音，可是尾音才收，又呼叫起来。

　　鲁巍不知道出于什么想法，竟跨下床抱住了我，我出于防卫推拒他，他的手在我背上轻拍了几下，轻声道："别怕别怕。"

　　怕什么呀，我都这么大个人了，难道还怕打雷不成？怕的是他好不好。

　　不过现在我不敢推开他了，我怕一推他，本来没想歪的他会因为我的行为而想歪，可是这不推吧，我自己尽在歪想，因为我刚才在浴室里看到了他换下的——内裤。

　　"我去点蜡烛。"我推他，推了一下，他没动，又试着推了一下，然后外面又是一个闪电。我仰头看了眼他的脸，发现他的表情在电光石火的映照下专注异常。

　　我猛地将他推开，自己开始手忙脚乱地在我的小房间里乱翻乱找。哎呀，我碰到了桌子！哇，我碰掉了相框！啊，我踢到了床脚！哗，我弄倒了先前倒的板蓝根冲剂。咦，我摸到了鲁巍！

　　"你这是想刺激我还是想吓我啊？你再这么折腾下去，我的心脏可承受不起了。"鲁巍不知道从哪里摸到了手机，打开了手电，借着那点光，我们将室内的状况看出个大概了，而我狼狈地站在那里不知所措，竟忘了自己想要干什么。

　　"算了，别找了。"他拍拍床，"睡吧。"

　　我倒抽一口气，妈妈说，妈妈说……

　　"我不会把你怎样的。"说完这话，小鲁同志自动自发地睡到里面去了。

小的时候，我最喜欢听的故事不是白雪公主，也不是灰姑娘，我喜欢听我外婆讲梁山伯与祝英台。外婆说，没结婚的男女同睡一张床，中间是要摆一碗水的，不然会生小孩。现在的我当然明白，生小孩和摆一碗水没有必然的联系，可是如果不摆那一碗水，生小孩的概率是不是太大了？

我继续挣扎，眼前是我的床，床上的男人很有可能成为我的男人，可是现在我和他同睡一床合适吗？

挣扎，挣扎，我正兀自挣扎，便听到了轻微的鼾声。

我凑近他问："小鲁同志？"

咦？居然就睡着了！当我是摆设呢？居然敢这么没危机意识地睡着了？！好歹我是剩女，我可是什么事情都做得出的！

愤愤不平地捋了捋袖子，我小心翼翼地爬到床上，轻巧地扯了被子的一角，安心地闭上眼睛，睡觉！

"殷可。"

他的声音突然又响起，尽管轻，却惹得我浑身一震。

"李涵不是我的谁。"

我闭着眼，思索了良久，道："她说你是因为她才会到这里来的。"就像大波说的，因为她，他被贬谪。

"因为你，我才来的。"他说。

哦，这样啊……

这一觉我睡得又香又甜，焦躁了好几日的心彻底沉静了下来。没有那一碗水，我也很安全，这充分地体现了我作为一名剩女的价值与魅力值。早上睁开眼睛看到他的时候，我也没有大惊小怪，熟得就像他本来就是我自家人般，为什么会这样？

很简单，因为他一夜的安分守己，头脑简单的我对他完全撤防，事后再想想，小说里很多女主失身并不是在风雨交加的雨夜，而是在风和日丽的清晨。

想到这里,我害羞地往被窝里拱。

鲁巍揭开被子,看着想夺回被子的我,笑问:"你还要害羞多久?"

"坏人,谁叫你那样那样。"我奋力地抢被子。

"本来就可以那样那样。"他不满地道。

谁说本来就可以那样的?我比他更不满,扔开被子在床上站了起来,"我妈说的,没结婚前不准跟男人过夜。"

"可是这不是过了吗?"他委屈得像失了身般。

"那你也不该亲我,我的初吻啊。"不行,看到他的嘴唇,我又害羞了。就在刚才,趁醒过来的我不设防地对他微笑时,他瞬间化身为狼,一口咬上了我的嘴唇。

"你有几次初吻啊?"他斜睨着我。

啥意思?那个,有伸舌头的就这一次啊。啊,舌头!我猛地抢过被子把自己埋起来,我是鸵鸟,我是鸵鸟。

我又想了想,不对,他凭什么怀疑我的初吻?

掀开被子,我一看见他波澜不惊的脸,突然忆起野战时我好像有亲到他的嘴唇,那个算初吻不?

"那天他们玩真心话大冒险时,你说你的初吻给了小学三年级的男孩。"他继续好心地提醒。

"那小子不是小学三年级的,而是小学二年级的,当时我才是三年级呢。"那小孩比我低一级,傻傻的,瘦弱矮小,长相在我的记忆里极其模糊。那个时候啊,我的眼里就只有赵安飞。

"你干吗亲他?"

"为什么会亲到他我不记得了,不过只是擦到脸,我不小心的。因为这件事,我还被我的同学取笑得想要逃学呢。"多严重啊,我上小学那会儿,我们男女生之间还会画三八线,突然被人瞅到我亲到一个男生,那是多么轰动的一件事啊。过了很久很久,这件事情才平息。过了很久很久,我才把那个小男孩彻底地忘掉。独独我的初吻给了一个忘了名字、忘了长相的低年级的小朋友,我怎么也忘不了。

鲁巍单手抱胸,另一只手搁在他的左颊上,继续问:"如果那一次不算初吻,你觉得野战那一次算不算?"

"……"臭男人,他这摆明了就是想让我的初吻对象是他。

"不算不算,之前我还吻过小猫、小狗、小侄子。"

结果我又输了,鲁巍很自得地笑起来,然后十分自负地说:"殷可,你的初吻始终是我的。"

这个有必要计较吗?需要这么在乎吗?知道小绵羊是怎样死的吗?敢追究我的初吻,也想要被我开除友籍吗?

我面色阴恻恻地看着鲁巍,问:"你的初吻呢?"

鲁巍的得意突然转变成了不自在,他不敢看我,还把头转向了另一边,耳根略红。

我瞬间愤恨不已,他在想谁呢?

我不忿地去揪他的耳朵,嚷道:"你个没初吻的家伙,你居然还追究我的!气死我了!除了我那个不算初吻的初吻被不知道是哪个的小男孩给夺去了,我的初吻可全是给了你……你……你的呢?"

说完这些,我自个儿又倍加懊恼,以前总觉得这样追究一件事其实挺没意思的,鲁巍于我而言并不是小绵羊那样的地位,可是有事梗在心里就是那么的难受。我就觉得我没办法不介意,没喜欢谁以前,觉得要是以后找个人共同生活了,肯定他干什么我都不管,不会去偷查他的电话记录,不去了解他有多少红颜知己,更加不会有事没事就独自吃醋生闷气。可是事到临头,那股子酸味硬是让我觉得我是个很俗的女人。

"你的啊。"他回过神来,看我抱着被子坐在床上生闷气,有些摸不着头脑地说,"我的初吻不就是你的?"

男人的话不可信,不可信,可我又把脸埋进被子里偷笑。

"哪有这么大的人还有初吻的。"这话谁信哪!但是,哎呀,我被打败了,他说句谎话竟然让我这么开心。

"可不就是你的吗!我小学二年级莫名其妙地被你亲了,以致我被同学笑了一个学年,直到我转学才消除了影响,但是心理阴影可一直都在啊。"

"嘎?"我从被子里猛地抬起头,难以置信我听到了什么,本以为会看到鲁巍调笑的表情,他却一脸认真地看着我,等着将我的所有反应收进眼底。

"那个人是你?"我不信,我真的不信,"怎么可能会有这么巧的事情?"

"一点也不巧。若我不是那个人,若你不是那个人,我就不会有后来的那么多烦恼。若你不是那个人,我不会每天舍近求远,绕路去上学;若你不是那个人,我不会努力认识赵安飞;若你不是那个人,我不会跟一个对我没有好感的女孩子提出交往的请求;若你不是那个人,我不会在你明显想躲开我时还想尽办法去制造接近你的机会;若你不是那个人,我不会跟我的好朋友谈判;若你不是那个人,我不会用我出国旅游的大长假换一个月的下乡工作;若你不是那个人,我不会用尽一切办法去打消李涵的想法;若你不是那个人,我不会在你用'我不喜欢做饭,不喜欢洗衣、打扫,不想带孩子、洗尿片'的说法搪塞相亲对象时,那么难过甚至绝望;若你不是那个人,我不会明明已经伤心绝望,却仍不死心,抱着一些小希望来到这里。"

我愣愣地坐在那里,眼前的人说的这一番话让我无法做出任何反应。他不是那种会有太多内心剖白的人,也许这辈子,我只有这一次机会听这样的话。他说得也不是多么动听,可是为什么我觉得他像在念情诗呢?这是我所听过的最好、最让我感动的情诗。

不管他是哪个人,那个瘦弱的小男孩,那个绑满了绷带、不识真面目的模范警察,还是那个死皮赖脸地跟着去旅游、不知道是谁的家属,或是那个我一直以为很强势却也会掩藏悲伤的男人,我都确信,我真的喜欢他,我喜欢鲁巍。

等我们穿戴好,准备出去时,我突然想起了一件事,貌似今天要上班。

然后在鲁巍不明就里的情形下,我使尽力气推着他快走。上班时间就要到了,若是大小波他们来得早的话,我准撞枪口上,从此名节不保。

门一开,我就石化了,大波、小波跟我们庭长正围在鲁巍的车前,研究那辆车为什么会停在我们院子里。

我转身想躲进去,鲁巍却一把勾住我往庭长他们的方向拖。

"啊……"

我听到大小波的声音极其暧昧,很是郁闷地不得不面对他们。

"果真是月圆人团圆啊。"小波说。

"昨天下雨,月没圆。"我飞快地啐道。

"这小两口不会是私奔吧?大过节的,跑这穷乡僻壤,省宾馆的开房钱啊?"大波的声音向来洪亮,现在更是唯恐整条街的人听不到。

他说什么呢?我不要见人了,明明什么都没有。但我有气不敢撒，躲在鲁巍背后扭捏。

"小鲁，你得对我们殷可负责任啊，要是敢不负责任，我们就会给你下拘传票的啊。"庭长如是说。

拘传鲁巍？我冒个头出来："不是当事人也可以拘传？"

那三人瞬间无语。

鲁巍的手伸到背后捏住了我的手，跟庭长他们道："我的殷可就暂时交给各位照顾了，我一个月下乡的时间已经到了，接下来会非常的忙，来的时间也会比较少，改天再请各位好好聚一聚。"

他一正经，其他人也不好再戏谑，我跟在他身后像小媳妇一样，还被他托付给我的同事们了。

他上车发动车子，跟我的同事们挥手致意后望向我，一副欲言又止的模样，我好奇地问："怎么了？"

他默了默，然后道："给我打电话。"

什么呀！看着他驾车离去，我略带失落地噘嘴。我以为他会跟我说些什么好听的呢，哪知道竟是那么稀松平常的话。

大波像是突然想到了什么，飞快地跑回了自己的屋里，出来时嚷道："鲁巍上次留了些东西在我这里，说是给你的。"

上次？就是他站在桂花树下，我冲他发脾气的那次？他跟我说他送了我一样东西，放在大波那里，是什么？

冒着冷气的盒子明显是从冰箱里拿出来的，我拆开外面的盒子看，里面是一大盒的冰棒，已经有融化的迹象。

"他那天下乡时在乡下买的，飞车送回来的，所以都没化，一回来就放我冰箱里了，可是后来我不知道怎么就给忘了，幸好我的冰箱还行,昨晚停电，它们都还没怎么化，否则就没法交差了。"

小波瞅了一眼，不屑地说："我当是什么呢！这年头，谁还吃这个！"

我吃!

我抱着它们,像抱着最宝贵的东西,急步走向我自己的房间,抢救我的冰棍。

电来了没多久,冰箱还有些湿答答的,我放冰棍的时候,心情复杂莫名。鲁巍不在我身边,我才敢细细地回想曾经那个小男孩的模样,以及曾经那不经意擦过的脸庞。

那天他在桂花树下,明明怀着满腔情意等我回来,可是我却赶他走。我又忆起了他临走前那欲言又止的模样来,原来……原来他一直在等我的电话。自从那天晚上我跟他说,在我打电话给他前,不要再打给我,也别找我后,他就一直在等我的电话。

所以,从今天开始,我每天都要给他打电话;所以,从今天开始,我有什么事都会主动找他,因为他是鲁巍,我的男朋友。

做完这个决定后,我做的第一件事就是找到我的手机,开机。

第十五章
兔子是吃萝卜的

因为昨天关机一天，结果手机一开机便是一大堆的信息，很多信息是因为昨天是中秋节，朋友及同事发给我的祝福信息，另外就有我妈的微信，问我上哪儿了，家里乱成一锅粥了。

"粥"？不用说，这锅"粥"是小绵羊熬出来的。昨天我为了避开他上门提亲跑了出来，我妈他们不知道是怎样应付他的。我直接回拨了一个电话给我妈，我妈一接电话，劈头就把我骂了一通，说不管怎样，手机是不该关的。

可我怎么可能不关手机？小绵羊知道我的号码，要是被他找到了，我拿什么借口躲开？

"那个不说了，反正因为你不在，我把小绵羊打发掉了。我是因为另外一件事才这么急着找你的。"

"什么事？"还有比小绵羊上门提亲大的事吗？

"你的第二条'船'上门来找你了，我第一次看到他真人哦，比小许没得差啊，模样长得真好，你爸也直说他长得好。他以为你在家才找上门来的，可是我们也不知道你在哪儿，说可能回单位去了,他又匆匆忙忙走了。我跟你说啊,我和你爸都很中意这条'船',小许那头过节都没有什么表示,我看可能性不大了。这条'船'你可得抓住,不然的话,你就只能选小绵羊了。虽然小绵羊没什么不好,但是他那地方太远了……"我妈还在嘀嘀咕咕的,我则因为我妈说的而哽了一下。鲁巍是一路找来的啊,中秋节没在家陪家人,冒着那么大的雨驱车到乡下来。他真的那么稀罕我呢,我这是走了什么好运啊?我本来一直以为自己是嫁不出去、没人要的剩女,却不知道有人也会那样稀罕我。我本来以为我就是长在田边的一棵萝卜,可是鲁巍却说:"你哪是萝卜啊,你根本就是人参。"

于是,我就变成人参了。

我上网跟小鸟说我的人参论,她笑道:"起初萝卜遇见了第一个经过它的人,于是萝卜很多年来就只看着这第一个入了自己眼的人,可是萝卜很小,又很自卑,觉得自己只是根萝卜,于是默默地长在地里,偷偷看这第一个人,直到第一个人挖掘并满足地拥有了另一根萝卜。萝卜开始看其他路过的人,这时有人蹲下来发现了萝卜,正想张口咬下时,发现旁边有一棵白菜,长得水灵白嫩,于是放弃了裹满了泥土的萝卜而选择了白菜。"

不错,我遇见的第一个人是赵安飞,他有了何处就已经满足了,而我遇见的第二个人林湘选择了"白菜"。

"接下来,萝卜成熟了,长大了,到了该收获的时候,于是引来了第三人。他想着拔这根萝卜,觉得这根萝卜很适合给他充饥,虽然埋在地下,但是从露在地面上肥厚的叶片来看,这根萝卜丰泽肥美。可是即便如此,它的价值也就是一萝卜而已,所以他尽管对这根萝卜表露了想要的意思,却觉得要挖开萝卜周围的泥土有些麻烦,因为只动了动手指头,还没有尽力深挖的意思。"

这是说许承基?

"接下来,这根萝卜遇到了第四个人。这个人也想要这根萝卜,但是又瞧不起萝卜,怕吃萝卜的行为会降低自己的格调,于是他要求这根萝卜必须是稀有品种,可以是大棚的,可以是外太空培育的,可以是转基因的,但是不能是野生的。好吧,因为他太饿了,野生的也行,但是萝卜必须放弃自己是根萝卜的想法。"

这应该是说小绵羊了。没错,凭什么我得放弃掉我自己是萝卜的事实,去迁就小绵羊?

"于是萝卜遇见的第一个、第二个、第三个、第四个人,最终都没有得到它。萝卜看所有的人离自己而去,回头发现有一只兔子一直守在自己的身后。兔子的观点简单而明确,它天生就只喜欢吃萝卜。在它看来,它守了这么多年的萝卜,就如同天下最宝贵的人参般。所以,萝卜之所以会变成人参,只是因为兔子的眼光而已。萝卜最终的归属,不是最初仰慕的那人,也不是三心二意的那人,更不会是脚步匆匆的过客。萝卜只适合兔子,天下万物,最好的归宿就是找到最适合自己的那个人。"

嗯,我仍然是一根萝卜,但最适合我的那个人,我的兔子,我心甘情愿献身的人,让我的自身价值提升至人参一样的人,他才是我最终最好的归属!

晚上我拨了鲁巍的电话,想想这其实算是我第一次拨他的号码。冬天时,他在我手心写的那串号码被我洗净了,后来他问了我的号码,也总是他拨给我。这个号码是他打给我后我存起来的,而且不仅仅是存了,像我这样甚至记不住殷以号码的人,却记住了他的号码。

电话响了一声,马上就被挂了,我正在愣怔,对方回拨了电话。

"你干吗挂我电话？"我一开口就是这样机械的开场白。

"这不是帮你省话费嘛。"那头这样说。

替我省话费？我沉默了一会儿。我不在乎那一点儿钱，可是心里因他的举动而喜滋滋的。

"你在干什么？"不自觉地，我的声音变得轻柔起来。我自己也发觉声音变了，却仍希望再柔和一点，然后一边对着镜子鄙视自己恶心，一边继续柔上加柔。

"我们今天追捕一犯人，刚刚才把他逮进去，等会儿还要去蹲一个点，缉毒。"鲁巍的声音轻缓有磁性，像是耳语叮咛，不知道他是不是和我一样，在尽量地让声音吸引对方，毕竟见不到面时，动作、表情、气味都无法派上用场，唯一能使用的武器只有声音。他的声音，很动听！

一时间，我又不知道要说些什么好听的了。以前听我的那些朋友晚上一直聊到一两点，天天都会有男人约，我总是在心底佩服她们。现在有一个男人可供我体会那番滋味，我却因为喜欢他，心底多了些顾忌，怕自己太矜持，又怕自己太哆嗦；怕娇嗔会引人发腻，又怕刻意淡漠惹人伤心；怕说些琐事占了他的休息时间，又怕说少了显得两人话不投机……谈恋爱究竟应该有个怎样的策略？它的度在哪里？我惶惶然，又戚戚焉。

"对了，我今天才看到你送我的东西。"我突然想起冰棍来了，"就因为我跟你提过我怀念那种东西，你就满世界地找？"

"不是满世界找，只是知道那里有个小的冷饮厂还做那样的冰棍，有些小乡村还是有这种消费需求的。"顿了一下，他又道，"其实不只你怀念，我也很怀念啊。"

我想起他在黄龙时曾跟我说，他每天都等着卖冰棍的小女孩经过他家门口。

"我曾每天等着你背着大大的保温箱经过我家门口,我攒零花钱就是为了每天向你买一支冰棍。"他如是道。

我?卖过冰棍?

是的,很久以前,我曾为了我最喜欢的冰棍,背着硕大的白色泡沫保温箱走街串巷,只为了每天挣钱买我最爱的冰棍,原来我曾经为了我的渴望而那么努力过啊。

我不记得他了,不记得是否有一个人天天向我买冰棍,甚至连我卖冰棍的那段记忆都模糊了。那个时候的我就是一个馋嘴的黄毛丫头,啪嗒啪嗒地跋着一双破拖鞋,不惧阳光与灰尘,也不怕丢脸和嘲笑,只想着每天卖光那一箱冰棍就可以吃到几根冰棍。

"到现在,我还记得我当时的心情。每天晌午最热的那个时间段,我都不敢午睡,一直趴在我家窗口等你经过。如果某天错过了你,或者你根本没有来,我就会闷一个下午。我妈以为我是因为没有吃到冰棍而耍脾气,便去街上批了几十根放在冰箱里,可是我一根都没吃。"

真的吗?真的有这样的事情发生过吗?记忆变得十分模糊,我真的什么都记不清了。那个时候的我,会有人那么在意?

感谢老天,终于让我体会到了我存在于某人的眼里、心底的这种窝心的感觉,就像是我卖掉全部冰棍后吃到用自己努力换来的那根冰棍的满足感。

"那个时候,其实我已经转学了,那是我每天唯一可以看到你的时候。可惜只有一个暑假,之后我就再也没有看到你经过我家门口了。后来,我借机跟赵安飞去参加你们班上的毕业晚会才看到你,只是你哭得稀里哗啦的。"

嗯,我是哭过。那个时候看到女生都在哭,我就跟着哭了,越哭越带劲儿,像生离死别一般,其实真正的离愁是很淡的。我很大众化，大众如何，我便如何，可是不曾想到，那副模样竟被他看去了。

很多我已经丢失或淡化的记忆，他都认真仔细地帮我记着，我不知道还有多少的惊喜与感动在等着自己。他轻缓地说，我沉默地听，先前绞尽脑汁在想讲些什么开心的已变成不必要了，光听他说就已经很美好了。

"我小时候很喜欢星期一早上的升旗，因为我是升旗手，可是我喜欢升旗不是因为可以万众瞩目。"

不是吧？小鲁同志还是升旗手？就他那瘦弱样？

"因为只有在升旗的时候，我们才会安静地待在同一个操场上，我站在那么显眼的位置，我希望你能注意到我。我尽量让自己站得笔挺，让动作尽量漂亮，可是似乎看赵安飞的人更多些。"

我抿唇笑起来，确实，每周一的升旗也是我很期盼的，因为可以看到赵安飞帅气地站在升旗台上。其他的人都没有赵安飞好看，包括小鲁同学。

难怪他曾跟我说，我朋友多得很，所以我总看不到他。那个时候，他之于我就是一个完全的陌生人啊，不管有没有赵安飞，我都无从去注意他啊。

第二天中午，有辆小货车开进了单位的院里。我趁着休息的时候，窝在办公室里举着手机玩斗地主，刚被地主的两炸炸得心惊肉跳，对于外面的动静也没搭理，想着大概又是某个不管上班下班，想着就寻来的当事人。匆匆将牌一股脑儿扔了出去，我就循着声音看向外面。院子里一个穿蓝色T恤的小伙子下了小货车，他问："请问殷可在吗？"

"找我？"这年头，来办事的少有指名道姓的。

"你有快递。"快递？我在想谁会给我寄东西。乡镇旮旯，快递并不多,大部分用慢得要死的 EMS,来人说是快递,让我有些意外。

这次不知道是谁寄什么来了,我似乎也没买什么。

我好奇地走到了院子里,叫唤我的小伙子拿出快递单来让我签收,其他几个人则开始从货车上搬大纸箱子了。我张口愣了半天,心想,这谁啊?未免太看得起我了吧?

我低头一看快递单,寄送人是市里的××电器专卖店,所寄物品是洗衣机,收件人的的确确是我,地址和电话号码等全都没错。

苍天啊,大地啊,哪个姐妹这样爱我啊?

招呼他们将洗衣机摆到洗手间去后,我就屁颠屁颠地去网上问这是谁给的惊喜。

结果群里那一帮姐妹全翻白眼瞪我,更甚者还给我发吐口水的表情。我一愣,这确实不像朋友间的手笔啊。难道是亲人?我妈?不过那老太太那么抠门,不像啊!

一个疑问还没解决,马上第二个又来了,这次送来的是电热水器,来人还直接帮我安装好了。

直到这时,我才忽然想起了某人那天不经意地说过,我缺热水器,还缺洗衣机。

真的假的啊?我从没收过别人这么贵的东西。以前谁能送我一个小饰物、小卡片,我就觉得对方对我很关心了。所以,突然收了两个大件的物品,我就惶惑了。我同事小波直接拍我肩膀问:"你受贿了?"

看吧,送这样大件的东西,多么让人不可思议啊。

我急忙撇清关系:"鲁巍送的。"

"行哪,殷可,找着好男人了啊。"大波笑得跟弥勒佛似的。

是啊,好男人。我转过身,忍不住度量起来。鲁巍应该算是好男人吧,虽然他不是很会做饭煮菜,但他会贴心地帮我购买洗衣机、热水器,他应该是个好男人吧?!

下午接到电话通知,第二天全院干警会,我们都得回院里去开会。我突然就变得期待了,不是期待那场会议,而是期待回去,这样就可以离他近点,也许能见个面,可以听听他的声音,看他露齿一笑。于是我坐在我的办公桌前,座机话筒还没放下,就笑得跟朵花似的了。

开会当天,院里会安排派出法庭的同志就餐,所以中餐我是和院里的同事及领导一起吃的,吃完就匆匆往家里赶。我妈的追命连环电话已经开始了,一直追问鲁巍的事,知道我回来开会,在我还没散会时就已经打了两通。碍于开会,我愣是没接电话,只怕这会儿她已经在家里暴跳如雷了。唉!她生怕我会逃过她的拷问似的。

可是我没想到,当我紧赶慢赶回到家里时,家里还有一名不速之客。

说真的,再见到小绵羊,我会觉得尴尬与抱歉。按理说,小绵羊应该知道我的态度了啊,但他竟然还出现在我家里,这着实让我觉得意外,还胆怯。我太怕面对小绵羊了,他的"武器"装备得太精良。理论上,我赢不过他,而事实上,我不爱他。

我畏畏缩缩地绕开坐在我家客厅沙发上的他,走到我妈面前挤眉弄眼,但我妈欲言又止,一副碍于小绵羊在场,不好明说的模样。

让我更惊讶的是,殷以不知道打哪里冒了出来。

殷以啊!她咋回来了?

我妈飞快地捂唇凑到我耳朵边低声道:"小绵羊说想和你妹

妹结婚。"

我晕倒!

我去厨房里找了一个扫帚,递给我妈:"妈,用这个,估计他就不会再来了。"

我妈飞快地将扫帚抢过来藏到身后,瞪我一眼,道:"你嫌弃人家,也不能不准人家再来啊。"

问题是,他那人也得清白点啊,这像什么话?我转身就要出门,对于小绵羊,我除了无话可说,更是连看都不想看到他了。殷以说是有男朋友了,不知道对待他的态度又是怎样,反正我是没心情陪他们瞎闹腾了。

我妈看我准备出去,又逮住我,声色俱厉地说:"等会儿要回来啊。"

我敢不回吗?但怎么着也得等他们把现场清理掉了,我才打算回来。

一出门,我就打电话给鲁巍,想着现在是中午,他应该还在午休,可是手机里的彩铃一直唱到最后,电话仍是无人接听。

他睡着了?我有些闷闷的。这大晌午的天,我突然不知道要去哪里了。

逛了两条街,我突然感觉到包包有些动静,手机响了,鲁巍来电。

"你在哪儿呢?"他劈头就问。

"在步行街。"

"那你走到西边路口去,等我一小会儿。"

电话还没挂呢,我就自动转身向西边路口走去,脚步轻快,心情飞扬,小妹妹我要去见情郎。

在路口没等多久,就看到他开着那辆越野车驶了过来,我开车门坐上副驾驶座,他看我鼻尖冒了些汗,伸手给我揩了一下,问:"晒很久了?"

"没很久。"我将空调的吹风口对着我使劲吹。

"刚打你电话怎么没接?在办案子?"

"不是案子,上面有领导来检查工作,中午安排了一顿,人多嘴杂的,没听到电话铃声。"

我侧头看他,问:"现在去哪儿?大中午的,累了吧?找个地方休息一下吧。"

"那去我家吧。"

我不要去!我怕见家长,虽然不是没见过,但就是觉得不行啊。

但小鲁同志忽略掉我的哀怨,打着方向盘自顾自地穿街过巷。

见他不搭理我,我赌气地在椅子上重重一顿:"哼,你怎么老爱自作主张呢?去哪里是你做主,买东西也是你做主。"

他闻言,一脚踩上了刹车,扭头看我,轻轻地叹了口气,再发动车子,方向盘一打,朝另一方向开去了。

我不知道这是去哪儿,又不好意思问,咬着嘴唇儿瞅前面的路况,直到车子开到白底蓝条的围墙外才恍然大悟,他这是开到他单位来了呢。

车子开进小院,遇上了他同事小李,小李一见我就大声吆喝:"嗨,殷美女,好久不见,这大中午的,你来报案啊?"

我用眼白瞪了他一眼,这小李,怎么看怎么不招人喜欢。

鲁巍按下中控锁,车灯闪了几下,车锁了。他绕过来牵我的手,经过小李的身边时说:"以后叫嫂子。"

我的脸腾一下就红了,不敢看小李,跟着鲁巍快步走。听到身后的小李"啊啊"地叫唤了两声,我们都没再回头去搭理他。我们一路上楼,走到某间房前,鲁巍开房门,我猜这是他在单位的宿舍。刚进房，我还没来得及四下打量，那家伙居然一转身把我压在门板上，然后嘴就那么压了上来。一股属于他的气息冲进了我鼻间，然后我挣扎了，再然后……过了很久，我觉得我晕了。

鲁巍开好空调，调好温度时，我还坐在他的床边发呆。发觉他在我旁边落座时，我又凶他："你怎么可以又那样？"

"本来就可以那样。"他把头一扭，不满地说。

我白了他一眼，笑意藏不住地溢出来，他那样子还真挺可爱。

"那些东西真是你买的？"

"嗯。"他双手撑在身后，半仰的头微点了一下。

"多少钱？我明天把钱给你。"本小姐岂是随便收人家东西的主。

他扭头看我，眉头不高兴地拧起："我送的，送的意思就是不要你给钱。"

"我妈说了，我嫁人时会给我买，不要你送呢。现在你把东西买了，我只好向你买了。"

他看我的眼睛突然就闪亮了起来，凝思了一小会儿，笑道："我不要你们备嫁妆，这个算我的彩礼，这样行了吗？"

彩礼？这样其实也说得通，按我们这边的习俗，一般男方要先下聘送彩礼至女方家，女方同意嫁女儿了，才会备嫁妆。

我在那儿摇头晃脑地想上了半天，鲁巍就含笑在旁边看我，等我回过神来我在想什么时，他已经笑出声来了。

"想嫁我了，是吧？"他这么一说，我就发现，我还真的是发散性思维啊，有事没事都会想太多，别人要笑话我也是我活该。为了掩饰自己的尴尬，我环顾四周，打算岔开话题。

"你还真奢侈啊，一个人的房间这么大，电器一应俱全啊，还有空调。"我们单位我那宿舍里只有风扇。

他默了好一会儿,我都不知道接下来说什么话好时,他用脚轻踢了一下我的腿,戏谑道:"要不要也这么奢侈一下?"

嗯?我两眼放光:"买空调?"

他的戏谑马上转成无奈,索性倒在身后的被褥上,不再吭声。

我想了半天,似乎知道他是什么坏心思了,倏地就站了起来:"我妈说的,结婚以前不可以那样。"

本来满脸无奈的鲁巍,闻言就笑了起来,正正经经地坐了起来,拉了我一把。我感觉他应该没什么坏心眼,才又放心地坐在他身旁。他拢着我,下巴磕到我肩上,笑得身躯有些发抖,然后我耳朵一痒,听他在我耳边轻声道:"我怎么就这么爱如此迟钝的你呢?"

我想了想,觉得这话挺受用的,傻呵呵地笑了起来。鲁巍又这么静坐了一会儿,然后像是下了番决心似的,站起了身,道:"你下午就在这儿休息吧,我去上班。"

"你不休息了?"中午不睡,下午崩溃啊。不过又想想,我现在这会儿留他,会不会不太适合?然后,我又纠结了。

鲁巍抚了抚前额,道:"没事,等会儿在办公室眯一下就行了。"

啊?我的爱心又泛滥开来,让他去睡办公室,我怎么都有些不忍哪。

看着他转身开门离去,我缓缓在他的床上躺下。被褥轻软,没有我讨厌的气味,空调让房间的温度十分舒适,本来我还在那儿心思翻覆的,没多久,自己也不知道怎么就沉沉入睡了。

醒来时,我有一时的迷糊,不知道现在是什么时间了,也不知道自己在哪儿。看到鲁巍在房间里轻手轻脚地走来走去,我才突然想起我在他房间里睡着了,而且睡得特别的熟。

一听到我这儿的响动,他转身来看我,问:"吵醒你了?"

"没呢。"我从床上坐起来,现在的状况让我感觉不太自在。

鲁巍走过来拢拢我的头发，道："正好，差不多可以吃晚饭了。"

"吃晚饭？"我摸到手机看时间，才发现手机不知道怎么关机了。我还觉得奇怪呢，我妈怎么可能一下午都没打电话来。

"快六点了，你整理一下，我带你出去吃好吃的。"

好吃的？

这感觉真的是太棒了！下午睡了一个高质量的觉，然后有一顿好吃的等着我，眼前还有一个好男人伺候着，这真是太幸福了。

我们出去时，华灯初上，暑气渐消，人们都趁着这个时间出来走动，闹市区人声喧哗，霓虹灯闪烁。我在乡下待久了，这种灯红酒绿的感觉已经久违了。

鲁巍将车子远远停好后，我们一起进了一家叫"婵日"的酒家的小包厢，看来鲁巍早就约好了，这倒让我好奇了。

直到看到端坐在包厢里的许承基，我才恍然大悟，然后就是尴尬。

许承基见我笑得尴尬，反而促狭地取笑起我来，我便更不知道这个时候应该就着他的调调调笑一番还是正儿八经地把问题给弄个清楚。

幸好鲁巍坐下来不久就开始解释情况了，而且许承基早就已经知道这局面，按他自己的话来说，从鲁巍跟他提出一个月的要求开始，他就已经放弃我了。他笑笑，说："那天晚上，他们问我兄弟和爱情我会放弃哪一个，其实不是说我就那么重兄弟间的感情，也不是殷可你不够好，而是我们认识得还不够早。"

是啊，是不够早。在鲁巍没出现以前，许承基是完全符合我的择偶条件的，可问题是，鲁巍先进我心里了，所以眼前这么个条件很不错的男人在我心里掀不起一丝波澜。

点菜时，许承基不客气地点了一大堆好吃的，直嚷嚷着这里的煮河鱼是别的地方难以吃到的美味。我替鲁巍肉疼，嘴上没说，可心里嘀咕着，就我们三个人，能吃下这么多菜吗？

不过鲁巍丝毫不在意，反倒是我显得小家子气了，许承基打趣着说："殷可，他才花这么一点钱就把我给打发了，其实你应该觉得不值呢。你想想，你怎么也比一桌菜值钱吧。"

什么跟什么呢？挑拨我们呢！

"你就安心吃吧，这顿我还请得起，早就做好了被你宰一顿的准备，只是没想到你会挑这种小酒家。"

"这个酒家的菜十分地道，虽然店子小，但是味道真不错，我新挖掘出来的宝，最重要的是，价格还不贵。"许承基对吃似乎挺热衷的，一说到吃，他讲得头头是道，不像我初次跟他见面时，他只谈股票。

菜一个个地上来，我吃得不亦乐乎，不时瞟眼鲁巍。即便是面对这么多好吃的，他也吃得不多，所以，对吃的，他应该没有许承基那么热衷与讲究，这让我放心不少，毕竟他不大会做菜，对烹饪我也是个门外汉，拿手的就那么一个，要凑一起过日子，还是不挑的好。

哐哐，想啥呢？

我摇摇头，最近不知道为什么，老想到日后怎么跟鲁巍过日子，这八字还没一撇，却天天想以后怎样怎样。

许承基见我摇头，以为东西不好吃，直嚷着我太不给面子，叫了外面的服务员去喊大师傅。

我一愣，这至于吗？

鲁巍却含笑等着看戏，我突然猜测，可能许承基在借题发挥，于是也默了下来，看他在做什么。

没多久，就有一小姑娘一脸谨慎地进了包厢，许承基在看到她时,眼睛分明一亮,我便更好奇了,觉得这里肯定藏着戏。

"他想挖这家酒楼的厨师呢。"鲁巍凑我耳边轻声道,我恍然"喔"了一声,只是没想到这酒楼的师傅是个这么年轻的女孩,而且似乎许承基跟她已经过招了,她一见是许承基找碴,已隐隐有怒气了。

找了个借口,在他们对峙时,鲁巍把我拉了出去,我妈的电话也在这时打了过来。看到我一脸的颓丧,鲁巍问怎么回事。

我扭头,一脸苦楚地跟他说:"我妈想见你。"

这是第二次我跟一男人提这样严肃的要求,第一次是对林湘,这一次是鲁巍。

我妈向来做什么事都很急,她希望看到的是我如同我的那几个表妹一样,相亲几天后马上订婚,订婚几天后马上结婚,所以一旦知道我有可期望的对象时,她便会打破我原本想慢慢了解的计划,风风火火地催着我往结婚的路上赶。

很快,是不是?我看到鲁巍微微一愣,想起了年初我妈一定要打电话给林湘时的情形,可能我妈的行为真的让人觉得太过突兀了,林湘觉得这样,鲁巍也会这样觉得吧?

"好吗?现在去好吗?"鲁巍拉着我的双手,正经而诚恳地问。我忐忑不安地望着他,这个问题,我更在乎他的回答,我怕他像林湘那样,突然间就和我断了,我们都明白见家长意味着什么。

"我本来觉得见你的父母不应该这样随便的,贸然前去,你父母会在意这些吗?"他征询我的意见时,我看出了他的小心翼翼。我抿着嘴笑了起来,见家长,谁会不紧张呢?鲁巍这样,我倒是第一次见呢。

"我爸妈倒是不会介意,问题是你,你觉得现在适合吗?"想想觉得还是不妥,我很担心,相当担心,于是又飞快地说,"不合适的话就以后再说吧。"

不再说什么，他转身拉着我往超市的方向走去，我们进入瓜果采购区，挑了一些水果，又去食品区买了一些无糖食品，买了些高档的烟酒，就往我家的方向赶。

我掩着嘴一路笑，觉得这事可真俗，可是不知道为啥，我心里美滋滋的，直冒泡。

"你怎么知道我妈有糖尿病的？"我研究着这大包小包，继续笑。以前我那些表妹夫也是这样大包小包地往我舅他们家送，我就听我妈跟舅妈她们讨论着哪样买得好，哪样买得不好，礼少了还是轻了，计较着、对比着。这回，有一个男人也这样大包小包地往我家提东西呢，可是我现在就是舍不得他买的东西被我的亲戚嫌弃，这可都是他的心意哪！

"跟你讲电话的时候，你有提及过的。"他说得云淡风轻，可是我却明白，他不仅仅是这样云淡风轻，连我都不记得我有提及过，他却记下了，上心了，而且惦记着。鲁巍，他什么都记着呢！

到我家时已经是晚上九点了，小绵羊再怎么能撑也早走了，因为鲁巍的关系，我没有去注意殷以的状况。我爸妈对于鲁巍真的上门拜访表现得非常兴奋与热情，两人将鲁巍围了个团团转，折腾了好一会儿，我才发现殷以那小样儿在旁边看热闹般地暗笑。我撇撇嘴，她这回得意什么劲呢？下午小绵羊来时，她不还蔫着呢？

我的鲁巍，可比小绵羊好多了。

我妈盘问鲁巍到十点，差一点就让他留宿，我便急匆匆地把他推了出去。不过鲁巍没有因为我妈穷尽祖宗十代式的盘问而表现出任何的不满，我催他离开时，他反而一派意犹未尽的模样，我恍惚感觉他和我妈太配了！

若说鲁巍是意犹未尽,那我妈便是意气风发了,那张脸啊,从鲁巍进门到他离开,到之后我跟她说早点休息,一直是笑着的。我才睡下,我妈又风风火火地闯了进来,盘腿坐在我床上,热切地摇我的手臂,继续开始她对鲁巍的探究之路。

殷以在一旁煽风点火,附和我妈对我进行刨根究底的拷问,我剜了她一眼,估计她对我下午没帮她将小绵羊赶出去一事心存怨恨了。

"你说鲁巍这人吧,长那么好,人品不错,学问也不错,家境更不错,怎么就看上你了?"我妈百思不得其解,但仍是笑得合不拢嘴。她这话估计是憋了一晚上,没敢问鲁巍。怎么着,我妈还是得顾着我的面子的,虽然她也认为她家女儿我出不了厅堂,下不了厨房,但是这些她从不对外人言的,怕我的那些"对象"因此嫌弃我。这会儿她来问我,我问谁去?知道也不跟她说。

"妈,殷可她走狗屎运了。"殷以不屑地瞧我,现在她们两人的模样,怎么看怎么像《灰姑娘》里面的坏妈妈与坏姐妹,啧啧啧,那嘴脸啊,怎么会跟我是自家人呢?

"那些你自己去问鲁巍好了,我要睡觉。"我将薄被拉高,把自己蒙起来,然后就听我妈说:"明天等他来时再问……"

然后声音渐远,我妹也去她自己的床上窝着了。

"恶灵"退散后,我掀开了被子,疑惑我妈什么时候跟鲁巍约好了明天还来的。来干什么?

第二天我是被惊醒的,本来想今天是周末,可以睡个好觉的,可是我妈的声音一响起,我便如惊弓之鸟,飞快地弹坐起来。我小时候被我妈骂怕了,她向来说一不二,也就是大了后,我才敢偶尔开玩笑似的忤逆一下她,但是对于她的大声吆喝,我仍会潜意识地第一时间响应。

不过我响应之后就是迷糊，这么一大清早的，值得她这么嚷嚷的是啥喜事？

我也不明白为啥就认定是喜事了，刷牙时就只想着那是件什么样的喜事。其实我不算笨，就是早上容易迷糊。脸被水一泼，我忽然清醒般地记起了所谓的好事应该就是小鲁同志的上门拜访。

一想到此，我便认真洗起脸来，清洗的时间比平时长些，再找出殷以的那一堆化妆品，什么乳液、隔离霜、粉底液啊，通通用上。一坐到镜子前，我又郁闷了。我不知道自己看起来会不会很怪，好像无论如何修饰，我仍是没什么自信。

不知道我妈怎么知道鲁巍电话号码的，我听她在那边说："不用不用，没事没事，很好很好，太客气了……"她讲了好一阵，挂了电话后，我只是不经意地问了声是谁，她的回答让我直接呛住了：亲家母。

我扭头看我妈，我妈则火急火燎地催我妹再拖一次地板，说是亲家母会来。

"亲家母？"我屏息以待她的回答，我的那个心脏啊，很有预感地扑通扑通狂跳，果然，我妈向我无比感叹着："小鲁他妈，我的亲家母，说今天要带着儿子亲自来登门拜访。"

她在微笑着感叹，似多年的愿望终于得以实现般一脸陶醉。我脑袋一嗡，拒绝接收任何其他外来信息，直到叮的一声，我妈用一个东西敲上我的脑门，我才心神归体，暴跳了起来。我的妈呀，这还让不让人活啊，让不让人活啊？这好好的，怎么就突然家长见家长了？

我跟我妈吼了起来，但我妈乐得屁颠屁颠的，不跟我计较，我妹则偶尔在一边开心地帮我妈回我两句，刺激我一直保持着暴躁状态。我妈从里屋转到外屋，接着我又跟着她的身影转到厨房。

我妈刚把西瓜切片码好，我刚好跟她强调到急于求成的第九大坏处时，殷以在客厅里大喊了声："来了，来了！"

来了？

我和我妈都是一顿，然后幡然醒悟般各自行动起来。我没空再顾及我妈，先钻进洗手间，对着镜子再梳梳头发、整整衣服。听到人已经进到屋里了，我突然又胆怯了起来，这是怕啥呢？鲁巍我怕吗？他妈妈我也见过啊！深吸一口气，被卫生间里的味道呛了一下，听到外面我妈吆喝了一声，我慌忙钻了出去。

我一出来，外面的两个"生客"齐刷刷地看向我。鲁巍噙着笑，视线灼热，我本来打算尽量让自己看起来自然大方的想法就突然弱了下来。我忸怩万分地冲他妈问好，然后忸怩万分地偷瞄他一眼，再忸怩万分地假装忙倒水递水果，忸怩万分地坐在沙发上，再也不敢看他。

相较于我的忸怩，鲁巍表现得大方得体极了，对什么都应对自如，鲁巍的妈妈跟我妈像是生来就应该坐一桌吃饭的一样，说话那神情、那语气，家长里短什么都唠的侃功，都如出一辙。我很佩服我妈跟鲁巍妈妈的交际能力，这一见如故的能力可不是人人都能具备的，我就不行，鲁巍应该也不行。我瞥向他，他一副乐见现状的模样。感觉到我在看他，他转头看我，笑意加深。

我突然就觉得，其实我对鲁巍已经有了一定程度的了解，有时我会知道他在想什么。他的视线落在哪里，我就知道他联想到了些什么；他的唇扯个弧度，我就知道这个微笑里的真心有几分；他的眼睑半垂时，我知道他是在思考还是感觉到了无聊。我不明白我怎么会突然跟某个人有了心意相通的能力，可是当我发现我有这个能力的时候，心里就胀得满满的。我对于这个男人，就像面对我爸妈和殷以一样，熟得像本来就应该是这样的，却又带着些新鲜，觉得他仍有很多我待发现的地方，亲昵而又留有熟悉的空间，窝心又还留有心动的怦然。我每看他一眼，就想再多看他一眼，好像怎么看都不够。

抽个空当，他捏了一下我的手，轻呼一口气道："刚开始紧张死我了。"

我愕然，他紧张了？然后我忍不住眉眼都笑开了，原来他不是不紧张啊。

按我们这边的习俗，双方家长见面就代表着这门亲事基本上跑不掉了，就算是定下了。我在网上使性子跟小鸟说："难道我就不应该跟他玩玩地下情啊，闹闹别扭啊，让他哄哄啊，花些小心思啊？"

小鸟说我这是得寸进尺，以前还想着随便捞一个男人就结婚，现在真让我捞着了，我又贪心地想要琼瑶一把。

视频里，小鸟把五指一收，半眯着眼道："你要懂得见好就收，目前形势对你十分有利，那只'兔子'掉进你的陷阱里了，你现在要做的不是折腾他，而是困死他，让他根本不想逃出去！"

我握拳，嗯！

我们逮兔子的计划眼看就要大功告成了，我折腾啥呢？我得放弃那些无谓的折腾，为小鲁营造一个安乐窝。

临下线时，小鸟抛下一句话：洗脑成功！

洗脑？洗谁的脑了？

晚上我做梦，嫦娥在月宫里用桂花喂兔子，那只兔子挑剔不肯吃，嫦娥美女郁闷地问它要啥，它吼道："我要萝卜，我只要萝卜，我不要你……"

呵呵，我突然就笑醒了！

醒了就怎么都睡不着了，我想了想，也不管是半夜还是凌晨，拨了鲁巍的电话。电话响了三声，鲁巍的声音取代了嘟嘟声，带着浓重的睡意传来，我的笑意更深了。

"怎么了？想我睡不着了？"那头懒懒的他还有心情调戏我。

"嘿嘿，小鲁同志，我第一次觉得做根萝卜是件很幸福的事啊。"

"殷可！"他的声音在深夜里通过电话传过来，感觉非常撩人心弦啊！

"嗯？"

"冬天我们结婚吧。"

咚咚咚！

我在被窝里把自己弯成虾状，抱着电话不知道是喜是嗔，反正就是没有丝毫不愿意，先前自己想要折腾一下的想法原来只是我的想象啊。这一刻，我是那么想要马上应承下来，可是又突然念及起应有的矜持，于是别别扭扭地道："要是这个冬天下雪的话，我们就结；不下的话，就等明年啊。"

说完了，我又觉得我错了。我们这里冬天下雪是不一定的，不是年年都下，下与不下的概率是五比五，去年就下过，所以今年不一定会下。一想到这里，我就情绪低落起来。这要不下雪，我们就郁闷了。

"好。"我还来不及自责太多，他就应承了，"这个冬天会下雪的，到时候，我来娶你。"

第十六章
分离中的热恋

周一去上班时,我正式接到通知,说从十一月中旬起,我得去省城进行为期两个月的初任审判员培训,同行的还有何处等新被任命的助理审判员。

以前若有这样的机会,我会十分高兴,当作度假一样,可是这个时候要去那么远的地方待两个月,我的心情沉重了起来。这一去得两个月看不到鲁巍啊,我才发现我是这么喜欢他呢,却不想竟要和他分离一段时间。

我们领导一看我撇嘴,不甚情愿的样子,明了地笑了起来。大波却不放过我,愣是嘲笑了几句。这事已成定局,我不理他们,躲到院子里给鲁巍打电话。

那家伙可能正忙着,听我说一个月后我要离开两个月,沉默了一会儿,然后宽慰道:"没事,你去吧,婚礼我来筹备。"

他说啥呢?我不是这个意思呢。

"阿姨说时间太赶就先领个证,过了元旦或春节再做酒也行。新房我想好了,我们一起去看几套房子,然后我们选一套买下来,你学习时我就安排装修一下，那些家具之类的，你要先挑好还是等回来再挑？"

他不是很忙吗？我正想说些什么，又听到电话里有人在叫他，他应了一声，说没时间具体跟我说了，他再打给我，然后就挂了。

我这不是想撒会儿娇呢？我这不是想跟他说我会很想念他呢？我这不是想听他说他舍不得我呢？

唉，恋爱啊，男人啊，总和自己想象的有些差距啊。不过没差距的还剩甜蜜，有的时候做着事，我莫名其妙地就笑了起来。小波常十分鄙夷地说我在发花痴，我当他是嫉妒，然后继续笑得像朵花。

这一个月，我家可忙了。我每个星期都回家，虽然我们约定了冬天下雪才结婚，可是事实上，经过"十一"的双方家长见面，结婚的事情基本上由不得我们做主了。我是这样想的，即便没有下雪，等过了年，不就是新的一年了，我们还是可以结婚的，下雪不下雪，我已经不再提及，从善如流地跟着鲁巍的步伐，他想怎样就怎样！

周末我就跟鲁巍满楼盘转，他拖着我的手，上楼下楼，研究户型结构，察看环境地段。我不知道别的小情侣一起看房时会不会像我们这样甜蜜地从头到尾都挂着微笑，但是我想能够一起走到买房结婚的地步时，所有的人应该都是幸福的。有的时候看到一半，他们局里一个电话，他又要马上回单位，我就一个人到处乱转，不是跑家具店就是跑装饰行，感觉真像快结婚了一样。

我看这些的时候，就算只有一个人，感觉也是特别的幸福，心里总是充满着幻想，想象着婚后与鲁巍在一起的情形。我会想我们的房子要弄成什么颜色的，沙发要长长的，我要在阳台上放摇椅和茶几什么的，冬天我可以和鲁巍在阳台上喝茶聊天晒太阳，然后家里要摆很多的绿色植物。我喜欢常青藤，那个要挂在落地窗的边上，窗帘也要绿色的，每天阳光透过绿色的窗帘投射进浅浅的光线来，可以把整个房间都映得青翠青翠的。

每次我进到一家店里，店员小姐总是笑眯眯地问："小姐是要买来做什么的呢？是要结婚了吗？"

我就会笑得羞涩又带些得意地点头，小鲁不在身边，我打着要结婚的旗号，神气地这里摸摸，那里比比，偶尔偷笑一下，嘿嘿，我要嫁人了！

"十一"假期，我妈趁着商场打折，已经将床上用品那些购齐了，家里突然喜气洋洋的。为了我一个人的婚事，很多人的心情都变得十分的愉悦。当爱情直接走向婚姻时，两个人的甜蜜就会变成一堆人的喜悦，这种感觉让我在秋日里如沐春风般，觉得全世界的人都可亲可爱。

回单位上班时，我就坚持晨跑锻炼。如果真的要和鲁巍结婚的话，我希望我可以做最好的新娘子，不仅外形要好，身体更要健康。春天我曾落寞地看着太阳从冒着新绿的树梢升起，看自己孤单的身影被阳光拖得长长的。那时我刻意地要求自己乐观坚强，如今看秋染层林，还是那一轮日出，我看到的是满眼的金黄。秋木被晒过一夏后散发着醉人的清香，如今我心里装着的全是那一个人。我不再有任何的怨怼遗憾，就算明白日后还会有烦恼忧愁，仍然感觉日子都会像现在这般美好。

日子一天天过去，天气也一日凉过一日，进入十一月后，白天就变得非常短暂了，我出行的日子也近了。从学校毕业后，我就没再拖着大箱子离开家了，这次出远门，我妈帮我收拾了整整一大箱子的东西出来，考虑到天气马上就会变冷，里面装的大部分是毛衣和棉衣。我觉得东西太多太沉了，非常不乐意，毕竟平常每年冬天也不是特别冷啊。

"满两个月时都快过年了，这两个月也是一年之中最冷的时候，明天我再帮你去买床电热毯，一个人睡，也不知道那里的被子是厚是薄，冻病了，回来怎么结婚啊？"

听我妈唠叨到最后，我就窘了，看来我妈比我更殷切地期待着那一场婚礼。

我妈还在唠叨，鲁巍来电了，说在路口等我。我妈一听说是鲁巍找我，手一挥，恩准我马上出去赴约。

我一路小跑着跑向路口，分别在即，每一次见面，我都倍加珍惜。

我还没到车旁，鲁巍就从里面把车门打开了。我钻进车子，笑眯眯地看他冲我浅笑。

"刚下班？"我问他，他一身警服，显然还没回家。他们的工作常常没日没夜的，眼看路灯都亮了起来，也不知道他吃饭了没有。

"陪我去吃饭吧。"果然，我正想着呢，他就主动交代了。

"想上哪儿吃？"我都已经吃过了，纯粹陪着他吃。

"你吃了？"他侧头看我，见我点头，孩子气地有些懊恼，然后道，"本来还想请你吃顿好的呢，无奈这个时候才空下来。"

"你还是先回去换身衣服吧，穿制服去吃饭多扎眼啊。"不过他一下班就往我这儿奔，还是让我十分高兴的。

"嗯，顺便把这车放在家里，我们散步去，散步回。"他提议。

我当然没意见，这车来车回的多快哪，我希望时间可以慢一点，再慢一点。

鲁巍从家里换好衣服出来，路灯下的他精神奕奕的，不管是穿制服还是穿便装，都英挺非凡。他一只手提着一个袋子，另一手牵我,慢慢地向某处走着。

我很好奇那个袋子里装着什么,问他,他说等会儿给我看。我嘿嘿一笑,反正是我的,袋子里的东西是我的,他也是我的。

十一月的天已经有些寒意了,只要天气一骤变,马上就会冷了。秋天是我特别喜欢的季节,只可惜很短,短得让人更觉珍贵,就像现在,我跟他相处的时间也总是很短,一小时很短,两小时也短,即便能在一起一个晚上,我还是觉得短。

我们去了一家挺有小资情调的店,在靠墙最左边的小隔间里坐下,鲁巍很喜欢这里的萝卜干腊肉煲仔饭,很接地气,其实我也喜欢,汤汁一浇上去就会吱吱响,让人很有食欲。我点了一杯果汁,眼巴巴地看着冒着热气的煲仔饭,看到那橙黄的萝卜干,肥瘦适中、被炒得透明的腊肉,感觉口水情不自禁地就多了起来,于是一吞再吞。

鲁巍一脸好笑地瞟了我一眼,向服务员再要了一个小碗和一双筷子,从自己的饭菜里匀出了一小部分给我。

吃饭之后,鲁巍将袋子里的东西一样一样地拿出来。

"这个是小的暖手宝,充了电可以放口袋里,上课冷的时候,就把手插在口袋里。中午跟晚上都要记得充电啊,它只能保暖两到三个小时。"小小的暖手宝只有巴掌大,形状就是小巴掌,很可爱,有两个,鲁巍说一边口袋放一个。

这个好,小巧便携,经济实惠,是居家旅行、学习熬夜的必备佳品。

"还有一些感冒用药,虽然那边也有卖,但是有备无患,注意别生病了,在外面生病了,会很难过。"

他想得可真周到,比我妈还周到。

然后还有防冻疮的药,鲁巍说冬天常坐着,大腿会因为血液循环不良而有可能长冻疮，这个备用。

"下课就要站起来走一走，懂吗？"

我点头，懂！

最后，还有一张电话卡。

他将卡装进我双卡双待的手机里，然后道："这张是绑我手机的情侣卡，要给我打电话。"

我看着他细心地将卡装入卡槽2塞好，重新帮我开机，莫名地就感觉心里湿湿的，有种熟悉的感觉，又觉得整颗心都胀得满满的。

我沉默地扒着饭粒，他似乎没察觉出我现在很感动，开始吃他的晚餐。我吃完了，就喝着果汁，贪婪地看着低着头认真吃饭的他。店里的灯在他柔顺的头发上投下一圈柔和的光，他前额的发落下来，遮住了一小部分额，留下一片阴影，高挺的鼻泛着光，下巴上那条小凹槽让本来英气的脸更添一份个性。

我不知道看了他多久，他突然抬起头来。我尴尬地避开他的眼神，故作镇定地抿了口果汁，四下乱看。

他喝了一口水，用纸巾擦了擦嘴，轻咳了一声，引得我又看向他。

他瞄了一眼大厅，然后倾身向我靠近。我没明白他想干什么，他头微一偏，唇就直接压我唇上了，然后辗转，还轻轻地吸吮了一下。我愣在那里，一动不动。我从没有在人来人往的地方被人亲过，他这一吻突然就让我有种头晕目眩的感觉。似乎也顾虑到这里是公共场所，鲁巍的唇停留了一会儿便撤离了。我看着他敛下眼睑，浓密的长睫在眼下投出漂亮的扇形阴影，然后他震我心弦般低哝道："我已经开始想念你了！"

晚饭后，我们散步回去，但路上我不停地打嗝。以前我这样的时候，我妈就让我猛喝水。我实在忍不住每十秒打一个嗝的时候，四顾着看哪儿有小商店，想去买瓶水。鲁巍见我四处瞅，竟笑出了声。我瞅他，不明白他笑什么，刚想开口问，就又狠狠地嗝了声。

"笑啥呢？"我拍拍胸，压压难受的感觉。

"你吃太多了。"他笑得眼都弯弯的，睫毛翘翘的。

我又嗝了声，这都怪他，我其实是很害羞、很纯洁的，他亲那么一下，我差一点将整张脸都埋进了饭碗里，除了吃东西，都不知道要如何自处。

我不满地瞪他说："都怪你。"

他将头往一边侧了下，轻笑出声，道："你还会撒娇啊。"

我在撒娇？这就是撒娇？不是，不是，撒娇的动作应该蹭啊蹭的，然后一个劲说："就要嘛就要嘛！"

"我这样哪儿算撒娇？呃！"我又嗝了一声。

"这样很难受吧？"见我又一个劲地捶胸，他握着我的手紧了紧，停了下来。

我被刚刚那个嗝儿哽得说不出话来，直点头。

"要喝水，猛灌进去就会好。"我继续四顾，远处有一家店子貌似是小超市。

"天气这么冷，喝那么大一瓶水，多难受啊，这才吃完饭呢。"

我也觉得难受啊，本来就吃得撑，我也不想灌水呢，可是这每十秒就嗝一声，不难受也怕他笑话啊。

"这不是没好方法了吗。"我被跟着来的嗝儿打击得泄气般地垮了肩。

鲁巍拉着我快走了几步，我以为他要领着我去买水，可是走到某小树丛时，他竟拉着我躲到了树丛后面。

"你试一个新方法。"他目光炯炯。

我怀疑地咬住下唇,身子不由自主地向后倾了倾,而鲁巍目的明显地将上半身向前倾了倾,嘴唇几乎碰上我的嘴角时,他停了下来。我本是憋着气的,忍不住就又嗝了一声,然后就听他一声轻笑,唇便落我唇上了。我一受惊吓,又是一个嗝儿。然后,然后,啊……深吻!我感觉到他将我的腰搂得紧紧的,睁开眼便看到他侧着头、眯着眼,忍不住……忍不住就学他缓缓闭上了眼,开始认真地去体会气血上涌、空气稀薄、心跳加速的感觉。

良久,他在我耳边喘气的时候,我还一片茫然,竟然不知身在何处。

他轻声问:"不打嗝了?"我才突然想起,真的不打嗝了,然后我又发现,我居然还踮了脚。

太没用了,我居然学电视里的女主角一样,踮着脚在大街上跟情人拥吻,啊,太不科学了。

搂着他,我不好意思地就往他的颈窝里蹭,我的老脸啊,火辣辣的。

我尽量不着痕迹地放下踮着的脚,想矜持点推开他。他似乎感觉到了我的动作,竟不愿意,又搂紧了些,还搂高了些。我们脖颈相交,我都可以感觉到他颈动脉的搏动,那频率啊,和我的心跳声是那么的相近,我心里突然就涌上了一些感动,心窝里满满当当的,不知道是什么东西满得要溢出来般。

我如约出发了。那天一大早,鲁巍就打电话给我,说他们也要出远差,送不了我,让我带这带那,还要我贴晕车贴,又问我带水带吃的了没有。我一边听他的电话,一边手忙脚乱地拎这拎那的。外面同事催了起来,我冲外应了一声。都怪我妈,让我带那么多的衣服,还让我扛床棉被去,我拿不了,我妈帮忙也拿不了,最后何处他们进来帮我搬家伙。我用肩夹着手机,跟他们不好意思地笑着说是我妈让我带这么多东西的,何处的老公十分明白,笑道:"我岳母也这样。"然后十分体贴地将我手中拎着的大箱子拎了过去,我空出来的手则执着手机继续跟鲁巍讲电话。

"你同事在帮你忙吗?"他在那头问,我随意地答道:"是啊,赵安飞他们呢,他们要和我一起学习两个月呢。"

我感慨啊感慨,凭啥啊,何处那小两口可以一起去学习?这简直就是二度蜜月啊,我太嫉妒了。

那头沉默了一下,然后道:"我打电话给他,你好好注意身体,别冷着了。"

我"嗯"了一声,本来以为他还会唠叨,谁知道他就挂了电话。我还没缓过神来,他还没说会想我,没说要我想他,没说要我乖乖的,那么多的甜言蜜语还没说呢,他怎么就挂电话了?

而且赵安飞他们知道我在跟鲁巍交往吗?我跟小绵羊相亲时,他们不是还不知道吗?谁说的?

我撇了撇嘴,那边我同事将我的行李都扔到车子后面了,催着我过去,我便将手机往包包里一塞,奔了过去。

车子的行李厢果然被塞得满满当当的。车子是中院包下来的一辆崭新的豪华大巴,我们基层法院的加上中院的初任审判员将近二十人,在车上热闹得像炸开锅了般。我上去时,大家都占好了座,但是空位还是挺多的。我看着何处跟赵安飞浓情蜜意地共坐一排,只能独自一人坐在他们后面,眼红得嫉妒啊嫉妒。

赵安飞接电话的时候,我完全没有去注意,眼睛就瞅着窗外秋色萧条的田野,直到他挂了电话,何处问谁时,他说是鲁巍打来的,我就飞快地凑到了前排。

"说啥了说啥了?"

何处回头瞅我,笑道:"你的反应太迅速了吧?不会一直在偷听我们说话吧?"

说什么呢?臭女人!

我再次强烈嫉妒,她居然笑得那么明媚,那么毫无牵挂,我的小肚小肠啊,翻江倒海地嫉妒着。

"他要我们好好看着你,不准和男学员聊天、吃饭、唱歌、跳舞,不准夜不归宿,不准跟别人出去吃喝玩乐。"

何处眯着眼瞅我,道:"你跟鲁巍有奸情?"

她不知道?我不说话,默认了。知道就知道了,哼,我也是有男人的人了。

我睨了还是一本正经的赵安飞一眼,然后重重地"喊"了一声,倒回自己的座位上,继续看窗外。前面两个人交头接耳、窃窃私语,偶尔嘿嘿窃笑,而我过了很久才敢让自己的脸上浮现出一抹得意又小计较的笑来。

下车时,何处跟赵安飞十分暧昧地相视一笑,正巧被我瞅见,于是我抓着机会就取笑道:"笑得这么暧昧,在省城有奸情吧?"

那两人竟是一低头,相携匆匆去寻行李。我看着那大手牵小手,从上车到下车都不分开的甜蜜状,心里又是一阵一阵的嫉妒啊。

总有一天,我要带着我家小鲁这样宣扬自己的甜蜜,我咬牙切齿地暗暗道!

宿舍是事先就安排好了的,省高院可不知道这参与的学员中还有夫妻档,所以我心里十分得意地看着何处与我分到了同一间宿舍,将赵安飞隔绝在外。何处看着我笑了一晚,十分鄙视地说我心里阴暗。

这次的学习远没有上次的学习枯燥,政治性也没那么强,因为学术性比较强,一些案例讲得十分生动,所有的学员第一天都十分安分,什么状况也没出。我因为觉得自己"名花有主",不再对那些仪表不凡的学员表现出兴趣旺盛的模样来。现在我觉得所有的男人都入不了我的眼,他们统统没有鲁巍好看,就算有比鲁巍好看的也没有鲁巍有内涵,就算有鲁巍那么有内涵的,年纪肯定没有鲁巍小。

晚上居然停电了,百无聊赖的我跟何处只好打电话跟自己男人聊天,结果何处拨了好几次电话,她男人那边都是无信号,反倒是离得远的我,很快打通了小鲁的电话。我甚是得意,情侣卡嘛,情侣更易拨通啊,何处的嫉恨在这个时候显得我家的男人更好用。

果然,男人要用过后才知道是不是好的啊。

我挂了电话说出这话的时候,何处扑到我床上来,揪着我的被子问:"你用过他了?你用过他了?"

我使劲地拽被子,道:"此用非彼用,你太不纯洁了,不是那种用,啊……"

我们奋战正酣,有人敲门,何处扒了扒乱发去开门,我一瞅门口端端正正地站着的赵安飞,迅速将被子一扯,把自己盖了个严严实实。何处跟他说了些啥,然后十分得意地关上门,摸黑换掉睡衣、梳了头发,最后蹬上她的小靴子,拎上小包包,噔噔噔地朝门口奔去,道:"今晚不回来了啊。"

啊啊啊!我看了看我的手机,又看了看合上的门,愤愤咬上被子,强烈嫉妒!

日子一天一天过去,小寒大寒过去后,天气愈来愈冷。白天在大教室里听课时,教室里有空调,不过由于空间过大、人员过多,温度也不见得有多高。我的两个暖手宝到接近下课时就凉掉了,脚更是因为没有暖源,被冻得冰凉冰凉的。我偶尔会听到教室里有人在跺脚,这种感觉真是久违了。

记得小时候天气更冷,我上小学那会儿,同学都冷得将脚跺得厉害,老师便常训斥我们,不准我们跺脚。这么多年后,我又坐在课堂里,旁边有何处跟赵安飞,听大家跺脚,感觉记忆一下子飘远了。那个时候,鲁巍又在做什么呢?

整整一堂课,自想鲁巍起,我的脑子里便全是鲁巍,想那段模糊的记忆中他是一张怎样的脸,想他在夏天的午后等着我出现时是怎样的心情,想那个时候我是怎样不小心地亲到了他的脸庞……

鲁巍每天跟我汇报房子装修的进度,讲完所有琐碎的事情,总会长长地呼一口气,似说似问地道:"你啥时才回来啊……"

"回来",啊,我每每想到我回去时,就不再是回到我原来的家,而是要回到我跟鲁巍的小家时,心总是那么咚咚地躁动着。很多的期待跟幻想在我的脑子里翻涌着,就算挂了电话、夜深了,我还是不能让自己平静,感觉我渴望这么多年的幸福就这么不期然地降临了,像是手中捧着的水晶,真实美丽得让人极怕它破碎。

学习进行了一个月的时候,天气开始好转,天空碧蓝碧蓝的,阳光普照。我跟何处她们在中午休息时搬出棉被在阳台上晒,自己则半趴在被子上,让太阳将自己晒得懒洋洋的。我们有一茬没一茬儿地聊着八卦,底下的院落里施施然地慢驶进一辆越野车。说实话,每次看见这个牌子的越野车,我的心总是突突直跳,但这车在街上遇见的概率很大,而万千这类车子中,只有一辆是我家小鲁开的。但不管如何,每每看见这种车,我便莫名又想起我家小鲁来,心思便没全放在我跟何处的聊天上,视线老随着那车移动着,然后看它停在了院落东边那一丛三角梅旁边。车门打开,车顶反射着阳光,锃光瓦亮的,而从车里出来的人身形俊挺,气质卓然。

我突然转身就向走廊的另一端奔去,何处在我身后愕然喊道:"干吗去?"

但我连头都没回,"嗒嗒嗒"地朝楼下奔去。一路上有人跟我打招呼,我也来不及回应,像列小火车般不管不顾。

跑到一楼时,看到鲁巍正拉着谁谁谁在询问,我心下明白,他这是想给我个惊喜,在不打电话通知我的情况下来个突然袭击呢。

于是,我止不住地笑开了。我绕过他的视线,准备从他的背后来一个熊抱。估计很多人看到我跟个子弹头般地朝鲁巍冲了过去,估计更多人看到我在抱上鲁巍的时候,被鲁巍下意识地一把扫开了。

不活了,太丢人了,我听到周围的人发出"啊"的一声,便重重地、四仰八叉地躺在地上了。我的那满腔热情啊,我那脆弱的心灵啊,就这样随着我的身躯滚落在地,碎得满地残渣。

我似乎看到了鲁巍错愕的表情,似乎看到了周围人憋了又憋的笑意,甚至听到了楼上何处那放肆的、毫无顾虑的、猖狂的笑声,于是我只想装死,我不要再起来……

然后,那个身形俊挺、气质卓然的小鲁同志一脸慌张地跑过来,对着泫然欲泣的我一个劲地说"对不起",又抱又搂地把我扶起来,殷勤地替我拍掉身上的灰尘,小心翼翼地赔着不是。

我没想到事情会变成这样啊,估计他也没想到。明明两人都想给对方惊喜呢,但最后的结果有惊无喜。我在这么多人的面前上演了一出滑稽剧,心里本来满满当当的喜突然间荡然无存。我看着楼上楼下围观的人笑得不可抑制的模样,猜想这些人应该都记住殷可我了。

后来何处笑话了我很久,但是我没怎么搭理她,搂着我家小鲁的胳膊当她是透明的。下午的课,我让她帮我请了假,她非常鄙夷却不得不帮忙,之后我就拎着包包,打算跟小鲁同志去逛逛省城。

第十七章
谁都不是谁的旧爱

有的时候,我真的无法理解自己为何会如此心花怒放。没有金钱利诱,没有小礼物哄骗,没有甜言蜜语引得怦然心跳,就单单因为这个人坐在自己的旁边,我就好似几百年没见过男人般,为其倾心不已。

"真担心啊。"我微笑着叹道。

鲁巍开着车,车子在较为拥堵的车流里缓慢前进,他转头冲我一笑,像阳光一样灿烂,问道:"在担心什么?"

"我以前总觉得要得到什么就应当付出努力,我所得到的很多东西也确实是努力换回来的,可是你,这么好的一个男人,我好像不费吹灰之力就得到了,所以我很担心,担心因为我的不够努力,会……"

"不会。"他按了一下喇叭,叭的一声打断了我的话。我目视前方,车流仍然缓慢,他伸出右手握住我的手,道:"我们在一起,是不需要你努力的,而是需要我努力。在我看来,你是我需要很努力才能得到的回报。有我这一方那么努力了,所以一切都是理所当然的了,别对我们的感情抱那种不确定的想法了,要不……"车子行到立交桥上时,堵了。

他踩了刹车,索性面向我,无比真诚地道:"要不,我们现在就结婚,把结婚手续办了?"

不动心?不动心是不可能的。在他这样的眼神、这样的提议下,我的小心肝啊,狂跳得不能自制。我扭头看前方,前面的车子缓缓开动,遂提醒道:"开车了。"

他似乎还想说些什么,手握着我的,一时不想理会车流,直到后方有人不耐烦地按起了喇叭,他才松开我的手,跟着前面的车慢慢前行。

我一时又失落不已,我想啊,我明明是想的啊,我怎么又笨笨地岔开了话题呢?

很长时间内,我跟他都没有再说话,车子终于驶下了立交桥,鲁巍挑了一条车流量小的路驶去,加速时,他不知是跟我说还是自言自语,道:"不着急,我们不着急,今年肯定会下雪的。"

鲁巍这次是来省城出差的,抽出一个下午的时间来陪我,我们趁这机会就去逛了一些家居城,买了部分卫浴产品,大件的不好带,我们挑了些小件的、价格合理的、在我们那儿又稀有的宝贝。我听鲁巍讲房子已经装修到何种程度了,他打算布置成什么样的风格。我交代的那些他一一规划进去了,我听着听着就十分地想回去,心痒难耐地想看看我们的房子。

他牵着我的手在偌大的商场左转右转,两人的兴致都高得很。从家居城出来后,我问他下一站去哪儿,他却神秘兮兮的,不肯告诉我。车子进入最繁华的商业街时,他找了好久的车位才泊好车。我被他牵着手混在拥挤的人流中,一路上我频繁四顾,周围琳琅满目、前卫时尚的店铺让我眼花缭乱。我很喜欢逛街,一家店子

一家店子地进，可是小鲁同志显然不是拉着我来逛街的。我们脚步不停，一路前行，前方某处肯定是小鲁同志的目的地。

最终我看到他的目的地了，那是一家灯光璀璨的首饰店，我常常在各大电视台里看到它的广告，广告词好像是"钟爱一生"还是什么的。我抬头看硕大的广告牌，心里已了然鲁巍此行的目的了，忍不住一阵窃喜。

售货小姐从我们进来起，眼光就放在鲁巍身上，问"二位想挑些什么"的时候，也是冲着鲁巍说的。鲁巍搂着我的肩，语调轻快，带些小得意的味道："给我媳妇买结婚戒指。"

我扑哧一声就笑了出来，也不知道这句话哪儿好笑，反正就是觉得脸上啊，止不住就乐开了花。

戒指是我挑的，一对样式简单的白金钻戒。挑戒指本身是一件很俗气的事，我跟鲁巍也不能免俗，选的戒指当然是结婚男女必备的白金钻戒，以印证这家店"钟爱一生"的广告语。

我本是挑了一对特别便宜的，结果鲁巍一眼就看出了我的小心思，道："你一件衣服穿多久？"

比起我的那些朋友来，我的衣服算是换得慢的了，但一件好的衣服顶多也就穿一年，其他那些便宜的都是穿几个月，甚至几天。我如是说。

"你家的电视用了多少年？"他又问。

我以为他在搞调查，如实回答："看了七年了哦。"

"你睡的床用了多少年了？"鲁巍还问，此时销售小姐已经一头雾水了，不知道我们是来挑戒指的还是干吗的。他问这些，难道是想帮我买衣服、买电器、买家具？可这些东西，我不是说了我妈会在办嫁妆时购齐吗？

不过我还是实诚地答道："我的床是我毕业那年我妈给我新

换的，没几年，以前睡的木板床是从小睡到大的，起码二十年。"

鲁巍道："贴身的衣服顶多穿一年，常常使用的电器的寿命是八年十年，而每晚与你相伴的床用了二十年，这些物件按现价折算，我算六千块钱为过吗？"

鲁巍不知道现在的市价吗？一台好电视要上万呢，实木的床也不便宜，衣服倒是可贵可便宜，像我能穿一年的肯定会上千，这些加起来，上万都不为过。

"那我们现在要买的戒指，从今天起要戴一辈子，我们有生之年的每一天，它都伴着我们，你觉得你挑的这几千的戒指承载得起吗？我又没带你去买定制的鸽子蛋，装修也还有余钱，你别替我省了。"

我目瞪口呆地望着鲁巍，他说这些的时候，似乎那么云淡风轻，甚至在这之前，我都以为他在算计着开销，却没想到他用这种语气说出的这些情话会在不经意间就深深地感动了我。我家小鲁啊，我家的小鲁啊！

我急急别开脸，突然有泪意涌进眼眶，转过脸看见销售小姐时，销售小姐也是一脸的感动。霎时间，我们都没了语言，似乎都在努力地调适心情，最后销售小姐先调适好，笑得双目盈盈，在柜台里拿更贵的戒指供我们挑选。这回，我不再考虑价格，挑了一对我最喜欢的，仍旧简简单单，但在其他的戒指中，我就是觉得它们独一无二。可能这就叫天生的眼缘，属于自己的，必是一看就中的那一对。我拿着戒指侧头看鲁巍，鲁巍轻扯唇淡笑，点了点头，看来它们也合他的眼缘。

最后鲁巍花了近两万买了这对戒指，销售小姐给我们开发票时，笑得很是高兴。我们剪了标签就为对方戴上戒指，初初戴上时，感觉手指上套了一样东西，不甚习惯，却十分喜爱它们的光芒，不由得伸着手掌看了又看。

在销售小姐真诚的祝福声中，我们出了珠宝店。在我又一次忍不住伸手看戒指时，鲁巍伸手扣住了我的手，揣进了他的外套口袋里。在熙熙攘攘的人群中，我们心有灵犀地相视一笑，彼此的笑容都满溢着幸福。

吃了晚饭后，鲁巍将我送回我培训的政法学校，我们在车里一阵亲亲摸摸，鲁巍在气息不稳时道："元旦你们放假吗？"

"应该放吧，不过可能只有一天，学校说要赶在省人大会议召开前将课程结束。"

"那到时候我来陪你。"

我点头如捣蒜，忽然就忆及上次我还没有离开，他便说开始想我了。如今我也是这番心情，他还在我面前，我便开始想他了，十分期待他下次来。

在鲁巍回去后，元旦来临前的这段时间，我见了两个意想不到的人，以至于让我感觉人生何处不相逢。

第一个人是林湘，这个人我似乎忘了几百年一般，他突然打电话告诉我他在省城，着实让我惊诧不已。他是如何知道我在省城学习的呢？他此番打电话给我又是何故？

下午我上完了课程后，去了跟他约好的一家咖啡厅。对于林湘这人，我实在不知道应该保持怎样的态度，本来对他已完全不上心了，感觉以后也不会再有任何交集了，谁知道他这一回又出现在我面前。

看得出，婚后的他有些发福，穿着西装还打了领带，头发打了发蜡，前面的发丝高高竖起，坐在咖啡厅里一副气派的模样。见我来了，他笑得一脸的殷勤。

"你怎么来省城了？"我琢磨着，他这模样应该是有事相求。

他替我点好餐，才回道："我跟着领导来省里招商引资，听跟你一块学习的朋友说你也在省里学习，就打电话约你出来聚聚，我们好久没有见面了。"

"是好久没有见面了。"我生疏地冲他笑笑，心里想着，我们有聚聚的必要吗？

"殷可……"他故作优雅地抿了口咖啡，像是有话难以启齿。我也不作声，看他想说什么。

见我没啥动静，他长长地叹了一声，我拧起眉头来，突然就有点受不了这气氛。

"我一直在后悔，后悔当初选她没选你。"他摇头不已。

我呸！

"你现在不也挺好的。"我扯了个笑出来，让我们的对话更接近于调侃。对于他接下来的话，我有些无心聆听，觉着今天真不该贸然赴约。我本想着他都结婚了，事情也都过去了，我们应该不会再有什么牵扯，现如今听他这样发表感慨，心里止不住就烦躁起来。

"一点都不好。如果当初是和你结婚的话，我不至于弄成现在这样。我已经向你们庭里递了起诉书，打算离婚了。"

这是我没想到的，夏天看到他的时候，我还觉得他过得挺安然、挺不错的啊。

"不至于吧。"我抿咖啡，十分后悔此刻我居然坐在这里面对他。若是一般的当事人，我可以很有耐性地听他讲完整个事件，再给他分析一下利害关系，但是他是林湘啊，我能说什么呢？劝他不要离婚还是给他出谋划策？说什么都不妥。

"你明明那么好，我却仅仅因为你对我不够积极就放弃你了，后来才发现你才是最适合我的。可能我现在这情况，已经配不上你了吧？"

他居然用问句，他居然给我用问句！

而这也是我第一次知道他当初放弃我的原因，之前他没给我一个交代就突然跟别人结婚了，我跟吃了只苍蝇一样，如今听他如此说时，我那吃苍蝇的感觉又回来了。本来咖啡香味满溢的空气突然就让我有些恶心，那杯咖啡就摆在那里，一直没再喝了。

见我久久没有作声，他又试探着问："我知道你还没有结婚，如果我离了婚，我们还有机会吗？"

我真想发火啊！我从没想过自己有一天会被一个还没有离婚的男人试探着问要不要跟他交往。虽然我不怎么清高，但我确确实实感觉自己被他给猥亵了一番。我心里翻江倒海，正琢磨着要怎样把他怼死，揣在口袋里的手机便响了起来。

来电显示是我家小鲁，我瞥了一眼坐我对面的林湘，心想，跟我家小鲁比，你算什么东西？！

"殷可。"在他的声音响起时，我的心态就变得平和许多了。鲁巍的声音总有一种让人心境平和的魅力，低沉厚重却不沉闷。

我长长地吐了一口气，轻声问："怎么了？"

"何处用赵安飞的手机给我通风报信，说你会老情人去了。"他语调轻快，我心里却咯噔一声，莫名地就有种做贼心虚又碰巧被抓包的慌乱感。何处怎么知道林湘是我的旧情人？不对，何处是知道的。我以前跟林湘交往时天天跟她在网上八卦，但问题是，她怎么知道我是来会林湘的呢？

我脑中一团乱，一时没了语言就哽在了那儿，不知道如何回答。

过了好久，鲁巍在电话那头喃喃地道："原来，你真的在会老情人啊……"

我仍然觉得自己无语应对，我这算啥事呢？正想否定时，小鲁同志破天荒地先挂了我的电话！

我愣愣地盯着手机看了半晌，他的手机没电了？信号不好？我将手机凑到耳朵边又喂了两声，确定他已挂电话了。

"怎么了？"坐在我对面的人问，我倏地就抬起头，不知道是不是我的神情有些凶，林湘愣了愣，身体还不是很明显地向后靠了靠。我拿起桌上的白开水喝了一大口，然后语调快速、表情严肃地跟我的老情人道："抱歉，林湘，我还有事，不能和你在这里聚了。对于你的提议，我想我是无能为力了。"

我扬扬我的左手，上面的戒指光芒灼灼，接着我炫耀道："我跟我男朋友订婚了，如果不出意外，年底我们就会结婚，到时候欢迎你去观礼。"

我起身打算离开，他又急急道："我的案子呢？现在我老婆要分我的房子……"

我一顿，他这种人啊，幸好……幸好当初我没有嫁给他。仅一年，他不仅抛妻，还想让他的妻子净身出户。

"我还需要在省城培训一段时间，你的案子我不可能参与审理。如果你想要争财产的话，我建议你请个律师。因为有规定，我不好给你建议，在这起案子里更不好替你提供法律咨询，下次再聊吧。"我不知道这家咖啡厅的消费标准是多少，便抽了一张一百元的钞票放在桌上。他想跟我再扯些什么，我态度严肃地回绝了，急急离开。

一出咖啡厅，我就急急地回拨电话。小鲁啊，不会是生气了吧？

电话拨过去了很久，还是无人接听。我从咖啡厅里出来，便觉着寒风凛冽，走到一屋檐下时，抖着身子一遍一遍地拨鲁巍的电话，结果越拨越灰心。太阳已经下山了，这个陌生的城市在此刻最繁忙，到处是车流人流，我拨了第六次电话，但那边仍是无人接听,终于放弃了。

那么远呢,我隔着他那么远呢。他不接我的电话,我要怎样去跟他解释呢?我似乎是第一次遇到这样的情形,想要解释,却无从解释。

我想起以前我误会鲁巍跟李涵时,曾在桂花树下决绝地跟他说以后不要再找我,我拒绝听他的解释,当时他的心情是否如我现在这般沮丧?

可是我离他那么远啊,我无法像他那样风雨无阻地在我房外默立。他不接我电话,我能怎么办?

明明已经平静无波的感情突然横生波折。他来看我时,我还因这段感情太顺利,不费吹灰之力就拥有了幸福而惶惑。出现像今天这样的小波折,我又倍感担心与茫然,觉得唾手可得的幸福又是那么的脆弱。鲁巍他是不是真生气了?

我拨了个电话给何处,不一会儿,电话就有人接了。

"何处,你跟鲁巍说我去会旧情人了吗?"我有些怨她,如果我是真的去会旧情人,我不会这么怨她。

那边她笑得没心没肺的,道:"是啊,我就跟他说你去会旧情人了。怎么样,他着急了吧,去质问你了吧?我跟你说哦,就是要让男人觉得你有人跟他抢,他才会更加重视你呢。"

"他生气了,不接我电话了。"我嘴一撇,委屈得忍不住哭了起来。

何处显然没想到事情会弄成这样,一时在电话那头慌了神,一个劲儿地跟我说她没想到事情会成这样,让我先别着急,她打电话去解释。

可她打电话去解释有什么用呢?她本是开玩笑的,鲁巍也是开玩笑的,只有我那么笨,竟然迟疑了,所以一切都不是玩笑了。

鲁巍的心思那么敏感，他已经知道了，还不接我电话了。

天哪，地哪，我不知道原来谈个恋爱真的会让人觉得感情这样脆弱啊。以前看电视里的小情人动不动就吃醋、生气、大哭，我觉得他们是那么的矫情，可是原来自己也会这么落俗，仅仅因为他的误会就在这人来人往的大街上哭得稀里哗啦。我活到这么大，居然为了这种小事哭。

眼泪才停，手机又响了起来。鲁巍的声音响起时，我又忍不住抽抽搭搭起来。鲁巍在那头慌神了，着急地劝了起来，说"殷可你怎么了"，说他刚刚不是故意不接我电话，说他没生气……

我看到有路人在看我，便背过身去，躲在角落里抹眼泪。

"我没生气。我当时挂电话，是考虑到你在跟人谈事，我跟你讲电话不合适呢。你现在见什么人，那人跟你曾经有什么关系，都没有关系，我信任你啊，我相信我们会在一起。

"我没有故意不接你电话，刚刚我们有一个追捕的紧急会议，我的手机搁办公室了。

"我真的没生气。若单凭这点事，我就生气，就不听你电话，那我还值得你跟我过一辈子吗？"

我听着电话一个劲地点头，然后想到他又看不到我点头，就"嗯"了两声，又觉得哭了后的声音实在难听，索性就不作声了。

"所以以后，不管是你对我，还是我对你，我们都不要轻易不相信对方。"

"嗯！"我又点头。将心比心，无论什么事情，我都应该相信他。

像是要印证我的决心般，才过两日，我便遇见了另外一人——李涵。

当时我正在上党政课，百无聊赖之时翻到笔记本中有一张纸条，是夏天在市里培训时我以为某司法局的领导传给我的，可是现在我一眼便能看出那刚劲的笔迹是我家小鲁同志的，想当初啊想当初，想当初他就关注我了呢，我却那么笨，总会错意。

我正窝心地思慕着某人时，有短信提示，是一个陌生的号码，看号码不是省城的。我没有犹疑地打开信息后，才发现给我来信息的居然是和我久未见面，甚至没什么交情的李涵，她约我下课后在学校门口见面。

她为什么会知道我的号码，又为什么要找我？

当我看到李涵出现在政法学校的门口时，我心里就直犯堵。我不是下决心，无论如何也要相信鲁巍吗？可是看到李涵，为何我心里还是梗得厉害？心里那股子酸劲，止不住地往心尖上钻。

李涵看见我，老远就冲我招手，我看到一些男学员纷纷扭头去瞅她，她亭亭玉立的模样十分招人。

我走近了才冲她微笑，心里极忐忑。对于她，我除了有些酸醋劲，还有些害怕，总感觉自己不是她的对手。

她笑着将一大袋东西递给我，道："我们局到省里来做年终大会的报告，小鲁哥让我捎些东西给你。"

我在心里咒骂鲁巍，我宁愿不要这些东西，也不要李涵给我捎。我就是小心眼，小心眼得厉害。

但我还是表面上笑得温和，邀她去我房里喝杯茶，然而她竟语出惊人道："我们又不是朋友，而且我还嫉恨着你呢，给你捎东西并不是对你有好感，而是要让鲁巍记住我的好，让他日后在觉得你不好的时候，想起我的好就后悔。"

我呆若木鸡，无法消化她这番直白的话，她终究是比我厉害。这么厉害的一个人，却将鲁巍输给了我，我应该感恩自己得天独厚还是该庆幸鲁巍眼光偏颇？

她说完那些，转身就走，我也不好跟她客气。我想着她不是一般厉害的女人，以后定会找一个条件很不错的男人。如今我抢了她中意的人，她没对我破口大骂已算是客气了。即便我有些话想说也算了，她这也不算是欺负了我。

她一离开，我就拨了电话给鲁巍，拨了两次，都是无人接听，估计他又有什么任务了，于是作罢。我打开李涵捎给我的包裹一看，里面都是一些腊肉之类的吃食。我当下就明白了，这些都不是鲁巍给我捎的，应该是我未来婆婆让李涵捎来的。因为鲁家是瑶族，传统的食物除了十八酿，就属这腊肉了。他们的腊肉是在大山里用烟火熏的，不像我们那样挂着风干或者用炭火烤的。我更喜欢瑶山里面的腊肉，每次去鲁巍家，就盯着他们家的萝卜干炒腊肉吃。我未来的婆婆知道我特别喜欢吃这个菜，每次我去他们家，都会特意给我做这道菜。据鲁巍说，他们家的腊肉平时来客是不吃的，都留着我去才吃。

我当下再拨了鲁巍家里的电话，刚好是我未来婆婆接的电话，一听是我，特别高兴。我说我收到她捎来的东西了，非常喜欢，她开心地在电话那头说了一大堆关心的话，听得我整颗心都暖烘烘的。说着说着，我们的话题终于转到了李涵的身上。我不知道我未来婆婆知不知道李涵跟鲁巍之前曾有过的关系，按鲁巍的说法，她应该是知道的。李涵的话自是不能再信，她都两次刻意让我误解事情真相了，我再信她就是自己找罪受。

我只是觉得奇怪，我未来婆婆跟我妈一样，就是一老好人，再不靠谱，也不会挑李涵给我送东西啊。

"我让小涵那孩子给你送东西，其实也没什么。前些天她还想让我在鲁巍面前说说好话，可我知道，我家那孩子相中了你，我怎么劝都不合适，只好借着这机会让她帮我给你捎些吃的，让她明白我的意思，也好让她不再心存希望。"我未来婆婆在那边叹息着,我想她为这事估计费了不少心思,就不由得对这事释怀了。之后我跟未来婆婆云淡风轻地说了几句,让她注意身体,还说了几句贴心的、知冷暖的话就挂了电话,这才挂,电话又响了起来,小鲁同志来电。

"殷可,怎么了?"

我平时打电话给他,他要是没有接到,再打来时不会问怎么了,现在问"怎么了",是和我有心灵感应,还是他太聪明?

"没什么呢,妈妈捎了很多吃的东西给我。"我第一次叫我未来婆婆为妈妈。当着我未来婆婆,我可能叫不出来,当着他似乎比较容易。

"妈妈?"他在那边顿了一会儿,我想他是知道了我这是在说他的妈妈,然后我听到话筒里面传来他轻微的笑声,我都能想象出他开心的模样来。

我不想跟他提李涵的事情,但我不得不说:"鲁巍,要是以后我吃醋,你哄哄我,我就会开心了。"

"怎么说这个?"他在那边敏感地问。

"我觉得,我以后肯定会经常吃醋啊,经常吃醋的话,多难受啊。"

他又笑,道:"我也会吃醋。"

"你哪儿吃醋了?再说,我哪里有醋可给你吃?"

"你不知道吗?你现在跟那么多男学员一起上课,我都会吃醋啊,很担心有人看上你啊。"

呵呵,我乐呵呵地冲着电话一个劲儿傻笑。

第十八章
面对剩女的煎熬

圣诞节那天我们继续上课,何处跟赵安飞两人晚上又溜出去玩,临走时叫我一同去玩,我不想当电灯泡,硬是窝在宿舍里,用手机看小说。被窝里因为开了电热毯一团暖和,我刚好看到男女主角从亲吻到爱抚,极有可能滚床单的桥段时,突然就铃声大作,原来的阅读界面立刻被切换成来电提示。我被这个来电弄得差点血液逆流,蹿起来的火气又在看清来电姓名后活生生给掐灭了。

"嗯,干吗呢?"不知道是不是因为刚刚看过情节火爆的小说,开口时,我感觉我的声音竟软糯得极其肉麻。

对方显然没料到我的声音突然变成这样,一时之间竟没了声音,我自救般冲着电话一阵大笑,故作夸张地掩饰道:"想我了吧?"

我抚着自己的老脸,上面一片火辣。

"嗯,想你了。"电话那头那人清了清喉咙,滚珠般性感的声音通过电话直接熨烫着我的耳朵。

我拢着被子坐起，道："不能想，不能想。"

"嗯？为什么不能想？"

我垮肩，我是提醒自己不能有不纯洁的思想呢，于是道："想了不能见面，太煎熬了啊。"

"嗯，很煎熬，总是这样，想了不能见面是煎熬，见面了不能亲吻是煎熬，亲吻了……"

"你说啊，继续说下去啊。"我赌他不敢说，他敢说那样的话就不是鲁巍。

沉默良久，他才清清喉咙，声音极不自然地道："那个，我就是有些想你了。天气很冷，注意保暖，圣诞快乐，早点休息。"

"嗯。"我止不住窃笑，他肯定在发窘了。电话一挂，我就止不住笑出声来。手机的画面回到了之前我未看完的书页，我退出电子书程序，拢着被子在床上滚来滚去。想想一年前，我曾因为要跟林湘见面也在床上拱来拱去，现在的心情却更甚于那时，不只心里痒痒的，所有的神经都不安分地纠结着。

电话又响了起来，我接听电话的同时，何处掏了钥匙正好开门，外面赵安飞正跟她依依惜别着。我缩进被窝里接听电话，电话是我妈打来的，除了嘘寒问暖，她迫切地想知道我跟鲁巍最近的联系是否密切，我有没有冷落她十分看好的准女婿。

我盯着手指上的钻戒，满脸堆笑跟老妈做着近况报告。我跟我妈说我可能就要结婚了，戒指都买了。

何处耳尖地捕捉到了我的话，扑过来就压着我裹着被子的身体撕扯着。我得意扬扬地躲开她的嬉闹，捂着电话学课堂上那个什么教授的语气，正色跟她道："法官大人，要庄重，庄重！"

我妈在电话里的语气十分兴奋，不住称赞小鲁同志比小绵羊好，我最好聪明点、老实点，早一点逮着他把证给领了，好男人要抓牢。

我不高兴了,干吗用我的小鲁去跟小绵羊比呢?根本没有可比性!简短说了两句我就挂电话了,何处还对我不依不饶的,一副贱贱地偷笑的模样,说我是不找则矣,一找就闪电般迅速。

她是不知道过程,觉得我突然就沦陷了,要知道我和小鲁都纠缠一年了啊。我跟小鲁同志从见面到暧昧到捅破窗户纸,一年了呢。

这还像闪电?我现在巴不得马上跟他结婚,好日日夜夜跟他在一起。

嘿嘿,我很不要脸啊!

元旦在我眼巴巴的盼望中来临了,可鲁巍三十一号还没放假,我压根就没指望他和我一起跨年。倒是何处跟赵安飞很懂浪漫,买了跨年演唱会的门票,打算好好地玩一玩,还在外面开了房,晚上不回来睡了。我怕冷清,就去教室看电视。电视里都是元旦晚会之类的节目,基本上就是明星们唱唱跳跳,把气氛炒得很热。其实我特别想像何处他们那样去看现场的新年演唱会,何处跟赵安飞也邀我了,但我一方面不想做电灯泡,另一方面觉着上千块钱一张的入场券对我来说着实有些贵。我要不起这个人情,所以借口要等鲁巍同志的电话,推却了他们的盛意,最后只能抱着暖手宝在教室里和几个不怎么熟的学员一起看电视里闹腾的晚会。

电视里预告着哪些大明星都来了省城,我巴巴地看着那一张张特熟悉的脸,想着这要是早个六七年,我肯定坐不住满大街奔走了。那个时候,我多爱那些大明星哪,成天想着要是在大街上碰上那么一个,我一定要和对方合影,还要签名,或许也会像别人一样握个手,然后一星期不洗手。

这么想的时候，我就乐呵呵地笑了起来，每个人都有青涩幼稚的时光啊。在省城，大明星满街都是，不过我早已不复当年那般热情。也许某天遇到一个大明星，我只会远远地驻足观望一阵，然后微微一笑，继续走我的路，过我的生活，仿佛浮躁纷乱的心安定了、成熟了。

不知道这是不是代表我的心境已经苍老了，才这么几年，似乎很多的激情都退去了。现在我一门心思扑在爱情与事业上，不知道多年后会不会如追星般，对它们也失去热情。

想到我会对鲁巍失去热情，我有些难过。我在想人的热情可以持续多久，不仅仅是我对他，还有他对我。我审理过太多的离婚案件，林湘的婚姻还不到一年就维持不下去了，也有年过六旬的老夫妻去法院离婚。两个人在一起相处时要经历很多生活琐碎、风波挫折，当这些东西扯去了两人间的吸引力，淡化了曾经浓烈的爱情，我不知道需要怎样的恒心、信心和依赖才能走完一辈子。

圆满的爱情，我见到的不多，我看到更多的是破裂的婚姻。像我父母，我不认为他们纯粹是因为爱情而结合的。他们初在一起时，仅是因为男想婚，女想嫁，到了合适的年龄，有那么一个人牵了根红线，看了一眼，觉得长相尚可，门户相当，于是就在一起了，于是就这样一辈子了。

可能婚姻要长久，还是需要像我父母那样懂得知足常乐，要求不高，追求不高，日子像溪水一般平缓却经年不断，某天即便枯竭了，也是因为生命的源头枯竭，绝不是因为错改了河道。

也许何处跟赵安飞也可以在一起很久很久，毕竟我看着他们经历了那么多，在一起那么久，还能坚定地选择对方，这份坚定可以帮他们把婚姻维持得很久很久，而鲁巍之于我，或我之于鲁巍呢？

他说他对我的心思绝不比赵安飞对何处的心思少，可是我却忽略了他那么多年。凭我这木瓜脑袋，凭我那马虎的心思，我到底错过了小鲁同志多少的良苦用心啊？

　　电视里某个风头正劲的明星在那里热歌劲舞，台下的歌迷疯狂地挥动着荧光棒，尖声呼喊着偶像的名字。每次镜头转到台下时，我就特别注意地看，看是否可以看到何处跟赵安飞。我很难想象他们看演唱会时是什么模样，他们也会像那些小女生、小男生一样卖力地挥荧光棒吗？会跟着万人一起合唱吗？会吹口哨、尖声呼叫吗？

　　要是鲁巍在我旁边，我一得意起来，肯定会的！

　　一直看到晚上十点，我的手机都没响起，电视里一轮高潮过去后，我才想起来，这手机安静得有些怪异，拿出来看看，有电啊。我拨了个电话查了一下话费，尚未停机呢，难道小鲁同志还在忙着？

　　我直接拨了电话过去，可那边半天没有动静，良久后提示电话无法接通。

　　我有些郁闷了，担心他还在执行任务。他们总是这样，若有什么任务要执行，不忙上两三天不会结束。我担心他明天来不了，而且我觉得我可能要做好心理准备，也许我跟他结婚后，这样的事情会层出不穷，一些重要的约会跟聚会，他可能会经常缺席，若我为这些生气的话，我和他终究会产生矛盾的。

　　我每隔十五到二十分钟重拨一次，可是电话一如之前那般没有信号，拨的次数多了，不由得对电视节目完全失了兴趣，心情也低落了起来，等不及倒数新年，我就独自回宿舍休息去了。

　　回到宿舍，我不免又觉得清冷，匆匆洗漱了，就往开了电热毯的被窝里钻，躺下前还看了一下手机，可上面没有来电，也没有短信，时间已是十二点了。

躺下熄灯后不知道多久，我正睡得有些迷糊，突然就被敲门声惊醒。何处不在，我于黑暗寂静中突然听到敲门声，不免被吓了一跳，一时间缩在被窝里，一动也不敢动。我忘了我刚刚是不是将门给反锁了，我枕边没有棍棒、小刀之类的东西，思索着门边有一个扫把，然后衣柜上有一副羽毛球拍。对了，我还有手机，我可以报警。

敲门声又响起，我又是一阵紧张，脑海里什么想法都有，又觉得自己可能多想了，将手机攥得紧紧的，猜想如果是什么坏人，也不至于先敲门，十有八九不是坏人。

我问："谁啊？"

我攥在手里的手机突然就响了起来，吓得我差点将它扔出去了。惊觉有来电，我低头一看，来电显示是小鲁的名字。我飞快地按了接听键，电话里小鲁同志压低声音道："是我，开门。"

我的心脏在那一刻似乎忘记跳动了般，机械地挂了电话才想起要开灯，然后急切地揭被，慌乱地找拖鞋。穿着单薄睡衣的我，连离开被窝后蓦然袭来的寒意也没让我有所迟疑。我三步并作两步奔至门边，门一开，黑暗的走廊里，小鲁同志穿着又厚又长的风衣立在门前，握在手里的手机屏幕灯光还没熄灭。我瞅着他，他冲我笑笑，道："新年快乐！"

我愣了好一会儿才将门打开，他步进来，将拎在手里的小包往地上一放，一把将我抱在怀里了。一股冷冽的气息扑入我鼻间，我一个哆嗦，身子颤抖起来。

他也察觉到了，放开我，将外套脱了下来，搁椅子上了。我看他穿着青白色的V领毛线衣、白衬衫，系着蓝领带，领带只露一个领结，明明是很大众的模样，我却止不住地吞了吞口水，觉得他这模样真好看。

"你怎么来了?"我太意外了。我一直以为他还在我们家那边,谁知他竟突然出现在我面前。我之前不还在抱怨他吗?可是现在我唾弃我自己。我竟抱怨他,我竟因为他没给我打电话而抱怨他!

他低头看我穿着睡衣杵在那儿没动,道:"不冷啊?"

我一哆嗦,觉得冷,但是我一点也不介意。我冲他痴痴傻傻地笑,他原本正对着我的身子侧了侧,头大约仰起三十度。我看着他的下巴,隐隐泛青,似有胡茬要冒出来。然后他那方方的下巴一紧,我听他长舒一口气,接着转身面对我,眼神幽深地瞅我。我感觉腰上一紧,整个人被他搂了过去,他的唇便劈头盖脸地朝我压了下来。

他初生的胡茬刺在我的面颊上,痒痒痛痛的,让我从混沌中清醒了过来。我下意识地将门上了锁,又觉着自己的行为是不是不妥,可是……可是……

我迟疑地站在门边,"妈妈说"与帅小鲁在我心中激烈对战。法律说未婚同居是不对的,我该知法守法,可法律又说未婚同居是不构成犯罪的,也不用负民事责任。在小鲁同志不是他人丈夫的情形下,我的行为是不受法律追究的。

怎么办,怎么办,怎么办?!同居?拒绝?我将门锁上做什么?这不是在告诉小鲁同志,今晚他可以为所欲为吗?

我捧住脸,面皮一片滚烫,我可真笨啊!

我扭头看小鲁同志,那家伙扯开了领带,已经开始脱毛衣了。

看吧看吧,我的行为纵容了他吧。他那么明显的举止,我就算是白痴也知道接下来会发生什么事了。可是这也太突然了啊,我的心理准备似乎还没做好呢。

我突然想起了他的话来,他说想念不能见面是煎熬,见面不能亲吻是煎熬……

我从热水器里放出一大桶热水来,拎着给鲁巍泡泡脚,给他解解乏。他泡得极舒服的模样,直嚷道:"真该泡泡,天太冷,开车时脚都麻木得快抽筋了。"

听他这样讲时,我心里疼惜,于是更殷勤地给他递毛巾,还自动自发地给他捏捏肩。

将水倒掉时,我感觉我还真像人家的小妻子,伺候他很自觉的样子。

鲁巍没有拖鞋,缩着脚坐在我床上,看我转来转去的,带点心疼的语气道:"别忙活了,别冻着了,快点上床来睡觉吧。"

我闻言一个哆嗦,瞥到小鲁同志扯开了我的被子,长手长脚地往被子里面钻,然后他喟然长叹道:"真暖和……还有你的味道!"

我嗅嗅自己,啥味道?我洗了的啊!

他在那边唤道:"不冷吗?赶紧上来。"

敢情他一点都没觉得不妥吗?我把门锁了是没错,可我只是不想有人突然闯进来,看到我窝藏了一个大男人啊,我的意思是,我的意思是没啥意思啊。

"你……你怎么直接就跑我宿舍来了?你就不怕何处在啊?你就不怕被人看见啊?"深更半夜的,他的胆子咋就这么大呢?

"何处打电话说她晚上不回来,说你会在宿舍等我。不过我进来时,门卫还真不愿意放我进呢。我说我未婚妻等着我陪她跨年,还给他看了我的警官证,他才让我进来。我说我明天请他喝酒,呵呵。"小鲁同志乐呵呵地道,见我期期艾艾的模样,拍了拍床,示意我躺上去。

我就感觉我引狼入室了，我的床那么小，他那庞大的身体占据了近三分之二，我躺上去，不就躺他怀里去了？

我闭闭眼，躺吧，又不是第一次跟他同榻而眠。事已至此，情已至此，即便发生了什么又能如何？

我熄了灯，凛然地掀了被子往床上一躺，这一躺，果真就躺他怀里去了。被窝里的热度让浑身已冷的我好一阵哆嗦，鲁巍感觉到我明显的颤抖，双臂一拢，将我整个人都搂在他怀里，我不由得也在心里喟然长叹：真暖和啊！

良久，我们就这样相拥无语。我知道他清醒着，因为我也全无睡意。黑暗中，我们的呼吸频率一致，温热的气息混着彼此的体味，充斥在我们的鼻息间，良久，我在失落中迷迷糊糊地睡着了。

第二天一睁开眼，天已大亮，我看着小鲁同志沉睡的脸孔，喟然长叹，啊！天亮了！失落！

鲁巍醒来时，我已经洗漱穿戴好了。昨晚他睡得很好，看来昨天他驱车几百公里累坏了，我一时有些心疼他。

他睡眼惺忪的模样很有居家的感觉，我曾问何处，他为什么那么特别呢？

她歪着头问："哪儿特别了？"

我说："气场很特别啊，一靠近就会觉得他的气场与别人不一样，特别的温和，特别的安心，特别让人想接近。"

她白了我一眼，说："我家安飞才这样呢。"

我忍不住靠近正于我床上"冬眠"的小鲁同志，发现他是真的有气场啊，很吸引我啊，距他一臂之遥时感到很温暖、很心安。

我回过神来时，他已坐起，睡眼惺忪地揉着眼。棉被滑落，他仅穿着白色棉背心，露出健硕结实还泛着光泽的胳膊来。他的头发有些蓬乱，遮在眼前，明明看上去有些孩子气，可是冒着青髭的下巴又让他显得男人味十足。

他冲我笑笑，笑得有些无奈，沙哑着声音问："怎么这么早就起来了？"

"新年新气象啊，我妈说一年之计在于春，一日之计在于晨，元旦与大年初一是不准睡懒觉的。"

我看他十分困的模样，凑近了揪他的面颊，道："昨晚没睡好吗？"

"嗯！"他气恼地瞅我，揭了被子打算下床，我突然就笑开了。他迈进洗手间前听见我笑，回头瞅了我一眼。我明知故问："新年第一天就不高兴？"

他闻言倏地转身，三两步逼至我面前，威慑力十足，居高临下地道："再贫嘴，信不信我新年第一件事就是吃掉你，让你记忆终身？"

我吞吞口水，小心哄劝着他，再也不敢捋虎须了，自动自发地说下楼去给他买早餐。

"不用了，等会儿我们出去吃，我知道有一家店的蒸粉特别好吃，待会儿带你去。"

我很喜欢吃蒸粉，喜欢热气腾腾的鸡蛋粉条上撒上翠绿的葱花再滴上些酱油，放上酸菜辣椒酱拌上一拌，再配上一碗海带汤，滋味十足。

鲁巍也喜欢吃这个，却没有我那般爱。新年的第一天能跟他一起去吃自己喜爱的食物，我忽然感觉这一天乃至这一年都会十分的美好幸福。

我们吃了一顿丰富的早餐，十指相扣走在车水马龙的大街上，感受着新年的浓厚气氛。许多的店铺还留有前几天圣诞节的彩灯与圣诞树，也有许许多多的年轻人还戴着圣诞小红帽。虽然今天骤然降温，气温已接近零度，但是满街熙攘的人群让人觉得心里暖和得很。我跟小鲁两人在人潮中肩撞着肩，随手指着附近好看、好玩的地方，说着些不着边际的话，又不断地笑得乐呵呵的。我闹着他给我买了串冰糖葫芦，将红色的糖渣咬得满脸都是。他用指腹将糖渣一一揩去，顺便在我脸上掐了又掐。

我舔舔唇，感觉唇上一片香甜，抬头冲他笑得惬意满足，却瞥见他眸光深沉，在来来往往的人潮中，冲着我的面颊给了我一个非常响亮的吻。顷刻间，哨声四起，一些小青年冲我俩笑得暧昧，我的脸上瞬间热意如潮涌，拉着他匆匆向前走去。

下午我们去了世界之窗，那里照样人挤人，我们见什么玩什么，即便要排长长的队伍等候，也不觉得枯燥无味，似乎这一天已开心过一年。

晚餐我们是跟赵安飞夫妻一起吃的。

我们在最繁华的商业街找了一家最红火的酒楼，找了位置坐下，每个人都点了自己喜欢吃的菜，然后就咋呼开了。

赵安飞说："殷可，我着实没想到鲁巍这家伙的心机居然那样的深沉。我是他哥们儿，可是他居然将我们都瞒得滴水不漏。记得小学毕业那年，他听说我们班上要搞毕业晚会，就死皮赖脸地要跟着去。我当时还想，这家伙都转学了，跟我们班上的同学又不熟，去凑什么热闹呢？却没想到，他还真是抱着目的去的。多坏的一人哪，那么小，就那么有心计。"

我掩着嘴笑，不过当年他再有心机也白费了，因为我根本没察觉到我们班的毕业晚会上有他这么一个人出现。我当时正忙着哭我逝去的金色年华，哭即将分别的同学，哭以后难以得见的赵安飞。现在想起来，我当时咋就不顾及一下自己的形象呢？多难看啊!"

何处又说:"当时我觉得我们班的女生都喜欢赵安飞,说不定殷可当时也喜欢着,那鲁巍多可怜哪,整个一'我本将心向明月,奈何明月照沟渠'。"

说完她就掩唇笑,赵安飞不满地掐她的脸,说:"我哪里是沟渠了?"

我看他们两人正在兴头上,心里却戚戚焉。当时我心里还真只有赵安飞!

心思才一转,我就感觉大腿上多了一只手,轻轻地掐着我。我拧拧眉,端着水故作无事地抿了一口,放下杯子后,手也伸到桌子底下,去拧那只搁在我腿上的"咸猪手"。

上菜时,他才将手伸至桌面上,我侧着头看他的手背,一片红痕,止不住就笑出声来。

何处眼尖地揪着我问怎么回事,小鲁同志瞟了我一眼,说:"蝎子蜇的。"

我又笑,赵安飞揽过他老婆,夸张地说:"还是我老婆温柔啊。"

小鲁闻言也一把揽过我,我错愕地看他,他冲着赵安飞道:"我就爱我老婆这样的,又精明又迷糊,还有些小个性,我从小就爱她这样。"

我一噎,喉间涩涩的,慌忙低下头来,感觉眼睛有些酸涩。

何处还不依不饶,打趣道:"瞧你把殷可这家伙感动的,等会儿就要哭给你看了。"

我白了她一眼,什么话也不说。

赵安飞哈哈大笑,搂着他老婆道:"我也从小就爱她。"

"你们两个,肉麻不肉麻啊?"我跟何处同时斥道,两个男人才松开手,斟酒吃开来。

饭间,何处跟赵安飞说起了昨晚的跨年演唱会,我一脸羡慕和向往,毕竟远离省城的我们能看一次那样盛大的跨年演唱会太难得了。何处说来了哪些明星,我撇着嘴说我都知道,电视有直播,结果何处一本正经地道:"不一样的,看现场跟看电视不一样的!"

于是我就在那儿抓心挠肺地纠结着,最后各种情绪化作一腔哀怨,我便瞪着鲁巍。

鲁巍本来跟赵安飞说得好好的,我瞪了他半晌,他才反应过来,然后挠着头道:"要不,我们去看××大本营?"

我哀怨地转头不语,我想要的人山人海啊,我想要的绚丽焰火啊,我想要的全场大合唱啊!

"你算了吧!你在看电视的时候,人家正在寒风中赶来与你相会,你就知足吧你!"何处见不得我折腾小鲁,替小鲁打抱不平。

我闻言挽住我家小鲁的胳膊,神气十足地冲何处道:"我家的男人,我就爱折腾,你嫉妒的话,就让你家小赵回去再跑来啊!"

于是,我跟何处的又一轮攀比开始,那两个男人不理我们的幼稚行为,谈着什么个税、汽车、足球、国计民生,尽是我们女人不感兴趣的话题。

酒足饭饱后,我们各自双双离去,鲁巍在离政法学校不远的地方找了一家酒店开了间房,死活不准我回去。

我拧他,说:"你怎么这么坏呢?你不是说你不怕煎熬吗?"

他抱怨道:"我受得了啊,你不在身边,我才受不了啊。"

我窃笑,这家伙,越来越肉麻了。

晚上洗洗睡时,他搂着我问:"李涵之前来过的,对吧?"

他突然提起这个话题,我毫无预警就绷起了背。他似是感觉到了我的紧绷，又搂紧了些。

"从知道她来过后，我就一直在担心，直到再见到你，见你没生我的气才放下心来。你总是什么都不说。上次你见了她不说，就生我的闷气，这次见了她又不说，我怕你再生一次我的闷气。"

"你妈为什么会让李涵给我送东西呢？"虽然对于李涵这个人，我已不会偏听偏信她的挑衅言辞，可是对于未来婆婆让她来省城见我的事，虽然未来婆婆已经解释过，但我还是想听鲁巍说。

"李涵之前仍时不时找我的父母，讨好我的父母，希望可以通过他们给我施加一些压力。"

我动了动，想抬头去看他的表情，结果他抱怨道："别乱动。"

我复又安静下来，听他继续说。

"我妈在李涵再次找上门时，听闻李涵说要来省城，便索性让李涵替她捎些吃的给你，你不明白她这是什么意思吗？"

这话我很受用，抵在他胸前的手改成搂抱他的腰。他用下巴摩挲着我的头顶，不满地说："人家对我费尽心思，为什么你老对我一副爱要不要的模样呢？"

"哪有爱要不要了？要的呢。"我躺在他怀里笑着，感觉他的身体瞬间紧绷，便仰头笑问，"你想吗？"

他用下巴磕我的头顶，磕得我生疼，还不满地说："睡觉！"

我却不安分起来，扭捏道："其实也可以的……"

我听他抽气，声音粗哑地道："还是得煎熬，岳母大人教训过，一定得婚后！"

我一阵眩晕，我妈什么时候跟他说过这些？对此，我只能搂紧他，我可怜的男人啊！

搂着他，我静静地听着他怦怦的心跳声，想着自己没好好地对他说过什么甜言蜜语，也没说过"我喜欢你""我爱你"之类好听的话,所以他以为我对他爱要不要的。其实他不知道,我心里很爱他呢,爱到一想到他就一边甜蜜一边心痛。我也不知道这是什么毛病,有的时候满脑子都是他,还会胡思乱想,想着他会不会被其他的女人看上了,会不会有像李涵那样的女人对他那么大胆而热情,但想到他现在属于我的时候,我就满心甜蜜。他不在我面前,我想他;他到我面前,我又分秒计较着他何时离去,真是患得患失。

现在看到他浑身紧绷地将我搂在怀里,我因为他对我的珍视而为他心疼。我一点也不想再折腾他,再折腾我们的爱情。

我抽出他搂着我的一只手,将手指穿过他的五指,十指相交轻轻握着,在墨黑的夜里,在他温暖的气息里,缓缓道:"鲁巍,我念首诗给你听吧!"

他没有作声,但我知道他醒着,在静静地听着。

"我如果爱你——"

他浑身一颤,与我交握的手瞬间一紧。他的反应让我心里突然涌上了一股感动,本来平缓的音调差点就跑偏了:

"我如果爱你——

"绝不像攀援的凌霄花,借你的高枝炫耀自己;

"我如果爱你——

"绝不学痴情的鸟儿,为绿荫重复单调的歌曲;

"也不止像泉源,常年送来清凉的慰藉;

"也不止像险峰,增加你的高度,衬托你的威仪。

"甚至阳光,甚至春雨。"

我上中学的时候,曾在某次诗歌朗诵比赛中用这首诗得过一个小奖,当时指点我的老师说我还不能理解诗里的内涵,朗诵时感情还不够。现在想起来,当时我不懂情爱,没有一番刻骨铭心的感情可以倾注,自然不能很好领会诗的意境。现如今,我已不需要刻意表演情深,我躺在他的怀里,只缓缓地念给他听,效果就已胜当年无数倍。在这寒冷漆黑的冬夜里,我只想借用这首诗来向他表白,来告诉他我羞于启齿的爱意。

"我们分担寒潮、风雷、霹雳,

"我们共享雾霭、流岚、虹霓;

"仿佛永远分离,却又终身相依。

"这才是伟大的爱情,坚贞就在这里。

"爱——

"不仅爱你伟岸的身躯,

"也爱你坚持的位置,足下的土地。"

那一夜,我用一首诗葬送了我的第一夜,小鲁同志狠狠地将我要了个干净,再也不去理会什么"岳母说"。

鲁巍是元月二号回去的,为了将课程赶在大会召开前结束,我们二号便继续上课。

其实这样的课程对于我们来说并不吃力,也不是特别的重要。我上课的时候,大部分时间是在发呆走神,何处看我时而傻笑,时而羞涩,一天要掐上我好几回。我每次凝神听那些司法理念、司法为民、司法绩效的讲课内容,不出三分钟,就不自觉地又走神了。

鲁巍常给我发短信,我便百无聊赖地将他的短信在笔记本上一遍又一遍地抄写着,上面整整一页工整地写着:我们分担寒潮、风雷、霹雳;我们共享雾霭、流岚、虹霓……

课程一直持续到一月二十三日。元旦到二十三号这段时间的天气一直还算好,我跟何处说,今年不会一直这样暖冬下去吧,我想要下雪啊。到了二十三号,省城突然就开始降温了,所有的人都加了衣裳，我十分兴奋地等着气温继续下降，如果能降到零度以下，说不定就会下雪了。

最后两天，我们进行了考试，来省城两个月的培训，在考试后就算全部完成了。想到可以回家了，每个人都很兴奋，我更是显得迫切。

第十九章
最寒冷的温暖

元月二十四日。

这是我们集体返程的前一天，一大早上厕所时，我发现洗手间里的盆里结了薄薄一层冰。我前一天晚上未关洗手间的窗户，洗手间内的盆里又余了一些水，是以水面上结了一层冰。

我兴奋地跟何处说，气温已经降到零度了，要下雪了。

省里的大会是二十五日召开，我们就定在这一天返程。傍晚考试结束以后，大家都回到了宿舍，忙着收拾打包，晚上大家聚在一起吃了一顿丰盛的晚餐后还去了教室，举行了一场告别晚会。

气温一直在降，晚上我们从开了空调的室内出来后，才发觉外面已到了天寒地冻的程度了。天空中飘着细雨，我仰头仔细分辨了好一会儿，才明白那只是雨，不是雪。

我打电话给鲁巍，说我明天要回去了，说可能要下雪了。他在那头很高兴地应着，让我注意保暖，路上不要打瞌睡。

我晚上将手机充满了电，打算第二天的长途回程中用手机听歌。碍于宿舍里的电源插孔不多，何处也要充电，所以我给手机充满了电，尚未给充电宝也充一充就让给了何处。

元月二十五日。

早上一开门,我便被震慑住了,半天说不出话。何处跟在我身后出的门,看到室外的模样时,也半天没有吭声。

昨晚并没有下雪,可是眼前却是一片雪白。

地上并没有多少冰,可是树叶上明显结了冰。细雨仍然在飘,一落树叶上便被冻住。我奔下楼,在院子里摘了一片树叶。树叶硬邦邦的,我细心地掰着,最后被我掰出一片虽薄却完整的冰叶来。

我冲何处扬了扬冰叶,笑道:"看,艺术品!"

南方极少能见到这场景的,我小时候见过铺天盖地的鹅毛大雪,见过挂在屋檐下的冰凌,却没见过树木冰冻成这模样。那树木上的叶片蒙上了冰片后,晶莹剔透的,稀奇得很。

地上有些地方因为结冰已经有些打滑了,赵安飞拧眉道:"我们得赶紧走,如果继续冰冻下去,我们就走不成了。"

车子是我们来时包的那辆大客车,所有人将行李放上车就听得司机一脸顾虑地道:"恐怕不好走了……"

我心头一拧,隐隐也担心了起来,先前那无知的兴奋转眼就被现实中的不便和顾虑所替代。

带队的领导一脸严肃地跟司机交涉道:"还是得走,这不走,我们难不成在这里过年?师傅你看要不要在轮胎上加些链子,我们走慢些,总是要回去的。"

师傅忙叫人去找链子给轮胎装上,好不容易准备好了,我们也悉数上了车,结果车子一发动就打滑,师傅急急踩了刹车,车上的人个个都面露紧张之色。开车的师傅是个老手,显然没把那打滑的一下放在心上,松了手刹,踩了油门,大客车缓缓地开了出去。

车子开到大街上,我用手指将蒙了雾气的车窗玻璃擦出一小块,透过车窗看外面的景物。街上车辆稀少,一改几日前的熙攘喧嚣,行人小心翼翼地行走着,骑自行车、电动车的人们也速度极慢。有化冰车一路撒着些什么,整个城市大有被冰冻起来的感觉。

见到第一辆翻在路边的车子时,我们的大巴车还没有离开城区,车内一片喧哗,猜测着那辆车是何时翻倒在侧的。马路上交警随处可见,像是一种警示,将所有人的注意力都集中到了路面上。

"师傅啊,千万别急啊,安全第一哪!"带队领导一而再再而三地叮嘱着司机,我关掉手机里面的音乐,那些音乐不但无法平复我的心情,反而让我愈加烦躁不安。

过了立交桥,我们就上了高速路。我们上高速路时,高速路还没有关闭,所以大家都在想,或许冰冻只是因为夜间气温低才有的,并不严重,等白天气温升上来,冰就可以化了。到此时,我们一直都是保持着乐观的心态。离家两个月,每个人回家的心都有些迫不及待,所以即便路途变得凶险艰难,也不顾一切,不想后退。

鲁巍打电话给我,说家里下雪了,我说我正在回家的路上,已经上高速了,结果他在电话里沉默了好一会儿才道:"跟司机说下了××段高速后不要走国道了,让他从××公路绕道××省再回来。"

我对他说的那条线路没有什么概念,只是听人说过,走那条路的话,要多出三分之一的路程来,时间要多上两三个小时。

"为什么要绕那么远呢?"

"凤凰山上因为道路结冰,已经有好几辆货车在山道上翻了,估计马上就要封山了。"

凤凰山盘山公路是我们回城必经的一条国道,这段山路颇长。其实今年夏天,政府已经在这座山的下面开挖,准备挖出一条隧道来，但是这个隧道开通起码是两年后的事情，目前我们还是得从山上过。凤凰山并不是特别高，加之地处南方，若不是天气特别特别寒冷，基本上是不会封路的，一旦要封路，出行便变得相当麻烦。我一听，觉得事态严重了，挂了他的电话后，马上跟司机建议绕道回。车上的人一听说凤凰山上发生了好几起车祸，马上就要封山，都咋呼了起来。

而我在心里暗咒道，这雪下得真不是时候。

细雨一直在飘，车子时不时打滑，高速路上的车辆行驶得越来越慢。上高速两个小时后，我们才走完这段高速公路的三分之一，可这不是最坏的情况。当我们看到前面的车子从缓慢地挪动变成停下时，我们的车子也前行不了，被堵在高速公路上了。

这么宽阔的高速公路竟被堵了。

我本以为这种天气，堵车在所难免，还存着一丝乐观的心态，盼着路能早点被疏通，可是等了近一小时，道路非但没有畅通，还越堵越厉害。前面也不知道堵了多长，据说是哪个路段发生了连环车祸，交警已经在进行疏导车流了，只是这路一时半会儿不可能通畅了。

车子熄了火，车内的空调也关了，天气愈来愈冷，我在车里瑟瑟发抖，何处跟赵安飞紧紧挨着，互相取暖，回头见我时不时地抖上两下，何处一定要挤到我身边来，我推说我不想跟赵安飞间接拥抱，把她挡了回去。

外面的冰雨还在飘，不管落在什么地方，无疑都是在增加冰冻的程度。

我特别想念鲁巍，我打电话给他，说高速公路上堵车了，我可能要晚点回去了。他在那边安抚道："从下雪开始，我就一直在等你回来呢，想你要嫁给我了。现在我倒是希望这雪没有下过，我只要你平平安安地回来。"

我挂了电话，赶紧把脸朝向车窗，过了好久才将泪花给压了回去。我把手机紧紧地攥在手里，心里已感觉不到寒冷。

谁都没有料到，这一堵竟堵了一天，这一天，车子没移动分毫。离车子一公里的地方有一个加油站，那里等着上厕所的人已排成了长龙。那些不愿意或者等不及的人，就在公路两旁找个灌木丛方便了。树木上的冰已经结了很厚，一刮风，树枝便噼里啪啦地往下掉，连地面上的草都结成了手指粗的冰棍。我们一路走过去，那些"冰棍"纷纷打在裤腿上，又噼里啪啦地碎上一地。

我们没有热水，没有热的食物，本以为堵不了多久，所以没有预留多少吃的，随着堵车的时间越来越长，车上的人越来越觉得困窘，何时能回到家，谁都不知道也不敢预测了。

我不敢打电话告诉我爸妈，又怕他们担心，想了很久，在夜幕降临时才打电话回去，跟他们说我们堵车了，可能要回去得比较迟。

其实我打不打电话，他们都担心，只是接了我的电话，知道我现在还是安全的，便稍稍放心了。

夜晚终于飘雪了，不久，车外的景物上便都覆盖了一层白雪。我在车窗玻璃上用手指写着：我们分担寒潮、风雷、霹雳……

不知道是谁开始说自己的手机没电了，要借手机打电话，大家才意识到自己的手机电池可能也撑不了太久了。赵安飞转头跟我说："殷可，你把手机关了吧。我们三人的手机轮着用，只保持一部手机是开机状态，以免我们长时间滞留在路上，到时候手机没电了，家人都联系不上。"

我闻言，虽然担心家人和鲁巍找我不方便，却觉得他的话是有道理的，于是又打了个电话给家里，告诉他们如果找不到我的话，就打赵安飞或何处的电话。"

我妈在那边听到我这样说时,突然就显得紧张起来,说:"你们还要堵很久吗?家里停电了,也不知道什么时候会来电。我们的手机也快没电了,怕是也找不到地方充电。座机不知道怎么回事,也不通……"

我听我妈这样讲时,猜想这次的冰雪可能是大范围的,而且家里的情况似乎也不容乐观,于是匆匆挂了电话,继续打给鲁巍。

"堵到现在,一点也没有动吗?"

"没有。"我很委屈地跟他说,"前面堵了很长,后面也堵了很长,我们卡在中间,进退两难,完全不能动弹。听说高速公路是中午才封闭的,现在也不知道究竟堵多长了。"

"现在汽油供应不足,大部分加油站都动用了警察维持秩序,我加不到油,等我加了油,我来接你。"

"你怎么来接啊?路上都堵着呢,你想来也来不了。"我急道。

"可是我不放心!"

"不会有事的,总有办法的,总要疏通的,你别担心。我的手机要关机了,如果找不到我,你就打赵安飞或何处的电话吧。"我又叮嘱他,"不准来接我啊,我也不放心。"

他应了,我这才挂了电话,将手机关机。

夜间司机打开了收音机,交通频道播报着这次大范围冰雪对交通造成了多大的影响。不时有车祸消息播出,然后播到高速公路上堵车的消息,车内的人一听,一下子又纷纷咋呼起来。在一天的时间内,我们所处的这一段高速公路已堵了十几公里。我们所处的位置算是靠前了,不过前面居然有近四公里被堵着。

"这可真是一场灾难!春运开始了,正是交通最繁忙的时候,居然遇上了这种天气。"赵安飞如是说。

堵车不再是因为车祸，而是因为路面结冰。我们从车上下去都要小心翼翼的，平地摔跤屡屡可见，地面上的冰，仅一天就已有寸许厚，加之夜间的大雪，仅数小时，已厚得盖过鞋面。

赵安飞和带队的领导冒着风雪走到了那个加油站，买回来了一些饼干和矿泉水，东西不多，赵安飞说那里的食品基本上被抢购一空了，价格也是平时的两三倍。

到了夜间，我们已经可以肯定，我们被风雪困在高速公路上了。雪不停，冰不化，我们将寸步难行！

元月二十六日。

我在车上裹着毯子睡了一夜，睡得极不好，做梦时恍恍惚惚地梦到自己在家里，可是家里却空无一人，一片冷清。

我醒过来时，天似乎要亮了，外面一片白皑皑，雪仍然在下，细细碎碎地飘扬着，地上的积雪又厚了很多。我们不能洗脸，不能刷牙，连水也不敢多喝，除了水不够喝外，还担心自己要上厕所。

这一天，终于有警察和交警沿路送水送食物了。我接过一杯热气腾腾的开水时，眼泪差点溢出眼眶。我慌忙低下头去，小心啜饮着开水，只当自己眼眶内那湿意是雾气氤氲。

这一天，我家里跟鲁巍分别来过一次电话，知道我还被堵在路上，一片焦虑。

我们在雪地里跺脚，在车上听声音沙沙的广播。有人捡了些树枝落叶来，点了很久火，却只见烟，未见火。白日里雪停了，夜里却又下了起来。

"我从来没像现在一样渴望回到家里。"车上的同事说。

"我就想抱着我老婆，在暖和的被窝里睡上一整天。"有人哈哈大笑起来。

"我的想法比你的更简单，我目前就想吃一碗热乎乎的饭，就想一碗热气腾腾的白米饭，上面有几片白菜叶，就这样简单。"

吃了两天的饼干，我们看到饼干就反胃，可不吃又不行。每个人都在说自己想什么，我想什么呢？我就想看见我爸妈，看见鲁巍。

窗外时而飘雪，时而下冰雹，车上已有好些人感冒了，时不时有人在打喷嚏、咳嗽。我越来越觉得寒冷，已经不再下车，常常把自己蜷缩成一团。何处又给我加了一床毯子，到了夜间，当我抖得不行时，我发现自己也感冒了。

元月二十七日。

广播里说火车、飞机均因冰雪天气而延误，光广州火车站就滞留了十万旅客。京珠高速公路××段已滞留旅客上万人，国家电网因负荷过重，各地都出现拉闸限电，煤油供应严重不足，物价飞涨……

我吃了感冒药，一直都是睡睡醒醒的状态，浑身酸疼，已经开始发烧。

我听到何处的手机响了数回，明白赵安飞的手机已经没有电了，现在是何处的手机开机。

偶尔有警察上车来给大家送食品和水，还有流动的医生、护士为旅客进行诊治。医生给我量了体温，护士小姐替我挂了点滴，我迷迷糊糊的，半睡半醒。何处他们在一旁干着急，隔一小会儿就会来摸摸我的额头。

元月二十八日。

我已经想不起我们被困在路上多少天了，有时觉得我们似乎永远到不了家了，会偷偷地缩在被窝里掉眼泪。

外面士兵挥着铲子在铲冰，车上一些男乘客也下去帮忙，何处说部队出动了几千名官兵进行破冰，还有铲车、化冰车，可是白天才铲过去几十米、几百米、几千米,晚上路面上又结上了冰、铺上了雪。

  我有的时候感觉好了一些,有的时候仍然感觉浑身酸疼、浑浑噩噩。医生说,如果我一直发烧的话,就想办法把我送出去。

  虽然我极想回家,但是这大雪天的,要让那么多人抬着我步行出去抢救,我还是不希望的。车上不止我一个人感冒,那后面堵着的大巴小巴上,指不定多少人都感冒了呢。

  元月二十九日。

  这一天,我们终于有了热饭热菜吃。部队的炊事班来了,推着车子送着热菜热饭。饭菜极简单,就是大米饭和白菜叶,大家便笑话那个想吃白米饭和白菜叶的同事,说这回他是如愿以偿了。

  我也笑,心想,情况会一天一天变好的,我见到父母、见到鲁巍的日子也不会太远的。

  醒着的时候,我常常莫名地想起我第一次见到鲁巍的情形,想到他将车刹停在我面前,笑得牙白眼弯;想到我跟他别扭地步行在烟花绚烂的街头;想到我心神戚戚地跟在他身后玩野战;想到他在九寨沟四处寻我、满头大汗的模样;想到他撑着伞定定地望着我房里灯光的情景……很多时候,我都兀自沉浸在自己的回忆里而不自知,等幡然回神,又想自己怎么突然间爱回忆了,是不是有着不好的预示。

  元月三十日

  何处的手机终于也没有电了,我打开了手机,手机上显示只有两格电,我便十分后悔自己之前还用手机听歌。

  开机后一分钟内,我的手机不断地提示有短消息——

  有殷以的,说她经历千辛万苦到家了,要我注意保暖。

  有我们领导的,说是不是遇见意外了。这条短信是早两天发的,后来他肯定打电话给何处了。我在后面看到他又发了一条信息,说知道我们被困了,要我注意保暖。我一时惭愧得很,我竟然忘记了关心我的领导。

然后还有我父母的,都是问我到哪里了。

还有一些网友的,比如小鸟他们,问我咋消失了这么久。

这些信息我都回复不及,也不敢回复。我的手机电量不多了,此刻我感觉什么都比不上电金贵,现在电都要用在刀刃上的。

短信里没有鲁巍的信息,我猜他这两天有打电话给何处他们,所以知道我们还被堵在原地。

我不知道是因为生病的关系,还是因为这几天吃的东西不够,总感觉十分无力,这么多天,心里时空时满,总想些有的没的,整个人蔫蔫的,偶尔会觉得无聊透顶。

广播里说国家领导人之一到了哪里哪里,去安慰那些滞留的旅客,我听到广播里直接录播了他的喊话,他说:"大家放心,你们都可以回家过年!"

我突然莫名就感动不已。我只能想象当时的场面,几万人滞留在车站,个个忧心忡忡。人人都想回家过年,像我一样想同家人团聚。所有的人觉得绝望时,他的话又让大家看到了回家的曙光,让大家知道政府还在想办法,我们一定会回家,只是路途有些艰难,速度有些迟缓而已。

我看着车外人们热火朝天地铲冰的模样,心里又是一阵感动。每个人都在不遗余力地帮我们想办法呢,我那些坏的、绝望的想法,与他们一对比就显得有些可笑了。

可能是因为摆正了想法,也可能是因为我觉得我不久就可以回家了,我的心情不再急迫,不再阴霾重重,人似乎又有了些活力。我尽量不让自己老缩在车里,也跑下去走走跳跳,运动运动,初时会觉得有些不着地的飘忽感,过一阵子便感觉好上了很多。

有很多的新闻记者来采访,我看到了电视上常出现的一个节目主持人,觉得很是稀奇,忍不住就问:"你们怎么到这儿来的?通车了吗?"

这本是不经大脑冒出来的话,我以为像他们那样的人物,定是不会搭理我们的。

结果那主持人气喘吁吁的,竟还冲我一笑,回我话道:"我们走来的,步行十公里了。"

他们索性停了下来歇歇,问我道:"你们堵在这儿几天了?"

"我们是二十五号堵在这儿的,我都不敢算有几天了。"我闷闷地道,车上有些人见了,纷纷下车围着记者看。我们就随便说了一些被堵的感受,那主持人说:"我们做个采访吧?"

他一说,他旁边的那摄像师就扛着摄像机准备拍,我一捂脸,道:"不行不行,我这模样太丑了。"几天没洗漱,还病了,我自己都不知道我成什么模样了。

他说没事没事,拍了上电视了,可以让家里人知道,报个平安。

可我还是不肯,说:"他们看到我这模样,会担心的。"

可能是我眼里的那一份落寞让他动容了,他不再坚持,转而采访起车上我的同事。

采访结束时,大家被天上的直升机吸引,我也仰头看,但分辨不出那是哪里的直升机,一直在上空盘旋着。那个主持人说:"我们台里的同事在上面拍呢,今年的雪下得太大了,百年难遇,从上面往下拍就可以鸟瞰整个地面的受灾状况了。"

某个同事说:"真希望他能放下梯子把我给接上去,让我飞回家。"

我们又笑,笑过后,又有些落寞,每个人都恨不得插双翅膀飞回家呢。

就在这一天,车子终于开动了。

我们谁都无法形容当时的感觉,就是忽然听见前面有人欢呼了一声,个个引颈张望才发现堵在前面的车子竟缓缓开动了。所有人的举止都有些张狂了,呼啦一声,纷纷跑回自己的车里。司机也迅速地坐上驾驶座,结果打火打了半天,在全车人都开始躁动时,车子终于险险地打着了火,缓缓向前行驶。

我紧了紧身上的毯子、被子,在车子启动那一刻,将脸埋进了被子里,不知道是想哭还是想笑。

我打电话给鲁巍,他的电话竟无法接通;拨回去给我妈,电话仍然无法接通;打座机,里面一片忙音。最后我打殷以的电话,竟奇迹般地通了。她接到我的电话时十分高兴,大声喊着我妈我爸,说我打电话回家了。我听到电话里她高兴的喊声,突然就哽咽了。

我妈可能是抢过了电话,一开口就如同鞭炮炸响般问了一大串,问我好不好,冷不冷,到了哪里,说电信没信号,联通也没信号,移动的信号也不怎么好。家里一直停电,手机都没地方充电,什么电话都用不上,这么多天了,他们快急死了。

我吸吸鼻子道:"今天车子终于动了,我一切都很好呢,车上有很多同事,安全着呢。"

然后我听到殷以在旁边抢话道:"姐,我姐夫去接你了,去了一天了,也不知道到哪儿了。"

我心里一揪就开始着急,道:"你们怎么能让他来接呢?我们都走不动,他怎么可能接得到呢?他平时看上去那么老练的一个人,关键时刻怎么犯糊涂了……"

"他……他说你病了……"听我倒豆子一样说了一串,殷以如是道,还接着说,"他们也要进行抗冰救灾,他一搞完就丢了铲子开了车,跑来跟我们说了一声就去了,我们怎么拦得住?"

挂了电话,我心里一片慌乱,本来怕自己让他们担心,现在心里反而担心起他来了,便不断地在心里骂着他。

何处一听鲁巍开车来接我,不断发出"啧啧啧"的声音,瞅着她家男人道:"看看人家,看看人家,对媳妇多上心哪。"

赵安飞看她,问:"我对你不够好?"

她一乐呵,道:"没人家新婚夫妇好,人家多有激情啊,为了爱,不要命了都。"

我打她,道:"什么不要命呢!"

她忙道:"说错话,说错话,是奋不顾身,不是,是不顾一切。"

我心里乱得很,没心情跟她说笑话,一担心起他,就听不得别人说要命不要命,先前生病时的难受,都不如现在抓心挠肺般难过。

下午似乎要出太阳的模样,路面只有一个车身宽是无冰无雪的,车子不再如先前般走走停停,开始长时间不停了,大家都高兴得很,希望再也不要下雪。

我们路过了那几辆翻在路边的大货车,知道已经过了最初堵车的源头,看着那翻倒而被拖到一边的货车,车身上覆盖了厚厚的积雪,不由一阵感叹,原来有人比我们更惨。我们感觉似乎一切都在往好的方向发展,要出高速路口时,看到了大量的交警和警察立在风雪中,有几个人在向所有的车辆挥手致意。车上有人惊呼说那里面有国家领导人,我擦着窗户,努力张望,却终是没有看清,心里却一阵温暖。

所有的车辆都被疏导了,尽管要绕道,但是只要车子能开动,绕远一点,我们一点都不介意。我们再也不想过那种被堵得寸步难行的日子,太难熬了,没有经历过的人,太难想象那种感觉了。

车子下了高速路，上了国道时，我便与人换了个座位，将我靠右边车窗的座位换成靠左边车窗的，然后贴着玻璃努力地看每一辆慢悠悠的车。较之高速公路，国道上发生的车祸更多，不用走多远，我们便可以看到有车辆翻在路旁，而每每看到有小车翻倒，我都有让司机停车的欲望，我担心路边翻车的是鲁巍。

殷以说他已经走了一天了，我本以为在高速路口可能会看到他，却不料一直未见，于是原本的担心更甚，害怕他出车祸的感觉差一点就让我觉得自己要精神崩溃了。

我是从殷以说的那一刻开始担心他的，而他是从我要回来那一天就开始担心我。我就担心了这么一会儿，便觉得这种担心太让人难受了，可是他担心了这么多天！我在抱怨他的时候，又完全可以理解他的心情。我连一小时都不希望他处在危险中，而这么多天，他该是多么的难受啊！

在国道边上，司机应大家的要求找了一个小餐馆，让大家先吃上一顿热的饱的。在等上菜的时候，我一直守在外面的马路边上。我怕他的车子会路过，我担心他没看到我们的车子，我怕我们会错过，最后何处说："你的病还没好呢，进去吧，这外面多冷啊。"

但是我不肯，执拗地跺着脚捂耳朵。

我注意着每一辆车子的车牌，但凡是从我们那里开来的车，我都极力张望，想看清车内的人，可是一辆又一辆车子驶了过去，有些我根本没看清车内的人，于是我不断希望着、失望着又担心着。

就在我站在雪地里引颈张望时，我的手机响了起来，我连忙掏出手机，飞快地接起电话，可我按下接听键时，手机响了一声，提示电池即将没电。

"殷可。"

是鲁巍，我的心都快跳出来了，不住地点头，激动得差点忘了说话。

"是我,是我,我们出了高速路口,上了国道,现在在吃饭。你在哪里?车牌是多少?我手机快没电了,你怎么出来接我了?"

"你们在哪里吃饭?哪个路段?什么店?"

"就在××路口下了高速,上了国道后在××镇……"

手机没有电了,我愕然地听着关机声都没响完,手机屏幕就一片死寂。我省了那么久的电,最终仍是没有用在刀刃上。

我飞快地奔回去,问谁手机还有电,问店老板有没有电话,好不容易借到了一部手机却愣住了。我不知道我要打哪个号码,刚刚打给我的号码并不是鲁巍的手机号,而是一个陌生的号码,似是公用电话。我接得太快,根本来不及记下那个号码,现在手机已完全无法开机,我根本无从查询那个号码。

我无力地将手机递回去,道了谢,便又去马路边上等。他能给我打电话,说明他还好好的,这下我算是放心了,可是放心之后,想见他的心情变得更加迫切。

车子一辆一辆驶过,我的视线跳过一辆又一辆车,可没有一辆是我所等待的。我蹲了又站,站了又蹲,何处装了饭端至我手上,我扒着饭,视线仍然不肯放过每一辆车。

一碗饭还热得烫嘴,便已被我匆匆扒完。我眺望远方,看清了远处没有车子驶来才转身去送碗筷,可是未走几步,便听到车子刹车时的吱吱声。我一转身,便看到一辆保险杠被撞得凹陷、满是泥泞的越野车刹停在路边。我的心脏蓦然怦怦跳个不止,我一只手拿着空碗一只手拿着双筷子的模样定是极可笑,以至于步下车来的那人见我第一眼就笑得直晃脑袋。

我呆愣着看他步步走近,直至走到我面前。他闭了闭眼,我看见他长长的睫毛微微颤抖着,而后听得他长舒口气,看他双手随意地叉在腰间，低头道："可算是，接到了！"

我手上的那只空碗不知道怎么就掉地上了，还没碎，滚了两圈，沾了些冰雪泥水。我低头看了它一眼，鼻子抽了抽，不打算去捡它，也不肯抬起头来。

我就是忍不住了，困在路上生病时，只敢躲在被子里偷偷掉眼泪，就算灰心失望得觉得可能一辈子都只能待在那个地方时，我也没敢放肆地掉眼泪，现在他走到我的面前，我突然什么话都不想说，所有的情绪都在那一刻化成了汹涌奔腾的眼泪，豆子般噼里啪啦滚落，打在地上的冰雪上。

他将我按进怀里时，我已从无声地哭泣变得有些抽搐了。我紧紧地揪着他胸前的毛衣，感觉他的下巴在我的头顶上不断地磨蹭。当我哭得哽咽且浑然忘我时，我隐隐听到他低声说道："没事了，我来接你了。我们说好了的，下雪了，我就娶你来了。"

元月三十一日。

这一天是农历十二月二十四日，传统的小年。

我们回到新房子里的时候，已到了清晨。新房子装修得非常温暖舒适，我转了又转，四处打量。

我想我永远没办法忘记前一天晚上我坐在鲁巍旁边沿途所见到的情形。我们的车跟着我之前坐的大客车，绕道几百里，在极其泥泞的道路上颠簸，而道路两旁的城市如同死城般一片漆黑。我看到巨大的电塔不堪冰雪重压被折断，看到路旁的树木几乎全部被冰雪压断折弯，看到道路两旁横七竖八地躺着翻倒的大车小车，看到所有的加油站都挂着无油的告示，几个大型加油站的顶棚甚至被冰雪压塌……而这一幕幕都让人惊叹、让人胆战。

这一天，终于来电了。

两个月后，我终于看到了我们的新家，里面被装修得焕然一新、温暖舒适。鲁巍开了空调，进了洗手间，将电热水器打开。我脱下脏脏的外套，坐在沙发上，用取暖器烤着火，又打开电视，看电视里《正在播报》不间断地播放着冰灾的最新情况。鲁巍坐到我旁边来的时候，我包着两汪眼泪扭头看他，他的指腹在我脸上揩了揩，我便说："我这辈子，从来没有像现在这般感觉温暖与幸福。"

我好好洗了个热水澡出来时，鲁巍恰好给我家里报完平安，刚好挂了电话，我问："电话通了？"

"通了。"他冲我笑，"一切都好了。"

我躺在被窝里看电视，鲁巍进去洗澡，电视里持续不断地播着各种各样的冰灾新闻——加油站塌了多少个，树木损失已达多少，电塔倒塌了多少，抢修的电力工人英勇牺牲了几位，目前仍滞留旅客多少⋯⋯各项数据都十分惊人。其中还有一些让人暖心的新闻，比如某段高速公路堵车时，有好心人自购了大量的食物送去分发给旅客，有好心人将一整车的旅客全部请去自己家中食宿，有独臂乞丐买了三千碗泡面送去火车站给滞留的旅客，有私家车的车主在车上挂了绿丝带，搭载风雪中的候车人⋯⋯

鲁巍出来时，我问他："你车上挂了绿丝带，是为了做好事吗？"

他应道："嗯，沿途搭了一对夫妇、两个老人，还有几个学生。"

他也钻进被窝里，自然而然地，我搂住他的脖子贴上他，说："车子的保险杠撞坏了。"

"只是撞到路边的树上，我踩刹车了，但一时刹不住，轮胎还陷进坑里了，幸好没翻车。"

"你怎么找到我的呢？而且是从我们之前经过的路上寻来的。"我打了个哈欠，在他怀里犯困。

"我赶到高速路口时,高速路上的车已被疏导得差不多了。然后我就在那里找到电话拨给你的,幸好你们走得不远,幸好你们还停下来吃饭……"

他还在说着幸好如何,在沉入睡梦中以前,我隐隐约约地听到他说:"幸好,终于遇见了你……"

番外 鲁巍说

1

我真的着急了,因为我没有放下她。

我想我可能做错了,本来是一时感叹,却选错了时间,我不应该挑那个时候跟她提出那样的要求,她不适合太过快速的表白,但那时两人之间的脉脉温情,但那时漫天浪漫的烟花,但那时她莹亮的眼眸,让我觉得那样的冬天其实是适合表白的,可最终时机仍未成熟,我所抓的时机一错便错错错。

我只能说,我还不怎么了解她。

烟花在天空中炸开的那一瞬间,我甚至以为她动容了。尽管她一言不发,可是我以为我很有希望在那一晚正式进驻她心里的。或许排在我前面的人在她心底造成的影响还是比较深重的,但是我那时固执地认为,我看上去是那么的不错,她不应该对我毫无留意,也不会一点都不喜欢。在她手心留下我的联络方式时,我都无法形容我是用怎样一颗渴慕的心去书写的。我自以为一切将会水到渠成,我自以为明天或者后天便能听到她应允的回应,我自以为多年的观望终于可以变成接近了,可是……

没有,什么也没有。

第二天,我看到她趁我不在时给我送来的外套,心里便开始失落了。我想,也许她会再给我一个电话,告诉我衣服给我送回来了。我只要她给我一个电话,然后一切都不用她再主动,可是我一直都没有等到。

过了这么久,我才明白,原来她对我竟是那么的无所谓……我却那么在乎……

躺在病床上,看她抱着花,用晶亮的眼睛从张叔的身后审视我时,我忍不住笑了。我一眼便认出她来了,曾经那个在烈日下卖冰棍的小女孩如今已然变得温润。张叔说把她介绍给我,我非常爽快地应承了,弄得张叔愣了半晌。没错,给我介绍女朋友的叔伯非常多,可我从没应承过任何人。

围着我转的女孩子也很多,我想我应该是招人喜欢的,可是她却总是逃避我。如果她能对我多一些在乎,她会知道,其实我会因为她而挫败、伤心。

我真的不了解她,也错估了自己的能力。我只知道我错了,我表白得太快了。是谁说的,谁最先说爱,谁就注定落败!

她有什么错呢?她只是不喜欢我罢了……

没关系,她不喜欢我也没关系,我会遇见另外一个人的!

只是下次,我不会只在别人的手心留我的电话号码了。

2

"我没想伤害你,我只是没有喜欢上你。"我跟李涵说的时候,她的眼泪大颗大颗地滴了下来。

我从没看过一个女人在我面前哭成这样,我有罪恶感,可是我的这份罪恶感远没有我在桂花树下的心灰意冷让我疼痛。

那天我驱车送殷可上医院,在车上骗她说我有女朋友便离开,回到聚餐的餐厅，在朋友的引见下，与李涵往男女朋友的方向发展着。我想，没有殷可，我还可以遇见一个，李涵可能就是那另一个。

短短一个月，在我还未曾对李涵重视时，她便已渗进除了我心里以外的任何角落，我诧异她是何时跟我的父母见的面，何时跟我的同事熟得可以谈笑风生。

她为我做的一切，我不是完全看不到，可是这一切都在我在野战俱乐部看到殷可时被击得灰飞烟灭。

许哥说，殷可跟李涵根本是两个世界的人，但若论条件，李涵比殷可要好上太多。

可是我不愿意拿人跟殷可比，每个人心里总有那么一个人是无可比拟的。

我挑明了跟许哥说，我想要殷可。

许哥说，就一个月，我若不能让她接受我，他便不再客气。

对于李涵，我不想伤害她，我只是没能喜欢上她！

3

我一路驱车，在雨夜停驻在她的门外。我只是想看看她，就算没看见，能接近她也行。透过重重雨幕，从锈迹斑斑的铁门外看着里面透出的灯光，我就觉着浑身都充满了温暖。一个月，我自信满满地以为我可以用一个月的时间让她接近我，继而接受我，可是我又错了。事情总是不轻易让人如愿，她一经触碰又缩回了她的蜗居。

我不知道我可以在这里站多久，半小时，一小时，一夜？我知道雨水已经打湿了我的衣袖、裤管，雷声远远近近地响了不知道多少遍，但那从窗里透出来的橘色灯光一直未灭，它不灭，我便不想离开。我不知道雷电交加、狂风骤雨的夜晚,她会不会害怕。我忆起她曾背着硕大的冰棍箱那么坚强地走街串巷,她也曾苦着脸、猫着腰跟我在枪林弹雨中冲锋,还会在藏族大众前跳很难看的舞,偶尔表现出小勇敢的她,会因为一个人而孤单害怕吗?

夜愈深,我便愈绝望。这是最后一天,我下乡的最后一天,我要她给我的一个月期限的最后一天。中秋之夜,我杵在雷鸣雨幕中,绝望得无法自处。

可是当所有的感观都麻木时,我心里某处却像有着某种感应般,有一小簇火苗"呲呲"烧了起来。我蓦然回头,天空乍亮,而我倾心的人离我几步之遥,立在闪电照亮的地方。

我看到我的爱情掉头步步向我走近……

小鲁日记之谁也不知道我喜欢她 番外

  结婚后,小鲁跟我将我们以前的一些书籍与信件搬到了新房。在某个春暖花开、小鲁外出的下午,我整理这些物件时,像发现宝一样,发现了小鲁同学的小学日记。

  那是一个绿色胶皮的小本子,陈旧而不起眼。我小的时候也用过这样的本子,却早已不知道它遗失在何处,而小鲁同学的还保存得完好,但是从紧密相贴的纸页来看,这个小本子被压在各种书籍下,已多年未被人翻阅。我翻开它时,上面记载着的年代一下就让我停下手上所有的动作。我一页一页地翻着日记,看上面或用蓝色圆珠笔,或用蓝黑墨水写下的幼稚字体,倍觉可爱。我索性泡了杯茶,坐在我家铺着绒毯的阳台上,在暖和的阳光下,含笑阅读着小鲁的童年往事。

  1997 年 12 月 30 日 雪

  今天好冷好冷,妈妈给我穿了大棉 ao(袄),还穿了棉裤,还把我的怀炉烧得热热的。中午外面下起了鹅毛大雪,回家吃饭时，我在路过百方（纺）公司时，一不小心踩到很滑的石头，狠狠地 shuai（摔）了一跤。一个姐姐走在我的后面，将我扶了起来，还给我拍了 xi（膝）盖。我的怀炉掉到水沟里去了，小姐姐跳到水沟里去捡，捡到后非（费）了很大的力气才爬上来，我说："谢谢你！"她说："不用谢！"

下午，我看到她进了三年级二班的教室，她真是一个学习雷蜂（锋）好榜样的人。

……

1998年4月10日　晴

今天没有什么新鲜的事情发生，天气很好，傍晚我经过三年级二班时，看到她跟柳弦她们跳象（橡）皮筋，她很笨，老当树牵象（橡）皮筋。李明说我们去捣乱，我就去捣乱了，在她们的皮筋上踩来踩去，她气死了，jue（噘）着嘴巴骂我们，哈哈，我很开心。

……

1998年6月1日　晴

今天可开心了，早上我们去电影院看文艺表演，我们二年级二班跳《乡间的小路》。这个舞我练了很久很久，老师说我跳得最好，所以把我放在最中间。我们跳得可认真了，最后我还有一个亮相的动作，之后老师让我留在台上，装作舍不得走的样子，直到被其他人拉下去。在张小山他们拉我的时候，我看到台下她看着我，捂着嘴偷偷地笑。虽然我们班的表演只得到了第三名，可是我还是很开心。

……

1998年6月20日　阴

今天我很难过，她肯定很讨厌我。我不是故意要捣乱的，都怪张小山，他用力推我，我才撞到她身上的，还不小心让她亲到我的脸了。周围的人个个都笑我们，她气得脸都红了，后来被张小山他们说得哭了起来。她以为我是故意的，不高兴地瞪了我很久，一句话也不跟我说。我最讨厌张小山了！

……

1998年7月2日　晴

今天我和小伙伴们在外面玩得很痛快，满头大汗。我向我爸爸要了两块钱买冰棍时，看到她跟一个小姐姐背着一个很大的冰棍箱在卖冰棍。我跟着她们走了很久，可我不敢向她买冰棍。后来我向另外一个小姐姐买了一根冰棍，可是心里又很难过。

……

1998年9月1日　下雨

今天开学了，我一大早就跑到学校去报名。我读三年级了，换班主任了，新的班主任是原来三年级二班的班主任。我特别高兴，因为我过年时许的yuan（愿）望终于实现了！报完名，我还跑到四年级二班去耍了一下。赵安飞爸爸和我爸爸认识，我就去找他玩了一下，但是没有看到她。

……

1998年9月8日　阴

今天老师跟我说，选我当升旗手，同学们都很现木（羡慕）我。赵安飞也是升旗手，我们下午都要去训练，但是我一点也不觉得辛苦。我很想快点到星期一,到时候她就可以看到我升旗的样子了。
……

1999年2月10日　下雨
妈妈说我们搬了家,要把我转到另一个学校去读书。我很不开心,我舍不得我的老师和同学,我舍不得我的小伙伴们,还有我的小课桌、小椅子。到新学校,都是不认识的人,我会很孤单,我再也看不到她了。要是别人在她跳橡皮筋时捣乱,我就不能帮助她了。
……

2000年6月1日　晴
今天天气很炎热,我参加了全市文艺会演,我是报幕员。在后台,我看到我原来的同学们,他们很开心,我也很开心。我还看到了赵安飞,但是他告诉我,他是表演全校的集体舞,他们班上的节目没有选上,所以他的同学不能来这里表演。我很失望,我很久没有看到她了,谁都不知道我很想看到她。
……

2001年6月28日　晴
今天我回来得很晚,因为我去了原来的学校。赵安飞毕业了,我就跟我毕业了一样难过。我去他们班上,我看到了她,但她好像不认得我了。她和她同学哭得很伤心,看到她,我很高兴,又很伤心。
……

一直看到光线渐渐地暗了下来,我才恍然发觉时间已经不早了,小鲁同志在这个时候回家了,换了鞋进来后,看到我坐在阳台上,直接走了过来,问:"什么事这么好笑?"

我直起身子,双腿已经麻木,跛着脚笑道:"饿了吧?我去煮饭。"

他将看似疲累的身子挂在我身上,赖皮般地不准我离开,抱着我温存了好一会儿才放开我。我在厨房煮好饭出来时,看到他坐在我原先坐的地方,垂着头,全神贯注地看着那个绿皮小本。外面的天色越发暗沉,各家亮起了灯火,我将房间里的灯全部打开,替他泡了一杯绿茶,放在他的旁边,但他对此全然未觉。

我浅浅一笑,转身回到厨房,围上围裙,开始为他做他最爱吃的青椒酿……

番外
柯家有女初长成

我是柯家的老三,两个哥哥都已成家立业,而我的打算是先立业,再成家。

我爸爸是个老厨师,曾一心想要两个哥哥承其衣钵,习得他的那门手艺,可是大哥学了金融,二哥跑去做了记者,两个坏哥哥都不顾及我爸的心情,天南海北各据一方。我爸爸一辈子经营下来的那间小餐馆,最终靠我顶了起来。

我家的小店所处地段偏僻,父亲的手艺虽不错,却因为经营不善,店里的生意一直都不红火。我从学校毕业时,我爸十分高兴,匆匆地将小店全盘托给了我,隔日就去办理了工商营业执照的变更手续,连酒家的名字都改成了我的名字——婵日酒家,似乎生怕我又撂担子。

我肯定不会像我哥那样的,担子接了,我便会一直担着,即便每天累得不成人形,也没想过将我老爹的心血扔到一旁不管不顾。

而事实上,餐馆的生意,较之以往,仍没啥起色,虽然我想尽了办法，竭尽全力地对服务及菜色进行了改善，但是客人总是那些识味的老客人。

生意上没有太大的起色就已经让我的心情不佳了，遇上了老找碴的人，就让人心情更加郁闷了。

我也不知道我是怎么惹上了那么一个主儿的，他一个礼拜要来我这里吃上两到三次饭，或者是别人宴请他，或者是他主动请客人来，按理说，这样的常客，我应当热情接待，生怕得罪了，可是在他连续几次将我叫去发难后，我恍然明白过来，他不是来照顾我生意的，他纯粹就是来找碴的。

上菜的小赵来叫我，说他又点我名时，我正将电瓶车上新购买回来的小葱、大蒜解下往厨房里送，一听又被点名召见时，我恼怒地把那些葱叶往案板上一扔，掩不了愤怒情绪，跛着脚就往他所在的包厢冲去。

包厢内满室言笑，但在我敲门而入后，喧嚣戛然而止，他安然地坐在上席，敛起刚刚与他相邻而坐的女人的言笑，板着一张脸瞅我。

"许老板今天又吃得不开心了？"面对这尊食神，我认为我能压抑住脾气问他这话已经难得了。

"当然不开心了！"他将筷子一搁，抱胸靠上椅背，缓缓道，"柯老板，我是常客了，你知道若是常客，定是冲着你店里某道菜的某种味道来的，我这也不是第一次把你从后面叫出来了，你是成心这样对待我呢，还是你时常发挥不稳定？"

我瞅了眼摆在桌子最中间的鱼，那鱼还热气腾腾的，满满的一大碗，没怎么动。

我的招牌菜就是煮河鱼，我曾打算用这一道菜让我家的店子红火兴旺起来，所以确实有不少人是冲着我这道菜而来的，而许承基，就是专盯这道菜的人。

今天是张师傅全盘负责煮食的，事实上，张师傅煮鱼的手艺非常不错，味觉不是太挑剔的人，根本分别不出是他煮的鱼还是我煮的鱼，可是天底下就是有这样一个人，挑剔得让人觉得他生来就是与你作对的。

我吞下满腹的不满，将擦破皮的手在围裙上揩了揩，伸出去端走那盘鱼时，不止一人看到了我混着血污的手背。

要不是因为电瓶车撞上了随意转向的小车而摔倒，我也不会赶回来煮这道菜。我跌倒爬起来时，老张就打了电话说这个主儿来了，要我赶紧回去煮鱼，可是那小车的主人愣说我的电瓶车撞坏了他的车尾灯，要我赔钱，我哪里还顾得上给这尊大神煮鱼。

我洗了手，重新煮了一道河鱼，让小赵送了上去。

我将被压坏了的瓜果挑拣出来，一抬头，就见到许大神信步走进了我的厨房。

他蹲在我面前，看那些被压得稀烂的番茄。我莫名其妙地瞅他，他伸手拉过我掏着烂瓜果的手，举至眼前。

"怎么伤了？"

我顺着他的视线瞅我被他执起的手，破损的地方早先已清洗干净，所以现在那上面沾染的应当是番茄汁。

"出了场小车祸，没啥事。"我将手抽出，感觉他要是不找我碴儿，我心里怪怪的。

"脚也伤了？"

"膝盖擦破了。"还是怪，他的轻声细语里含了什么样的阴谋诡计？

"叫对方带你去医院检查了没？"

检查？我一脸呆滞地瞅着他，我赔了那小车司机两百块，那司机才放我走的,难道我还可以让人家带我去医院检查?

他拧着眉问:"当时是什么样的情况?"

我将过程简略地说了一遍,说到我给了那司机两百块,许大神倏地就站了起来,道:"他没赔偿你,你还倒赔了两百块?"

我点头,在我看来,那辆小车看上去挺贵的。

"遇到这种事情,你不会打电话报警吗?是非曲直,由交警进行认定啊。"

"可是,交警不会罚我钱吗?上次小赵说他骑车没戴头盔就被罚了两百块。"我就没戴头盔。

"你没戴头盔?"他怀疑地睨我。

我已经不好意思点头了,舔舔唇、咂咂嘴,突然又觉得,我咋会怕他呢?

他闭了闭眼,道:"你还是只适合待在厨房里。"

"你记住那车子的车牌号了吗?"

我飞快地点头,记得,当然记得,很容易记的车牌号,我就是看车牌号也很牛气,所以更不敢惹那个司机。

我报了车牌号,许大神听了后面色未变,却掏出手机拨了一个电话。电话通了后,他当着我的面冲电话道:"小子,你撞我女朋友,还收我女朋友两百块钱了?"

我一噎,面上就是一热,即使知道他只是把我当幌子,仍免不了害羞。

"卖菜的大婶?"说这话的时候,许承基将我上上下下地扫了一番,又道,"我女朋友是大厨,煮菜很好吃。"

我面上又是一热,他这称赞是真是假?

我听他"嗯"了几声,就挂电话了。

"你的手机号码呢?"他问我。

我愣住了,不明所以。

"改天把钱送回来给你,方便联系。"

我一笑,飞快地报上了我的电话号码。

从此之后,许大神十分勤快,电话一个接一个打过来,内容不是关乎赔款,而是各种各样的生活琐事,比如什么菜好吃,比如我的小店应该要怎样改善经营,比如一些让我似懂非懂的经营理念。

他说的这些建议,我觉得应该都是挺好的建议,会慢慢地去接受,也会按他的建议去改善我的酒家。

我跟他的话题越来越多,常常会不知不觉地聊到深夜,甚至他的一个建议如果让我觉得十分的受用,我会半夜爬起来找出笔与纸,把他的话记下来。

他每天按时给我来电话,我会在他打电话来以前把所有的事情都做完,我觉得自己越来越期待听到他的声音。

我拿到那司机退回给我的赔偿款,是两个礼拜以后。

"怎么是五百块?"我数完钞票后,目瞪口呆地看着许大神。

"你受伤了啊,还有蔬菜烂掉了一部分,我就让他出了三百块。"许承基不以为意,我却觉得他太能干了。人家的车子没要我赔,还赔我的蔬菜钱,我的伤擦点药,花去的医药费才几块钱呢,他没凭没证地却给我要来了三百块。

他不会是讹诈对方了吧?到了这个时候,我似乎才发现,我对他的背景十分不了解。

不管怎样,他能帮我要回赔偿,还让对方赔偿了我就是一件挺让我开心的事情。我将钱往口袋里一揣,讨好地冲他笑道:"许老板你等着啊,我给你煮鱼去,我请你。"

他唤住我,道:"能上我家给我煮吗?我负责备齐材料,你只管煮。"

我一愣,觉得他的提议不仅冒昧,而且似乎别有用心。

在老赵的提点下,他的别有用心很快就被揭晓了。

老赵就是在我答应去他家为他煮鱼的下午告诉我他听来的消息的,说姓许的竟是风华食府的大股东。

风华食府是什么?是全市首屈一指的食府。

煮河鱼又是什么?是风华的招牌菜之一。

那许承基要我去他家煮这道菜意味着什么?

我泄气了,垮着肩坐于案几前。这个社会让我觉得太过复杂,人心的算计让我对人性突然灰心失望起来。

我飞快地给鱼打鳞,去内脏。葱姜蒜、料酒大料都是许承基按我事先的要求购买好的,为了这一道菜,他准备得十分尽心,甚至脱了外套,挽起了衬衣袖子,亲自洗菜择菜,替我打下手。

若非我心有戚戚焉,现下我们一起洗手做羹汤的情形算得上是温馨的,也一直是我所梦想的。我想找的那个人,不会因为我是厨师,而心安理得地由我一个人包办厨房事宜。

可惜,很可惜。

他家里的厨房看得出极少用,但是炊具却很齐全,刀刃很是锋利。与他同住的是他的爷爷,看上去很严肃的一个老人,看我在厨房忙活,他爷爷一度以为我是他请来的钟点工。

前期准备妥当时,我转向许承基,一本正经地跟他道:"你看清楚了,我只做一次。"

他闻言,原先轻松的笑意敛去了,似乎才发现我的谨慎心情,于是毫不掩饰地面露疑问。不过我容不得他继续跟我装,不再理会他的表情,打火倒油,十分专注地去煮我的菜。我用高度米酒去腥,汤被煮得如牛奶般白时下佐料,佐料一下,满屋飘香。而许承基双臂抱胸，立在一旁，从头看至尾。

鱼还未出锅时，厨房里多了一人，许承基爷爷一语不发地背着双手，侧立于另一边，等着我的鱼出锅。

我将鱼装盘，一切完毕，转身问许承基："看清楚了吗？跟你的大厨做的有区别吗？"

他闻言飞快地侧头睨我，那眼神里蕴藏着什么，我不想去探究，只匆匆脱去袖套跟围裙，离开时，瞧见他仍是以那种目光瞅着我，他的爷爷正举着筷子去夹碗中的鱼肉。

我就这样离去，从他家出来时，心情似乎随着电梯的下降而低落起来。我对他有好感，尽管一开始我讨厌过他，可是那份讨厌中还存有一份对他识味的赞赏，而且那份讨厌轻易被他的出手相助给消除了，而在之后的电话交谈中，我对他的好感一点点地积攒了起来，可是我现在是真讨厌他了，我讨厌他了！

那以后一段时间内，许承基都没有再出现在我的酒家，也不再有人上门找碴，就连前段时间频繁的电话问候也没了。

"目的达到了，自然就不来了。"老赵这样说，他一直对我毫无保留地煮鱼给许承基看十分有意见。

老赵说我怎么就那么笨，我也觉得我挺笨的啊，人家花五百块钱，就买了一道菜的独门做法。

最开始，我只是想让他知道，我无所谓，他知道我的做法也无所谓，我只想让自己的坦诚大度与他的心机深沉做个比较，让他知道这世上还有一种东西叫不计得失，让他对他自己的行为有一些惭愧。

可是现在我也迷糊了，知道我行为的人都在指责我、笑话我，我突然失去了正确的价值观，我不明白我的行为为什么在他们眼里是那么的幼稚与可笑，我也一直在琢磨着，在他眼里，我是不是真的那般的可笑与弱智。

所以,当手机屏幕上再次闪烁他的名字的时候,我不但犹豫,还胆怯了。

在铃声接近尾声时,我还是接电话了,可手机举至耳边,半天无语。

而那一方,也静默无声。

好半晌,他才道:"能来我家一趟吗?"

"我说过只煮一次。"我垂下眼帘,明明心里纠结得厉害,却不明白我为什么还没有很豪气地挂掉他的电话。

"不是要你煮鱼,是我爷爷想见你。"他如此说的时候,我心里越发郁结。

我再次进到他家时,他一副居家的模样,他爷爷不如上次般严肃,穿着围裙,正在厨房里忙碌,知道我来了,特意从厨房里钻出来招呼我。

我实在莫名其妙,许承基爷爷为什么想要见我?若非为这份莫名其妙,我想我不会轻易答应许承基再度跨进他的家门。

许承基压着我的肩膀,让我坐在餐桌旁。他布好碗筷,许爷爷便将装好盘的煮河鱼端至我面前。

我看着那一份外观与我做的毫无差别的煮河鱼,呆愣了半晌,我不明白许承基为什么会让一个老人去学我的手艺。

"不是学你的,风华是我爷爷开创的,风华的煮河鱼是我爷爷的拿手菜,一直到今天,这道菜都是风华的招牌菜。"许承基给我递了筷子,示意我品尝。

"可是廉颇老矣,我终有一天拿不动锅铲,当不了伙夫。而且那种味道并不是人人都学得来的,能得这道菜的精髓的人,不但要天分、要努力,还要机缘。"许爷爷附和着许承基,向我解释着。

我细细地尝着眼前的鱼肉,听着许爷爷的说辞,没有任何异议。学做这道菜确实要机缘,说过这句话的还有我老爹。

他教过很多人,学成之人却寥寥无几。事实上,直到现在,我也弄不明白为什么我一学即会,我也不明白我为什么就会煮出那种味儿来。老爹说这是机缘,这便是机缘,因此,我当着许承基的面煮了这道菜,且并不介意他是否学到了精髓。

可是我现在吃着味道和我所做的一模一样的煮河鱼,心里的疑问越来越多。

我将我的疑问写在脸上,直接睨向许承基。

他一笑,道:"像我那样挑剔在乎味道的人并不多,去风华吃饭的人,吃的并不是菜的味道,更多的是追求一种氛围。追求顶级味觉的人,也不会如我般对一家酒店要求那般苛刻。"

我搁下筷子道:"那你总找我碴儿是为什么?"

"因为我不再下厨。"许爷爷接话,"我学艺时,我师父就有规矩,一旦歇业,便不再下厨。"

我能理解,我老爹就是如此,店一交给我,他便不再进厨房。

"我孙子说找到了我做的煮河鱼的味道,我以为他是找到了你父亲,所以不以为奇。"

我父亲?

"老柯是我同门师弟。"他如此说时,我才恍然大悟,只是我不能理解,我还是不能理解。如果不是为了套取我这道菜的做法,许承基为什么要接近我?

"我已经五年没有再煮过菜,承基以前多次要求,我都未再下厨,今天特意为你才下厨,你知道为什么吗?"许爷爷拍拍我的手背,笑得一脸的乐呵。

而我一头雾水,我确实不知道。

许承基抢白道:"因为我跟我爷爷说,我得想办法消除你对我的误会,否则我的女朋友就又没了。"

番外 —— 十年后的我们

这一年,我的孩子已经八岁了,跟个人精似的,特别油嘴滑舌,也很懂得看人眼色。这会儿,他小心翼翼地帮我倒了杯热茶,又跑到我的身后给我捏肩膀,还时不时偷偷地望向紧闭的房门。

时针指向晚上十点的时候,门锁响了,随后门被推开了,一身风霜随着那个人一道挤入了门内,魁梧的鲁队长在一声不吭地消失了半个月后,终于回来了。

"咦,鲁瓜瓜你还不去睡?"鲁队长一边换鞋一边拧着眉头瞪孩子。

"我妈说你要回来了,我就等着看你一眼。再不看你一眼,我就快忘记我爸长啥样了。"

鲁队长被儿子一噎,这才将视线转向我。我将手中的茶杯往桌上一顿,发出重重的声响来,身后猴精的鲁瓜瓜一惊,缩着脖子,悄无声息地跑回了他自己的房间。

等鲁瓜瓜的房门一合上,鲁队长便换脸似的一扫刚刚的风霜满面,而是带了些谄媚地靠了过来,紧挨着我坐在了沙发上,然后将头埋进了我的颈窝。我感觉他在我的颈间深深地吸了一气,然后发出一声喟叹。

他又用这一招!每一次久出才归时,见我隐隐有发飙的迹象,他都用这一招。

"我蹲在垃圾桶旁边整整两天,感觉自己的嗅觉大概以后就要失灵了。那时候我就特别特别想你,特别担心自己以后都不能闻一闻你身上的气味了,心中就特别慌。现在能这样闻一闻你,我的安全感才回来了。"

我拧眉侧头看他,满脸的嫌弃。奔四的老男人,胡茬密布,满眼的红血丝,嘴唇还干裂结了痂,幸亏身上没有垃圾桶的酸臭味,不然我肯定……

"我在局里洗了个澡、换了身衣服才回来的,你这是在嫌弃我吗?"鲁队长有些不忿,却又不敢发作。

"你堂堂政委,还需要亲自躲在垃圾桶边上蹲守?"

鲁队长点头,又将有点刺人的脑袋埋在我颈窝边,用沙哑带些疲倦的声音道:"不亲自盯着,我怕那家伙又从我们眼皮底下跑了。"

我伸手摸了摸他的脑袋,他发质硬,头发特别地扎手。

"你这发型可真难看。"我仍然嫌弃。

他打了个哈欠,长长的睫毛上挂着点儿被逼出来的泪花:"他们都说我之前那形象太帅、太惹眼,不适宜就近监视,我就去了家小理发店,让他们怎么土怎么来弄,没事,过一个月就长好了,你别嫌弃我。"他的声音渐渐变小了,眼睛也半眯了起来。

我本想发作一番,可是看他这模样,又于心不忍,但仍是不甘心,于是絮絮叨叨地指责着他工作太过拼命,这一说,满腹的委屈与愤怒就一股脑儿倾泻出来,止都止不住。他起先"嗯嗯"

地应着,可是我说得正起劲时,侧头一看,发现早已没声的他竟在我的絮絮叨叨中睡着了。

我那些苦楚无处诉说,就如一拳打在了棉花上般,无处着力。我撇了撇嘴,原本打算好好发泄一番情绪的想法在看到他眼下的青色时渐渐消了下去,一动不动地坐在沙发上,听着他逐渐绵长的呼吸,不敢移动半分,怕惊醒了他。

后来,我也是困极,便不知道在何时也睡着了,第二天醒来的时候,猛然惊觉自己竟是睡在卧室里,原本鲁巍靠着的肩膀毫无酸涩之意,侧头看去,旁边的床铺上早已无人。

他就睡够了?

我轻叹一声,也不再赖床,起床准备洗漱一番。

客厅里,鲁瓜瓜在吃早饭,见我起床了,一脸谄媚地给我端来了牛奶泡麦片。

"妈妈,我爸亲自泡的,叮嘱我提醒你喝了。"

"你爸呢?"我接过牛奶,抿了一口。

"买……"

被提及的鲁警官在此时推门而入,发顶、眉眼上沾了些雪花。他在门口处拍了拍才笑意盈盈地进来,将买的大包小包的食材放进了厨房,之后才出来摸了把儿子的头,让儿子写寒假作业去。

"外面下雪了,感觉要下好一阵子,你把作业写完了,我带你去打雪仗。"

鲁瓜瓜那小模样,明显是眼馋外面的雪景,却丁点儿也不忤逆他父亲的意思,很是乖巧地去写作业了。

鲁警官回房拿了件厚大衣,出来搭在了我的肩上,然后将煮好的稀饭推至我面前,无微不至的样子,显然有所图。

"你不会告诉我,又有事要出去吧?就快过年了,哪儿那么多事？"我瞪他。

他没接我的话，直接换了个话题道："外面可滑了，我在路上见到好多辆小车打飘，看着特别的危险。"

我成功被转移话题，问："你刚开车出去的？"

"我的技术，你放心，绝不会有事。"

我拧眉头："你怎么事事都这么自信满满？凡事都有个意外呢，你可得……"

鲁巍伸长脖子凑过来，亲了一下我的脸颊："你放心吧，想当年，那么大的雪，我还不是去接你了吗？"

他这样一说，我的思绪又被拉回了那一年的大雪中。我想起了他从冰天雪地中找来，那一眼至今记忆犹新。那时候我觉得他英勇非凡，但随着时光的推移，他在我的生命中一天比一天重要。我与他在一起的时候，越来越多的时间用在担心他的安全上面，这种焦虑他或许已经感应到了，所以每次出任务回来，他都特别用心地陪伴着我与孩子，做他能做的任何事。他从婚前的一个厨艺门外汉，变成今日能一人照顾好我们娘俩的三餐，身上沾染上了许多的烟火气息而尚不自知，还讨好得小心翼翼。

我看着他今早才剃过须的下巴，干净有光泽，一时忍不住手痒，伸手抚了一把。他一愣，在我的手离开时，像只求抚摸的大狗狗一般，将下巴搁在我的颈间一顿乱蹭。我痒极，笑着推他，他却张嘴咬住了我的脖子。

这时鲁瓜瓜煞风景地跑了出来，扬了扬手中的作业，与鲁警官道："走了走了，爸爸，我们出去打雪仗了。"

鲁警官抬起埋在我脖颈间的头，顺便伸手抚了一把我的脖子，像是想将上面残留的牙印抚了去，看了眼鲁瓜瓜，又看了我一眼："他的作业，太少了。"

鲁瓜瓜已经迫不及待了，将作业一扔，就很自觉地去戴他的小帽子、小手套，等穿上雪地靴时，他加足马力催促着他的老爹，然后一把拉开了房门。一股寒意钻了进来，鲁警官快步走了过去，临出门前飞快地看了我一眼，又匆匆地将门合上，阻止更多的寒意涌进来。

我走到落地窗处，透过宽大的玻璃看着外面那一大一小的父子俩肆意地在雪地里玩耍，心中暖意融融，看着他们笑得欢快，便忍不住跟着笑开了。

衣服口袋里的手机振动了下，我不经意地掏出一看，发现院领导给我发了条信息，看完信息，心中便已不复平静，匆匆拉开了房门，完全顾及不了室外的寒冷，朝着玩得热火朝天的两父子招手，让他们别玩了。

鲁瓜瓜玩得正起劲，满脸的不乐意，鲁警官伸手拐着孩子的脖颈，不知道说了句什么，鲁瓜瓜这才顺着他爹的力道往我的方向走来。

他们一回到家，我就让鲁瓜瓜回房看书去，然后将收到的信息递给鲁巍看。鲁巍一看信息，便狠狠地拧起了眉头来。

我愁绪万千："之前没来得及跟你说，又想着瓜瓜放假了，基本上不怎么外出，所以就觉得不要紧，可是现在那被告伍勇居然真敢动手，已经绑了陈庭长的女儿，所以副院长才发了信息给我。他们正在想办法全力营救陈庭长的女儿，让我们先注意自己家的孩子，毕竟那人当时扬言要让整个合议庭的人都尝尝骨肉分离的滋味。当时在合议庭里的人，除了主审法官陈庭长，就是我与李法官，李法官还没结婚，所以没有孩子……我总觉得伍勇大概也不会放过我们瓜瓜。"

我心中焦躁不已，当初以为那就是一个简单的离婚纠纷，被告人格有问题,所以合议庭觉得孩子跟着原告生活更有利于成长,就将孩子判给了原告抚养,却没想到被告怀恨在心,竟做出了极端的行为来。从工作群中的聊天内容可以看出,这件事让全院都风声鹤唳,院领导与公安那边成立了个联动小组,正在研究着如何营救陈庭长的女儿。

鲁巍尚未放下我的手机,他的手机便响了起来,电话里的声音速度很快,是熟悉的命令语气。

放下电话,鲁警官便一秒都不耽搁地站了起来,一边脱着呢大衣,一边去拿制服:"局里让我马上回去,我先送你跟瓜瓜去我爸妈那边,你们先互相照应着。没有什么事,你们都不要外出,我会找人给你们送吃的。"

他这么一说,便是又要抛下我们娘俩了。我虽然有些气闷,却也没有办法,于是我也不耽搁时间,赶紧去收拾些随身物品,一家三口以最快的速度出了门。

外面的雪花仍纷纷扬扬,自从那次雪灾后,有多年没有下过这样大的雪了。车子沿着车轮轧出的痕迹小心地行驶着,我与鲁巍都没有说话,只有什么都不知道的鲁瓜瓜仍兴致勃勃地贪看着一片白茫茫的世界。

"外面好像童话世界里的冰雪王国,我们去找那个卖火柴的小女孩吧!我们去救她。"

我与鲁巍越发沉默。我见过陈庭长的女儿,她与鲁瓜瓜差不多大,乖巧又多才多艺,陈庭长花了许多心血去栽培她,不知道陈庭长现在……

我回头看了眼鲁瓜瓜,如果被绑去的那个人是我的孩子……我心中一紧,仿佛就要窒息。

"送我去院里吧,带着孩子一起,我去看看情况。"

鲁巍显然不太赞成，他从后视镜中看了一眼坐在后座、对外面雪白的世界满含欢喜的鲁瓜瓜，抿了抿唇，最后还是在一个岔路口转了方向，朝着法院的方向驶去。

周末院里显然不同往常那般冷清，警车亮着警灯停在坪内，警察随时候命，应急分队不顾外面天寒地冻，集结在警车附近，整装待发。

除此之外，坪里还停了特警的车，现场的气氛显得很紧张。

我跟鲁巍带着孩子下了车，鲁瓜瓜对这场景很是好奇，伸着小脑袋四处看着，尤其对佩枪的特警很感兴趣。

顾不上他的兴趣，我们去了院内的会议室，在会议室外碰到了陈庭长的家属，陈庭长的爱人与母亲哭得断断续续，一见我带着鲁瓜瓜出现，悲从中来，放声大哭了起来。

会议室中的领导闻声出来，见到我这一家子到了门外便是一愣，然后朝我们招了招手，示意我们都进会议室。

会议室的远程指挥显示屏上连接了无人机拍摄的现场的画面，画面晃动得厉害，大概是因为风雪太大，我们只能从摇晃不定的画面中看嫌犯的状况。他搂着琦琦的脖子，将她挡在他的身前，自己则靠在天台的转角处，将大半身体掩藏了起来。

琦琦一直在哭，画面中每每出现她的模样，我们的心都为之一紧，特别是她已青紫的嘴唇，显示她的身体已极为不适，如不赶紧营救，她大概就要吃不消了。

领导将鲁巍叫至一旁，低声与他说着目前的情况，我与孩子站在几米开外的地方，看着他的神色随着他们之间的交谈越发严肃起来，心中莫名发慌。

不一会儿，鲁巍过来让鲁瓜瓜坐在一角玩，拉我至一旁转述道："现场布置了大批警力，还调来了狙击手准备远程狙击，但是他所处的楼层太高，周围没有办法设置狙击点，而且现在风雪太大，难以布防。特警大队已商量出了一套方案，准备从顶层绑匪所在的位置之下攀爬上去，但需要等风雪再小一些，否则太过冒险。"

我皱着眉头看鲁巍："那伍勇会等风雪变小吗？我看琦琦那孩子快受不住了。"

鲁巍抿了抿唇，突然转移了视线。我顺着他的视线望去，鲁瓜瓜坐在不远处，正与我们副院长说着些什么。

"你想送瓜瓜去换琦琦？"我几乎马上明白了他眼神的意思，心中恐慌至极，我就要如门外陈庭长家属那般哭泣伤心了。

"就在刚刚，伍勇提出要求，点名要你把孩子送去，否则半小时后就把那孩子扔下去。"

我很快就明白了刚刚那些领导与陈庭长家属看见我时眼神的意思了，我还真是来得及时，顺便就把孩子送了过来。

我再次看向鲁瓜瓜，视线瞬间就模糊了。鲁巍低下头来，将额头贴在我的额头上，一只手抚着我的发顶，安抚着我道："相信我，我会保护好你们。我就算拼了性命，也不会让儿子跟你有事的。别哭，不要让孩子跟着慌了。"

我吸了吸鼻子，瞪他道："你敢拼了性命试试！"

他扯唇微微一笑，不再耽搁时间，拉了我又叫上了孩子就往外走去。

同一时间，一大帮的人跟着我们神色肃穆地往外走去，到了会议室外，我瞥了眼精神濒临崩溃的陈庭长一家子，边走边与他们道："我们会把琦琦救回来的，你们先别急。"

说完话，我已经没有时间再去看他们是何表情，只听身后又传来呜呜的哭泣声，心中却没有刚刚的无措，反而坚定了信念，让自己冷静了下来。

被鲁巍拉着的手一紧,我侧头看了他一眼,在行色匆匆中,他朝我浅浅一笑,我心中一股暖流激荡。在这一刻,我竟无比信任他,相信有他在,即使是奔赴未知的险境,也没有了慌乱不安;有他在,就有安全感。

鲁瓜瓜见我们被一大拨的人围着前行,似乎才后知后觉事情不对劲,一张小脸绷了起来,小跑着跟上我们的步伐。

鲁巍见他跟着我们紧张兮兮的小模样,便松开了我的手,将鲁瓜瓜一把抱了起来。从鲁瓜瓜四五岁起,我们就很少抱他了,一是总用男子汉的标准要求他自己的路自己走,二是他一天天长大,也一天天变重,我抱他便一天天吃力,加之生了他以后,腰椎总是酸疼,便渐渐不再抱他。被鲁巍这一抱,鲁瓜瓜的紧张情绪立马就被冲散了,他抱着鲁巍的脖子,眉眼之间都是兴奋。

"无畏,咱们救卖火柴的小女孩去,你敢不敢?"

鲁瓜瓜毫不畏惧地点头:"我敢的我敢的,是刚刚大电视上的那个妹妹吗?"

"小女孩被坏叔叔抓住放在天台上,救她可需要勇气与智慧,你要懂得见机行事。"

鲁瓜瓜又点头,竟是一副老成的模样。见他这样,我此刻也特别想抱一抱他。

一到外面,风雪与寒意袭来,我的嘴唇与牙齿竟不自觉地颤抖了起来。我与鲁瓜瓜被安排在一辆警车内,鲁巍同事叫了他一声,他应了后回头抚了一下孩子的发顶,又看向我,伸手捞了一下我的脖子,凑近时快速地亲了下我的唇便又放开,转身上了另外一辆警车。我本想看看他上了哪辆车,可是整装待发的各路人马纷纷钻入了车内,车子刻不容缓地冒着风雪朝院外驶去。

开车的人是小波,他一紧张,话就特别多。从车子驶离法院起,他就一直在说着现场的情况。

"小波哥你注意路滑。"我提醒他,路边许多小车一如十年前,因路面打滑撞作了一堆。我看着这情景,仿佛回到了十年前弹尽粮绝的时候,以为再也回不了家。我再次祈求着,风雪能马上停住。

"你放心,我稳着呢。对了,我跟你说,我们另外派人接了魏芳母女,她们已经到了现场。院长一直在天台上待着,跟伍勇谈判,说不定那伍勇看到自己女儿就清醒过来了。"

魏芳就是离婚案件的原告,我们判决他们夫妻离婚后,她一直不让她的女儿见伍勇才造成今天这局面。

到现场后,我们在楼下见到了先于我们到达的魏芳母女,但是从现场的情形来看,魏芳虽然到了现场,但并不愿意去天台,更不愿意让她前夫见女儿。

我的同事在轮番劝说,有些脾气耐性不好的,就快要冲魏芳发飙了,可是魏芳搂着女儿垂着头,一言不发。

鲁瓜瓜同我一起看了眼搂作一团的魏芳母女,又仰头看我。我蹲下身来,张开双臂抱了抱他,轻声对他道:"无畏,我们要上去了,你怕高吗?"

鲁瓜瓜摇头,问:"爸爸呢?"

"爸爸去做准备了,他会救我们的,所以我们不要害怕。"

鲁瓜瓜又点头,我站起身来,牵着他的小手,侧头看了眼魏芳母女。魏芳的视线与我的对上,又飞快地躲开了。

我又巡睃了一圈,没有看到鲁巍,便不再看了,牵了孩子就在一名女特警的引导下走向电梯。

整栋大厦已经清场完毕,电梯畅通无阻地一直升上了顶楼。上到天台,仍需要走一段楼梯,我牵着孩子一步一步朝着那被警察守住的门口前行。温度随着我们的靠近而骤降,我的嘴唇又不自觉地开始颤抖,低头看鲁瓜瓜,他忽闪着一双黑白分明的大眼睛,没有任何的紧张不安。

天台上聚集了很多人,但都只敢站在一角,远远地盯着缩在角落里的人。我与孩子一出现在众人的视野里,就引起了一波骚动,红着双眼的陈庭长与青着嘴唇的院长都过来了,有警察训练有素地为鲁瓜瓜戴上各种护具。鲁瓜瓜一边看他们快速地给他穿装备,一边问着那些护具的作用,感觉特别新鲜。

我觉得陈庭长的感激听多了无益,倒是院长的提点有些用处。距离绑匪给的时间只有最后短短三分钟,我们根本没有什么时间来做更多的交流,院长只让我做到一条,就是尽量拖延时间,答应对方的任何无理要求,不要试图从理性的角度去跟他讲道理。

以往我是有那毛病,不管对方是什么样的人,总站在法律的制高点去跟人家争辩,熟悉了解我的院长在这个时候提点我很重要。

"让姓殷的一个人带着她的孩子过来,赶紧的!你们敢再磨蹭,我就扔人了。"隔着风雪,伍勇的声音像被撕裂的破鼓,他的情绪已极度狂躁不安,我们也不敢再耽搁时间,于是我拉着鲁瓜瓜往前走去。此时风雪未转小丝毫,迎风的我们每走一小段路,都被风雪吹得睁不开眼,走了一半,我被喝住了。

"姓殷的,你就站在那里,让你儿子一个人过来。"

我顿住脚步,拉着鲁瓜瓜的手紧了又紧,我不想放开他。

鲁瓜瓜抬头看我,又看向已经能瞧清面目的伍勇,自己挣了挣,将手从我的手中挣出去了。

他一步一步地朝着对方走去,我看着他的小小身影步入漫天风雪之中,我的心就像是被一只手狠狠捏住,几乎不再跳动。

"你能等一会儿吗?你女儿已经到楼下了,就快上来了,你不想看一看她吗?"

我本想拖延一点儿时间,可是这样一说,伍勇似乎更为暴怒了:"见什么见!你现在终于考虑我的感受了,可是迟了!事情都这个样子了,我还见什么见!让我女儿看见我这样子,更加讨厌我吗?"

此时鲁瓜瓜欲回头看我,却未料到伍勇一个箭步上前,一只手掐住了鲁瓜瓜的脖子,另一只手掐着另一个孩子,又退回到了角落里。

"你别假慈悲了!你们害得我骨肉分离,我绝对不会让你们好过!今天大家就死作一堆吧!有你们孩子陪着我上路,我也不亏。"

此时风雪大作,没有丝毫减弱的迹象,而我的心被揪得紧紧的。看着被捏着脖子的鲁瓜瓜奋力地挣扎着,我悲痛万分。我没想到我一句话就激怒了伍勇,他根本没有给更多的时间让我们设法营救,我身后那些荷枪实弹的警察离得那么远,根本来不及阻止他在顷刻间将孩子扔下去。

那就只有我去救孩子,因为我是离他们最近的。我拼尽此生的力气狂奔了过去,在离他们还有半步之遥时,就看到丧尽天良的伍勇率先将鲁瓜瓜扔了下去。

我脚下一软,就要跌倒时看见伍勇又举起了手,试图将琦琦也扔下去。

我身后有人嘶喊着,那是陈庭长的声音。我勉力稳住了身子,用尽全力向伍勇扑过去。我要将他扑开,或者拉扯住他,我还要杀了他!

但我飞扑过去也仅是成功地拉住了他的裤腿,他的身子向后晃了晃,他手中的琦琦哭得已经哑了声,全身剧烈地颤抖着,那满眼的惊恐让我想起了我的瓜瓜,他刚刚掉下去时,是不是也像琦琦这般害怕?

强烈的恨意让我拼尽全力狠攥住伍勇站了起来,我除了要夺下他手中的孩子,我还要让他去死,大不了我和他一块儿死,然后我就去找我的孩子……

我跟他的纠缠至少让他将第二个孩子扔下去的计划落了空,警察很快从后面冲了过来。他瞄到了来势汹汹的警察,如同彻底丧失理智的困兽般爆发,全身使出一股我难以抵抗的蛮力来。我被他一掼,被推至了护栏边沿,然后被他一只手掐着脖子往下摁。我艰难地往楼下望去,二十七层的高楼使得楼下的一切都显得那么的渺小,我的瓜瓜在哪里?他刚刚就是从这个地方被扔下去的,当时我似乎还听到楼下的惊叫声,我真的很害怕他疼……

因此,我绝不会让伤害他的人好过。我扭头看向伍勇,用最后一丝力气死死地拽住了他的衣领。他要推我就推吧,在我掉下去的时候,他得给我陪葬!

"爸爸!爸爸……"楼下小女孩的哭叫声冲破风雪,如鹤唳般直冲上来。这声音让伍勇愣住了,他做的一切,他的孩子都在楼下看着呢,他这种人怎么配做人家的爸爸?

楼下又有惊呼声响起,我看见伍勇的眼中突然闪过了一丝讶异。那丝讶异来得快,我尚未反应过来,便突然感觉到颈背的羽绒服被什么东西拽了一下,然后我的身体往下沉去,我的心脏也像是被拽着从二十七楼掉落一般。但我终究还是放开了手,放过了伍勇。我不敢拽着他,将他以及他手中的琦琦一块儿拽进地狱。不过虽然我放过他,但我相信法律不会放过他的!

我明明知道自己今天肯定要交待在这里了,但在这一刻,心中仍忍不住失落难受。我突然想起了鲁巍,没有了我跟孩子,他一个人将是多么的可怜……

情势似乎就在那千钧一发时有了重大改变，刚刚下坠的我突然间被另一股力量一拽，直线下落的轨迹就改变了，刚刚拽着我的那股力量又逆着我坠落的方向翻了上去，我感觉一阵天旋地转，很快就着了地，着地时手掌与臀部先着地，摔得一阵阵疼。

坠下二十七楼竟只用了一瞬间，时间短得我还来不及再可怜可怜鲁警官，而且那疼痛与我想象中的疼痛相差甚远。

等强烈的眩晕感过去，我睁开了眼，就看见蹲在我面前的鲁瓜瓜忽闪着一双大眼睛，笑出一对酒窝，伸开了双臂抱住了我。

"妈妈，好刺激的吧？我爸力气可真大，我刚刚也被我爸给吓死了。"

我四下一看，这里聚了一屋子的人，全穿着黑压压的特警服，而我刚刚竟是从窗户那里被拽进来的，所以这是二十六楼？

有几个特警英勇地跨出那扇窗户，不顾风雪往上翻去，我侧头看我的瓜瓜，心中狂喜，失而复得的喜悦盖过了死而后生的心悸。我把鲁瓜瓜搂进怀里，感受着小小的他活生生地还在我的怀中，忍不住失声痛哭了起来，就这样又哭又笑地被一圈人看着笑话。待好不容易平复了情绪，我伸手捏了捏他的肉脸，带了些抽噎声问："你爸呢？"

鲁瓜瓜不喜地挣开我的手，伸手往上指了指，道："把你拽下来后，他就翻上去了。"

我愣住，二十七楼啊，冒着风雪，他徒手翻上去了？

我挣扎着站了起来，那家伙太过分了，那样狠地把我拽下来，地上也不知道垫个垫子，害我手掌都摔破皮了。

我趴在窗口往上看，正看着就感觉一个黑影往下掉。我下意识地伸手去拽，指尖却只碰到了训练服冰凉的布料。那个黑影飞速坠落了下去，楼下又是一阵惊呼与尖叫。

上面也传来了嘶喊声:"鲁队长……"

我心中一凉,往下看去时,只觉得此刻的风雪都化作了弓箭,将我万箭穿心。

强烈的晕眩感使我眼前一黑,整个人都软了下去。

一周后。

轰动全市的"1.11"事件经过网络、电视的传播与发酵,变成了全国皆知的事件,新闻中的头条人物是脑袋上缠了厚厚绷带的鲁队长。我送走了又一拨探视的人,将最新收到的那束鲜花找了个地方搁好时,他冲我笑得白牙灿灿,我觉得他大概是被撞傻了。

若他真是从二十七楼坠落,大概就不是撞傻了这么简单。事实证明这家伙也不傻,从二十六楼蹿上去的时候,还知道事先给自己扣了条安全绳,所以人没摔死,只是掉下去时撞到了大楼的外墙,给撞晕了过去,脑子似乎也被撞坏了。

"我刚做了个梦,梦见我躺在病床上,有一个姑娘向我献花。我冲她笑了笑,从此她就爱上了我……"

我抚额坐下来,打算跟他算一算账。

鲁队长眨了眨大眼睛,浓密的睫毛扑扇着,略显天真与无辜:"我想跟那个姑娘说个秘密……"

我拧着眉头看他,他这是智商退回到十岁了吗?也不是,他狡诈着呢。他知道我迟早要跟他算账,但是我可以先听一听他要说的秘密再慢慢和他算。

他向我勾了勾手指,我斜他一眼,凑了过去,侧耳恭听。

他压低声音,几乎是用气音说着:"下雪的时候,我会去娶她!"

我耳朵微痒,脸渐渐变红了。

鲁瓜瓜的作文 —— 番外

一件难忘的事

我最难忘的一件事,就是去年冬天我跟歹徒搏斗的那件事。

那一天风雪交加,天寒地冻,整个世界像是被冰雪覆盖的童话世界,这让我想起了安徒生童话里的卖火柴的小女孩。

妈妈跟我说,那个小女孩被坏人抓住了,需要我们去高楼上营救她,于是我跟着妈妈、爸爸一起去了他们所说的现场,那里有许多的警察叔叔,和我爸爸一样。他们给我捆了一条鼓鼓的腰带,还在我的衣服里给我戴上了护具。我问他们我腰上捆的是什么,他们很耐心地跟我解释那是一种气囊,说万一我从楼上掉下去,记得将双手举过头顶,这样就会启动开关,弹出气囊,就不会摔死。他们还告诉我,就算气囊没打开,我也不会有危险,因为他们已经准备好了五米高的气垫,比蹦床还要软。

穿戴好那些装备,我突然觉得我像蜘蛛侠一样厉害,浑身充满了勇气。我已经看到那个等待我们去救的小女孩了,她害怕得不停地哭泣着，而抓住她的那个坏人显得十分的凶恶。我看了看我妈妈，我妈妈显然也是怕他的。如果我爸爸也在我旁边就好了，这样的话，我妈妈就不会一直发抖。

就在我跟妈妈去救小女孩的时候，我被坏人抓住了，他的力气特别大，我竟掰不开他掐我脖子的手，而且他一只手就能将我举起。我从二十七楼看楼下，突然有些担心捆在我腰上的安全气囊能不能好好地保护我不被摔疼。

就在这万分紧急的时候，我突然看到了我爸爸。没错，我的爸爸，一个特别勇敢的警察，他被绳子拽着，大半个身体探出楼下的窗户，眼睛死死地盯着我，对着我张开双臂。

那个坏人放手了，我还没来得及尖叫，便感觉自己被我爸爸给抓住了。等我反应过来时，我已经被拽进了房间里。楼上传来了妈妈的惨叫声，我爸爸一听，没等我反应过来，就从窗户那里往上爬去了。

那一刻，我觉得自己不是蜘蛛侠，我爸爸才是。

最后我爸爸成功地救下了我妈妈，可自己却从楼上摔了下去，而我妈妈被他吓晕了过去，我差一点就成为一个孤儿了……

当然，"蜘蛛侠"可不是那么轻易就摔死的，但是我爸爸受了重伤，我妈妈照顾了他一个多月，他才好起来。

这是我最难忘的一件事，不过如今想起来，我还是有些遗憾。当时我居然没有想起警察叔叔的叮嘱，居然忘记举起双手，试一试那个气囊究竟有没有用。

·全文完·